Carrie Arcos

Letzte Ausfahrt Ocean Beach

© Hank Fortener

Carrie Arcos lebt mit ihrer Familie in Los Angeles und arbeitet als Dozentin an der Universität. ›Letzte Ausfahrt Ocean Beach‹ ist ihr erster Roman für Jugendliche.

Beate Schäfer studierte Germanistik, Geschichte und Amerikanistik. Sie arbeitete lange Zeit als Verlagslektorin. Inzwischen lebt sie als Übersetzerin, freie Lektorin und Schreibpädagogin in München.

Carrie Arcos

LETZTE AUSFAHRT OCEAN BEACH

Roman

Aus dem amerikanischen Englisch
von Beate Schäfer

Ausführliche Informationen über
unsere Autoren und Bücher
www.dtvjunior.de

Deutsche Erstausgabe
2015 dtv Verlagsgesellschaft mbH & Co. KG, München

Titel der amerikanischen Originalausgabe: ›Out of Reach‹,
2012 erschienen bei Simon Pulse, New York
Published by arrangement with Simon Pulse,
an imprint of Simon & Schuster Children's Publishing Division

Umschlagkonzept: Balk & Brumshagen
Umschlaggestaltung: buxdesign und Carla Nagel
unter Verwendung von Fotos von plainpicture/Shutterstock
Gesetzt aus der Weidemann 10/13,5'
Satz: Fotosatz Amann, Memmingen
Druck und Bindung: C.H.Beck, Nördlingen
Gedruckt auf säurefreiem, chlorfrei gebleichtem Papier
Printed in Germany · ISBN 978-3-423-78286-9

Für Nathan

Kapitel 1

Wer lügt, kommt nicht in den Himmel. Zum ersten Mal hat Mom diesen Satz gesagt, als sie wollte, dass ich zugab, meinen acht Jahre alten Bruder geschlagen zu haben. Ich war damals sieben. Sie kniete vor dem braunen Ledersofa, auf dem mein Bruder und ich an entgegengesetzten Enden saßen. Micah hielt seinen linken Arm – der Beweis für meine Tat war ein roter Fleck über seinem Ellbogen. Während er demonstrativ vor sich hin jammerte, blieb ich störrisch und sagte nichts. Mom wartete eine Weile, dann rappelte sie sich hoch und erklärte leise: »Weißt du, wer lügt, kommt nicht in den Himmel.«

Im Lauf meiner Kindheit hat meine Mutter diesen Satz immer wieder gesagt, in der Hoffnung, er würde uns Kinder davon abhalten, uns schlecht zu benehmen. Aber sie hatte ja keine Ahnung, wie abschreckend ich die Vorstellung perlmuttfarbener Himmelspforten, strahlend weißer Paläste und ewiger Harfenklänge fand. Mal ehrlich, wer hört schon gerne Harfe? Und dann diese ewige Singerei. Engelsstimmen sind bestimmt sehr schön, aber für meine Stimme galt das nicht. Und was war mit den unmusikalischen Leuten? Konnten die es auf einmal besser und trafen die richtigen Töne, wenn sie erst aus dem irdischen Leben geschieden waren?

Was gab es im Himmel wohl zu essen? Wer weiß, vielleicht überhaupt nichts? An einem Ort zu landen, an dem ich mich schon nach zehn Minuten zu Tode langweilen würde, war keine gute Aussicht.

Außerdem ist mir das Lügen schon immer leichtgefallen. »Wer hat die Kekse aufgegessen?« Ein ausgestreckter Finger, auf meinen Bruder gerichtet. »Wo ist mein Geld hin?« Ich, achselzuckend. »Sind denn ihre Eltern da?« Promptes Nicken meinerseits, obwohl ich genau wusste, dass die Eltern meiner Freundin übers Wochenende verreist wären.

Ich lernte lügen, indem ich Micah zusah. Er schaute Mom mit seinen bernsteinfarbenen Augen direkt und ohne jedes Lächeln ins Gesicht. Er machte auch nicht den Fehler, viel zu reden. Er blieb ruhig und entspannt. Der Trick, erklärte er mir, bestand darin, zumindest teilweise selbst an die Lüge zu glauben.

Er nahm mich unter seine Fittiche und wir begannen uns gegenseitig zu decken. Ich erzählte Mom und Dad nicht, wo er war und was er tat, und er verriet ihnen nicht, mit welchen Jungs ich mich heimlich traf. Wir hatten eine stille Übereinkunft. Unsere Eltern anzulügen fiel uns leicht. Wir logen unsere Lehrer an. Wir logen uns sogar gegenseitig an.

Und wo bleibt da die Wahrheit? Die Wahrheit ist, dass alle lügen. Jeder einzelne Mensch. Sogar meine Mutter. Als Micah eines Nachts nicht mehr nach Hause kam, behauptete sie am nächsten Morgen, er wäre den Sommer über bei meinem Onkel in der Nähe von San Francisco. Die Abwechslung täte ihm bestimmt gut, meinte sie und fasste sich mit der linken Hand an die Schläfe. Diese kleine Bewegung verriet sie. Ich kannte alle ihre verräterischen Angewohnheiten, hatte sie mein Leben lang so genau studiert, als würden wir mit Höchsteinsätzen Poker spielen, obwohl mein Gewinn meist nur darin bestand, dass ich eine halbe Stunde länger aufbleiben durfte.

Damals glaubte ich, Micah hätte sich mal wieder für eine Nacht aus dem Staub gemacht und würde bei einem Freund schlafen. Den Gedanken, dass es diesmal vielleicht schlimmer war, verbot ich mir. Aber als ich in sein Zimmer ging und den Gitarrenständer umgekippt auf dem Boden liegen sah, wusste ich Bescheid. Sein Cali-Girl-Gitarrenkoffer war weg. Er hatte die Gibson Les Paul mitgenommen. Als ich da so im Zimmer stand und die Stille um mich herum wahrnahm, wurde mir klar, dass der Himmel wahrscheinlich nichts weiter ist als ein großer leerer Raum.

Manchmal konnte ich nicht schlafen. Dann hörte ich Geräusche durch die Wand zwischen meinem Zimmer und dem von Micah. Leise Schritte. Hin- und Herlaufen. Das Quietschen seines alten Betts. Noch mehr hektisches Hin- und Herlaufen. Wieder das metallische Knarzen der Bettfedern. Leise Akkorde auf der Gitarre. Geflüsterte Gespräche, weiß der Teufel mit wem. Die Zimmertür, die sich zu Zeiten öffnete, an denen sie eigentlich hätte zubleiben müssen. Irgendwann gewöhnte ich mir an, einen kleinen Ventilator neben meinem Bett laufen zu lassen, der alle Geräusche von nebenan übertönte. Das half meistens.

Vor gut einem Jahr begannen mich meine Eltern über Micah und Drogen auszufragen. Sie wollten wissen, wann er damit angefangen hatte. Ich log sie an. Ich sagte, das wüsste ich nicht. Ich behauptete, ich hätte zwar mitgekriegt, dass er ab und zu mal ein bisschen herumexperimentierte, das aber nicht weiter ernst genommen. Ich tat, als wäre ich genauso schockiert wie sie.

Ich erzählte ihnen nicht, dass Micah schon vor über zwei Jahren bei einem Gig seiner Band zum ersten Mal Crystal probiert hatte.

Während er seine Gitarre stimmte, hatte ihm jemand eine kleine weiße Pille hingehalten und gemeint, sie würde die Nervosität wegnehmen. Ein Klassiker. Er hat das Zeug genommen und zwei Tage nicht mehr geschlafen. Das weiß ich, weil ich ihn durch die dünne Wand gehört habe. Ein paar Tage später, nachdem er genug geschlafen und das Zeug wieder aus dem System hatte, kam Micah in mein Zimmer geschlendert und tippte lässig gegen die Bücher in meinem Regal, was er meistens tat, wenn er mit mir reden wollte.

»Sagst du's ihnen?« Natürlich war ihm klar, dass ich Bescheid wusste. Er versuchte erst gar nicht, mich anzulügen, was auch eine Beleidigung gewesen wäre.

»Was?«, sagte ich.

»War bloß dieses eine Mal.«

»Weiß ich doch.«

Er zog *Der Fremde* heraus, ein ziemlich trübsinniges Buch, das ich letztes Jahr für die Schule hatte lesen müssen und das mir einfach deshalb Spaß gemacht hatte, weil ich es danach auf der College-Leseliste abhaken konnte.

»Das war total schräg.« Micah blätterte darin herum, ihm fehlten die Worte. »Das war … mir ging's … so gut hab ich mich noch nie gefühlt. Ein irrer Schub. Ich wusste gar nicht, dass ich mich so fühlen kann. Als ob ich alles könnte, verstehst du?«

»Nein, versteh ich nicht.« Ich wollte ihm das Ganze nicht vermiesen, ihn aber auch nicht zum Weitermachen ermutigen.

Er warf mir einen Blick zu, als ob ich, ganz die kleine Schwester, mal wieder keine Ahnung hätte, stopfte das Buch irgendwo ins Regal zurück und verließ das Zimmer.

Ich ging hin und räumte es wieder an den richtigen Platz. Wenn ich gewusst hätte, dass schon dieser erste Versuch etwas in ihm verändert hatte, dass die Sucht schon Wurzeln in ihm schlug, hätte ich vielleicht mehr unternommen. Vielleicht. Jedenfalls habe ich es nicht getan.

Micah behauptete, für ihn wäre das Highsein vor allem eine künstlerische Erfahrung – es brächte ihn in Einklang mit dem Universum. Er war kreativ. Er machte Musik, hatte seine Auftritte. Die Droge sei sein Talisman, sagte er, eine Art Zaubermittel, das ihn in einen anderen Zustand versetzte und ihm Superkräfte verlieh. Aber so war es nur am Anfang. Irgendwann brauchte er das Zeug, um zu funktionieren. Die Veränderung fiel keinem auf, vielleicht wollte es auch nur keiner merken. In der Schule war er genauso drauf wie immer. Seine Noten waren nicht besonders gut, aber das waren sie noch nie gewesen. Irgendwann allerdings verwandelte er sich von meinem großer Bruder in ein lebendes Klischee.

Wenn ich meinen Eltern am Anfang einen anonymen Brief geschrieben hätte, wäre vielleicht alles anders gekommen. Wir hätten eine Interventionsmaßnahme starten können, wie ich sie mal in einer Fernsehsendung gesehen hatte: Da hatte die Familie zusammen mit zwei Freunden im Wohnzimmer gewartet und den Typen regelrecht überfallen, als er reinkam.

Er hatte alles abgestritten, hatte andauernd »Nein, verdammt noch mal« gebrüllt und an seinen Lippenbewegungen sah ich, dass er auch ein paar andere Kraftausdrücke gebrauchte, die in der Sendung aber weggeblendet worden waren. Doch nach einer halben Stunde lag er heulend in den Armen seiner Mutter und der Therapeut strahlte übers ganze Gesicht.

Ich hätte die Heldin unserer Familie sein können. Stattdessen hatte ich gelogen und mir eingeredet, es wäre nur eine Phase und Micah könnte jederzeit aufhören, wenn er nur wollte. Jetzt trage ich diese Schuld mit mir herum.

Mom und Dad hatten Micah bei seiner Musik immer unterstützt, manchmal kamen sie sogar zu den Auftritten seiner Band. Mein Vater hatte ihm die erste Gitarre gekauft. Sie hatten sich nie über seine gefärbten Haare beschwert und auch das Tattoo akzeptiert, das er sich hatte machen lassen, kurz bevor er in die Abschlussklasse kam. Als die Schule wegen seiner Fehlzeiten anrief, setzten sie sich mit ihm an den Küchentisch und führten ein ernstes Gespräch. Da hatten sie schon mitgekriegt, dass er regelmäßig Drogen nahm, aber sie wussten nicht, wie schlimm es wirklich war. Sie zwangen ihn, zum Treffen einer Suchttherapiegruppe zu gehen, und gleich nach dem ersten Mal kam er zurück und meinte, er hätte es jetzt kapiert und würde es bleiben lassen. Aber dann hörte ich mit, wie er am Telefon sagte, die Leute dort wären alles alte Knacker und echte Loser. Bei ihm wäre das was ganz anderes.

Irgendwann hat Mom dann in einer von Micahs Schubladen ein paar Meth-Kristalle gefunden, und da haben sie und Dad sich auf eine neue Strategie geeinigt und ihm ein Ultimatum gestellt. Er müsste auf Entzug gehen, in ein sechswöchiges Programm, speziell für Leute zwischen zwölf und achtzehn. Sie würden jetzt das Prinzip der liebevollen Strenge anwenden – das hatten sie durch ein Buch und eine Fernseh-Talkshow kennengelernt. Weil er damals erst siebzehn und noch minderjährig war, musste Micah hin.

Zu dem Programm gehörte, dass einmal in der Woche auch meine Eltern an den Gruppensitzungen teilnahmen. Ich sollte ihrer Meinung nach besser nicht mit dabei sein, weil das vielleicht unangenehm für Micah wäre. Genau, denn sonst fand er es bestimmt superangenehm, mit fremden Leuten zusammenzuwohnen und seine tiefsten, geheimsten Gefühle mit ihnen besprechen zu müssen. Aber was soll's. Jedenfalls blieb ich zu Hause oder hing bei Michelle rum.

Ich hatte sowieso meine eigenen Probleme. Nämlich Keith. Wir waren kurz davor, uns zu trennen, und ich hatte keine Lust, das mit meinen Eltern zu bereden. Meine Mutter fand Keith toll. Er hatte es perfekt drauf, Frauen um den Finger zu wickeln, egal in welchem Alter. Sein wichtigstes Mittel war ein ansteckendes Lächeln, das bis in die Augen stieg. Auf dieses Lächeln fiel Mom jedes Mal wieder rein. Es funktionierte sogar bei Lehrern, egal ob Mann oder Frau, daher hatte sich Keith nie Sorgen machen müssen, ob seine Noten gut genug waren, um im Baseball- und Basketball-Team der Schule mitspielen zu dürfen.

Aber mit Marcie Armstrong rummachen? Er hätte mich mit wer weiß was anstecken können. Keith hatte mir versichert, das wäre eine einmalige Sache gewesen, so eine Partygeschichte, die irgendwie außer Kontrolle geraten wäre. Marcie hatte sich angeblich auf ihn gestürzt und er war zu betrunken gewesen, um sich überhaupt noch zu erinnern, was zwischen ihnen gelaufen war. Er hatte Tränen in den Augen, als er mir das sagte. Das warf mich um. Ich hielt ihn im Arm und flüsterte, wir würden das schon hinkriegen, das käme wieder in Ordnung. Dass ich mich dabei fühlte wie kurz vorm Sterben, verdrängte ich.

Wenn ich meine Eltern nach den Gruppensitzungen fragte, wie es gelaufen war, sagten sie immer das Gleiche: »Deinem Bruder geht's bald wieder gut.« Dann hockte sich mein Vater vor den Fernseher und meine Mutter zog sich nach oben ins Schlafzimmer zurück. Ich verdrückte mich und blieb unsichtbar, bis am nächsten Morgen das Gerenne zur Schule und zur Arbeit wieder losging.

Als sie irgendwann sagten, ich sollte jetzt doch mit zu einem der Treffen, war ich total überrascht. Eigentlich wollte ich nicht, aber sie meinten, es wäre wichtig für uns als Familie.

Das Ganze lief in etwa so ab:

Wir kamen in einen großen weißen Raum mit lauter Landschaftsbildern an der Wand, auf denen Motivationssprüche standen. *Nur wer sein Ziel kennt, findet den Weg* oder *Es ist nicht wichtig, wie groß der erste Schritt ist, sondern in welche Richtung er geht*, solches Zeug. In der Mitte waren Metallstühle im Kreis aufgestellt. Als wir reinkamen, schauten uns lauter Leute an, die ich nicht kannte, von Micah mal abgesehen. Wir waren zu spät. Der Therapeut oder Psychiater – keine Ahnung, was er war – meinte, wir sollten Platz nehmen. Seine Dreads flogen, als er den Kopf drehte und auf die freien Stühle zeigte. Ich setzte mich unter ein Bild mit einem Sonnenuntergang. Darauf stand: *Heute ist der erste Tag vom Rest deines Lebens. Mach das Beste draus!*

Das Treffen begann mit einer Art Gebet, das der Therapeut vorsprach. »Gott, gib mir die Gelassenheit, Dinge hinzunehmen, die ich nicht ändern kann, den Mut, Dinge zu ändern, die ich ändern kann, und die Weisheit, das eine vom anderen zu unterscheiden.«

Das fand ich seltsam. Mir war nicht klar gewesen, dass sie Micah in eine religiöse Einrichtung gesteckt hatten. Meine Familie ging nicht regelmäßig in die Kirche, anders als die von Michelle. Aber Mom war katholisch aufgewachsen, also zogen wir uns am Ostersonntag immer schön an und gingen zum Gottesdienst, wobei die Predigt jedes Jahr ziemlich gleich klang – irgendwas über Jesus und den Tod.

Mom gefiel die Musik. Dad mochte es, wenn der Priester Witzchen machte. Micah fand vor allem die Stellen gut, in denen es darum ging, dass Jesus gequält und umgebracht worden war. Aber mir machte genau das zu schaffen. Wie können Leute an einen Gott glauben, der dabei zuschaut, wie sein eigener Sohn ermordet wird? Dabei war diese Geschichte ja noch halbwegs zahm im Vergleich zu denen über die griechischen Götter. Immerhin gab es hier keinen Geier, der Jesus bis in alle Ewigkeit die Organe raushackte.

Ich konnte nicht viel anfangen mit der Kirche. Und dann war da noch das Problem mit dem Bösen und dem Leid in der Welt – die Tatsache, dass es Kinderschänder gab und Pickel. Michelle hatte mal versucht, mir das zu erklären, aber es leuchtete mir einfach nicht ein.

Ab und zu hatte Mom ihre religiösen Anwandlungen. Dann spulte sie irgendwelche Sprüche runter, die sie als Kind gelernt hatte – zum Beispiel eben, dass Lügner nicht in den Himmel kommen, oder Sachen wie *Bei allem, was mir heilig ist* oder *Heilige Maria, Muttergottes.* Manchmal bekam ich mit, wie sie sich bekreuzigte, aber ich hatte immer das Gefühl, dass ihre Hände dieses Ritual wie von selbst vollführten, aus reiner Gewohnheit.

Als kleines Kind habe ich Gott einen Namen gegeben. Ich nannte ihn Frank. Keine Ahnung warum, der Name kam mir einfach passend vor. Sogar Micah fing irgendwann damit an. Das hat Mom nervös gemacht, angeblich war es Frevel oder so, also mussten wir es lassen.

Aber nachdem Micah schon ein paar Nächte von zu Hause weg war, habe ich noch mal versucht, mit Frank zu reden. Ich habe Ihn um Hilfe gebeten, damit wir Micah finden, und habe rückgängig zu machen versucht, was ich mir früher insgeheim mal gewünscht hatte – dass Micah verschwinden würde. Ich habe in meinem dunklen Zimmer gelegen und gewartet, aber Frank hat nichts gesagt. Das Zuhören hatte Ihm schon immer mehr gelegen als das Reden, Er war geheimnisvoll und nicht ganz zu fassen – so ähnlich wie die Socken, die zwischen Waschmaschine und Trockner urplötzlich verschwinden. Im einen Moment dachte ich noch, Er wäre da, im nächsten tastete ich schon im Finstern herum, auf der Suche nach einer verschwundenen Socke. Meiner Meinung nach hatte Gott nicht wirklich was zu tun mit dem, was bei Micah abging, aber ich dachte, es könnte nicht schaden, Ihn um Hilfe zu bitten.

Den Spruch mit der Gelassenheit hatte ich schon mal irgendwo gelesen, auf einer Vorbereitungsliste für die College-Aufnahmeprüfungen oder so. Aber wie in aller Welt sollte man Dinge, die sich nicht ändern ließen, gelassen hinnehmen?

Ich hörte, wie meine Eltern und Micah die Worte stolpernd nachsprachen. Micah hing ziemlich lässig auf seinem Stuhl, hatte die Beine vor sich ausgestreckt und die Füße übereinandergeschlagen.

Nach dem Einstiegsgebet mussten alle, die an dem Programm teilnahmen, der Gruppe erzählen, was sie inzwischen gelernt hatten, und auch über ihre Gefühle für ihre Familie reden.

Ein Mädchen namens Mandy machte den Anfang. Ihre langen schwarzen Haare verdeckten ihr Gesicht fast ganz, aber ein dunkles Auge schaute heraus, das Lid flatterte wie ein Vogelflügel. Anscheinend war sie so alt wie ich, sechzehn, aber sie wirkte älter, weil sie so furchtbar dünn war. Magersüchtig dünn. Ihr Gesicht war eingefallen, die Wangenknochen standen ein bisschen vor wie bei einem Model. Ihr Mund spannte sich über den großen weißen Zähnen in ihrem Gaumen. Andauernd zog sie die Lippen zurück und schluckte mit einem saugenden Geräusch die Spucke runter.

Mandy gestand der Gruppe und ihren Eltern, dass sie immer wieder mit Typen geschlafen hatte, um an Heroin zu kommen. Mit wie vielen Männern, das sagte sie nicht, nur dass es viele gewesen waren, und ab und zu auch mal mit einer Frau. Irgendeine Geschlechtskrankheit hatte sie schon und jetzt ging es für sie darum, den Mut zu einem Aids-Test aufzubringen.

Das Mädchen neben ihr – weil sie genauso dünn war, wirkte sie fast wie ihr Zwilling – nahm sie in den Arm. Mandys Mutter lächelte ermutigend, wobei ihre eigenen großen Pferdezähne sichtbar wurden.

»Danke, Mandy. Das war sehr tapfer von dir.« Der Therapeut reagierte mit penetranter Freundlichkeit. Unter dem Stuhl scharrte er mit seinen Collegeschuhen, die absolut nicht zu den Dreadlocks passten.

Dann kamen nacheinander alle anderen Patienten oder Heimbewohner – keine Ahnung, wie man sie nennen sollte – an die Reihe und sagten ihren Familien in großer Runde irgendwas Wichtiges. Die Geschichten klangen alle gleich, auch wenn die Details variierten. Es war wie bei Stadt, Land, Fluss, wo immer die gleichen Lösungswörter auftauchen. Wenn einer mit Reden fertig war, wurden Fragen gestellt oder ermutigende Kommentare abgegeben. Der Therapeut bedankte sich jedes Mal bei denen, die geredet hatten. Mitzuerleben, wie so viel emotional Belastendes offen angesprochen wurde, war ein bisschen unangenehm, wirkte irgendwie aber auch befreiend. Das Versteckspiel war vorbei. Es gab keine Geheimnisse mehr und keine Lügen. Mein rechter Fuß wippte auf der unteren Querstrebe des Stuhls. Ich wollte nicht hier sein.

»Micah, du warst heute ziemlich still«, sagte der Therapeut plötzlich und wandte sich meinem Bruder zu.

Micah zuckte mit den Achseln und rutschte auf seinem Stuhl noch tiefer herunter.

»Wie ich sehe, sind heute alle aus deiner Familie da.«

»Stimmt.« Er sah uns nicht an.

»Gibt es etwas, was du sagen möchtest?«

Micah warf dem Typen einen Blick zu, als wollte er ihm am liebsten eine reinhauen, aber er hielt sich zurück. Zögernd sagte er: »Ich hab mein College-Geld angezapft, um mir, na ja, um mir was zu kaufen.«

»Um *was* zu kaufen, Micah?«, fragte der Therapeut.

Micah zog ärgerlich die Luft ein. »Crystal.«

Dad erstarrte. Das hörte er ganz klar zum ersten Mal. »Wie viel davon ist weg?«

Micah starrte zu Boden und ich folgte seinem Blick. Ich stellte mir vor, wie kühl die weißen Fliesen auf meinem Gesicht wären, wenn ich mich einfach hinlegen und die Augen zumachen würde. Wenn ich bloß still dort liegen und dem Pochen in meinem Kopf entkommen könnte.

»Alles.« Das, was dann kam, sagte Micah ganz schnell, ohne jede Pause zwischen den Sätzen. »Tut mir leid. Ich zahl's zurück. Ich brauch nur ein paar Auftritte, wenn ich wieder hier raus bin. Meine Kumpel sagen, es gibt echt viel Interesse.«

»Wir haben jahrelang dafür gespart«, zischte Dad.

»Ich hab doch gesagt, ich zahl's zurück«, flüsterte Micah.

Mom legte Dad die Hand auf den Oberschenkel.

»Aha«, sagte er. »Du zahlst es zurück.«

»Vielleicht bekommt er ja auch ein Stipendium«, meinte sie.

Dad knurrte. »Ist ein bisschen spät dafür.«

»Vielleicht will ich ja gar nicht aufs College«, sagte Micah in dem gleichen gedämpften Tonfall. »Meine Noten sind nicht besonders. Ich bin nicht so schlau wie Rachel.«

Ich hob den Kopf, als ich meinen Namen hörte. Es passte mir überhaupt nicht, dass Micah meine selbst gewählte Unsichtbarkeit torpedierte.

»Du bist genauso intelligent wie sie, Liebling«, sagte meine Mutter. »Du warst nur in letzter Zeit ein bisschen abgelenkt.« Sie redete über seine Sucht, als wäre sie nichts als eine kleine Bodenschwelle auf einer Vorortstraße. »Du wirst schon sehen, wenn das hier vorbei ist, kommt alles wieder in Ordnung. Nächstes Jahr gehst du aufs College.«

»Ihr hört mir nicht zu.« Micah richtete sich in seinem Stuhl auf. Er krallte die Hände zusammen und redete ganz langsam weiter. »Ich geh nicht aufs College. Ich will das nicht. Wenn ich mit der Schule fertig bin, geh ich mit der Band nach L. A.«

Dad konnte seine Wut nicht mehr zurückhalten. »Mit der Band? Was wollt ihr denn da machen? Straßenmusik oder was? Wovon willst du leben? Du hast einen Haufen Probleme und tust so, als ob nichts wäre!«

Der Therapeut mischte sich ein. »Hören Sie, Mr Stevens, wir sollten Micah doch zugestehen, dass er seine wahren Gefühle zum Ausdruck –«

Dad schnitt ihm das Wort ab. »Ich hab das Psychogeschwätz satt. Micah, das bist doch nicht du. Aus dir sprechen die Drogen. Das bereden wir, wenn du wieder hier raus bist.«

»Du hörst mir ja nicht mal zu!«, brüllte Micah.

Dann wurde es still im Raum.

»Mach weiter, Micah, sag uns, was du empfindest.« Der Therapeut redete leise, warf meinem Vater aber einen drohenden Blick zu.

Langsam fing Micah wieder an. »Ich bin ich. Ich bin nicht wie du oder Mom. Mir ist klar, dass ich ein paar Probleme hatte, aber ich hab das jetzt im Griff. Mir geht's gut.« Was er dann sagte, war die größte Lüge aller Zeiten. »Anders als Rachel bin ich nicht perfekt.«

Anscheinend konnte man mir ansehen, wie geschockt ich war,

denn der Therapeut fragte mich: »Rachel, möchtest du Micah etwas dazu sagen? Das geht in Ordnung. Hier ist ein sicherer Ort.«

Sichere Orte gibt es nur, wo keine Menschen sind, dachte ich und schüttelte den Kopf.

»Wirklich nicht?«, hakte der Therapeut nach. Diesmal kamen mir seine Dreads wie kleine, sich windende Schlangen vor.

Micah schaute in meine Richtung. Er hatte sich nicht verändert. Seine braunen Augen wirkten immer noch genauso tot wie damals, als Crystal zu seinem alleinigen Lebensinhalt geworden war.

Mein Mund verzog sich zu einem Lächeln. »Ich freu mich, wenn du wieder heimkommst.«

Das Komische an einer Lüge ist: Wenn sie erst mal ausgesprochen ist und jemand sie glaubt, dann wächst sie und entwickelt ein Eigenleben. Du kannst sie nicht zurücknehmen. Sie raubt dir die Luft zum Atmen, bis du irgendwann aufgibst. Dann übernimmt sie und du vergisst, wie es ist, selbst zu atmen. Das ist wie in parasitären Beziehungen, aber nicht schön und nützlich wie bei den kleinen Putzerfischen, die den Haien freundlicherweise die Haut säubern und sich manchmal an ihnen festsaugen. Nein, eher wie bei einem Bandwurm, der jemanden von innen her auffrisst.

Mein Biolehrer hat sich mal einen eingefangen, als er den Sommer über in Südamerika war. Nach seiner Rückkehr fühlte er sich krank und konnte nicht zunehmen. Irgendwann hat sich herausgestellt, dass er einen sechs Meter langen Bandwurm im Bauch hatte, der an ihm fraß und immer größer wurde. Weil er wusste, dass wir ihm die Geschichte sonst nicht glauben würden, brachte er ein Stück mit. Es schwamm in einem Glas herum und sah aus wie das längste Stück Linguini, das ich je zu Gesicht gekriegt habe.

Widerlich, oder? Er hat den Arzt, der das Ding rausgeholt hat, anscheinend ernsthaft gefragt, ob er es behalten kann.

Manchmal muss eine Lüge genau wie ein Bandwurm regelrecht entfernt werden. Das Problem ist nur, dass viele von uns die Lüge dann immer noch wie ein Souvenir in einem Glas mit sich herumtragen.

Kapitel 2

Tyler wartete schon auf mich, als ich auf den 7-Eleven-Parkplatz fuhr. Rauchend lehnte er an seinem Truck. Die Uhr auf meinem Armaturenbrett zeigte 8:55.

Ziemlich früh für einen Kiffer, dachte ich und nahm das als gutes Zeichen.

Ich hielt neben ihm, mit laufendem Motor, und ließ das Fenster herunter. »Hey.«

»Hey.« Er nahm noch einen Zug, dann warf er die Zigarette weg und drückte sie mit dem rechten Fuß aus. Der Rauch strömte aus seinen leicht geöffneten Lippen wie ein träger Frosch. Er schob sich die glatten schwarzen Haare aus dem Gesicht, die ihm bis in die Augen hingen, und schaute über den Parkplatz. »Bist du sicher, dass du das schaffst?«

Ich folgte seinem Blick zu einem Auto, das eben auf den Parkplatz gekommen war. Der Fahrer stieg aus, in einer 7-Eleven-Uniform. Ich kannte ihn, er war in Micahs Klasse gewesen und hatte im Juni seinen Abschluss gemacht.

»Ja.«

Tyler öffnete die Fahrertür seines Trucks und griff nach einem schwarzen Rucksack. Er machte die Tür wieder zu, schloss ab und lief langsam vorne um mein Auto herum. Er trug sein übliches Outfit: ziemlich tief sitzende Hollister-Jeans, ein schwarzes T-Shirt, eine Schlüsselkette an einer der Gürtelschlaufen. Genau wie ich war er ein Jahr jünger als Micah, aber größer als er, wahrscheinlich um die eins achtzig. Tyler war groß und schlank, perfekt zum Bass- und Fußballspielen, was er beides gut konnte. Er bewegte sich extra lässig, als wäre er überzeugt, dass ich ihm zuschaute. Die Beifahrertür von meinem Civic ging auf, und gleich als er einstieg, roch es nach Zigarettenrauch.

»Ich hab nur eine Regel: Im Auto wird nicht geraucht.« Ich sah ihm direkt in die Augen, um ihm klarzumachen, dass es mir damit ernst war.

»In Ordnung. Meine Regel geht so: Kein Rumgezicke, dass ich rauche.« Sein Blick war genauso entschieden wie meiner.

Ich wandte als Erste den Blick ab und legte den Rückwärtsgang ein. »Gut, dann sind wir uns ja einig.« Ich fuhr vom Parkplatz.

»Darf ich?« Er zeigte auf die Anlage.

»Sicher, mach nur.« Ich behielt die Straße im Auge, während die Stimme von Morrissey das Wageninnere erfüllte. Seine Melancholie passte gut.

»Nicht schlecht«, sagte Tyler.

»Auch andere Leute verstehen was von Musik.« Tyler war in Micahs Band, also war er wahrscheinlich Experte, genau wie Micah. Ich hatte keine Lust auf Small Talk, aber ich wollte auch nicht wie der letzte Idiot wirken. »Danke, dass du mir beim Suchen hilfst.«

Tyler stellte den Sitz zurück und setzte seine Sonnenbrille auf. »Versprechen kann ich nichts.«

»Klar.«

Ich kannte Tyler nicht besonders gut, aber er schien ehrlich zu sein, und das war genau, was ich brauchte. Kein Bullshit mehr. Keine Lügen. »Ich mein ja nur – du müsstest das nicht machen.«

»Na ja, also« – er rutschte auf dem Sitz hin und her – »Micah schuldet mir Geld.«

Das hatte ich nicht gewusst, aber überrascht war ich nicht. *Mir schuldet er auch was*, dachte ich. *Mehr als nur Geld.* Ich nahm die Auffahrt zur Interstate 15, Richtung Süden nach San Diego.

»Achtung!«, rief Tyler.

Ich wich gerade noch einem schwarzen Lexus aus, der links von uns vorbeirauschte.

»Soll ich fahren?«, fragte er und setzte sich aufrecht hin. Aus den Augenwinkeln sah ich, wie er den Kopf zu mir drehte.

»Alles okay, ehrlich. Schlaf einfach noch eine Runde.« Bei dem Verkehr würden wir eine Weile brauchen. »Dauert mindestens eine Stunde, bis wir da sind.«

»Eher länger.« Tyler legte den Kopf zurück und verschränkte die gebräunten Arme vor der Brust.

Auf seinem Oberarm entdeckte ich die untere Hälfte eines Azteken-Adlers. Der Rest des Tattoos verschwand unter dem schwarzen T-Shirt, aber ich wusste, dass es da war. Er hatte es sich in seiner Mexican-Pride-Phase stechen lassen. Letzten Sommer war er bei seiner Familie unten in Mexiko gewesen, wo er auch ein bisschen Spanisch gelernt hatte. Nach seiner Rückkehr redete er ständig über die Unterdrückung der Latinos und darüber, wie korrupt die amerikanischen Politiker wären. In seinem Geschichtskurs hatte er kurz vor Thanksgiving einen spektakulären Auftritt hingelegt: Er war unter Protest aus dem Klassenzimmer gestürmt, als dort von »Indianern« die Rede gewesen war. Auch der Begriff »amerikanische Ureinwohner« passte ihm nicht; er fand, man sollte die alten Stammesnamen verwenden. Am Ende brachte er die ganze Schule dazu, gemeinsam den Namen des Stammes zu rufen, der zu Zeiten der Mayflower den Pilgervätern geholfen hatte, wie auch immer der geheißen hatte.

Diese Seite von Tyler hatte mir ziemlich gut gefallen, aber das Ganze hielt nicht lange an. Eine Mission zu haben, wenn du noch auf der Schule bist und Bass in einer Band spielst, ist auf Dauer wohl zu anstrengend. Und als es dann Dezember wurde, interessierten sich sowieso alle nur noch für Santa Claus, Weihnachtslieder und den ganzen Kram. Keiner wollte mehr hören, dass Kalifornien eigentlich ein Teil von Mexiko sein sollte.

Ich konnte kaum glauben, dass inzwischen schon August war; in ein paar Wochen würde mein Abschlussjahr in der Highschool anfangen. Über die Tatsache, dass Micah immer noch verschwunden war, wurde inzwischen stillschweigend hinweggegangen – so wie Kinder manchmal versuchen, nicht auf die Ritzen zwischen den Gehwegplatten zu treten. Statt nach ihm zu fragen, lächelten mich die Leute nur traurig an, fast wie auf einer Beerdigung, wenn man den Angehörigen sein Beileid ausspricht. So ein Lächeln, das man aufsetzt, wenn man keine Ahnung hat, was man sagen soll.

Aber das hatte mich nicht groß gekümmert. Ich war fest entschlossen, mein Leben weiterzuleben. Inzwischen waren ein paar Monate vergangen, ich musste mich dringend um meine College-Bewerbungen kümmern. Ich hatte keine Zeit, mich damit zu quälen, dass sich Micah davongemacht hatte, ohne ein Wort zu sagen. Ich fand, ich hatte schon genug für ihn geopfert. Aber dann bekam ich diese E-Mail.

Rachel,
du kennst mich nicht, aber ich weiß, wer du bist. Es gibt da jemanden, den wir beide kennen, deinen Bruder Micah. Ihm geht es nicht besonders gut. Er lebt auf der Straße und versucht, mit Gitarrespielen Geld zu verdienen, unter anderem. Er hat Ärger am Hals, wirklich üblen Ärger – die Art Ärger, die man nicht so leicht wieder loswird, wenn du verstehst, was ich meine. Richtige Scheiße, bei der Leute verletzt werden oder …
Es würde ihm nicht passen, dass ich dir schreibe, aber er weiß nichts davon. Über dich redet er am meisten. Das muss doch was bedeuten, oder?
Jedenfalls ist er in Ocean Beach.

Ich las die Mail ein paarmal, druckte sie aus und stopfte sie in die Schublade des Schränkchens neben meinem Bett, wo ich Listen und anderes Zeug aufbewahrte. Eine ganze Woche verging, bevor ich sie noch mal las. Dieses Mal betrachtete ich sie mit dem gleichen Blick wie die Texte für meinen Literaturkurs. Ich hielt Ausschau nach Mustern. Ich analysierte die Wörter. Was bedeutete *Ihm geht es nicht besonders gut*? *Gut* ist ein ziemlich relativer Begriff. Was für eine Art Ärger hatte er wohl? Das *oder* am Ende vom ersten Absatz sollte wohl heißen, dass Micah noch Schlimmeres zustoßen konnte als eine Verletzung. Der Mailschreiber glaubte anscheinend, das Leben meines Bruders sei in Gefahr.

Aber von wem stammte diese Mail? Ich war mir ziemlich sicher, dass es niemand aus der Schule sein konnte, außer es wäre ein grausamer Scherz. Es musste jemand sein, den Micah kannte und dem er vertraute. Ich versuchte, die Adresse zurückzuverfolgen, aber die Mail kam von einem undefinierbaren Hotmail-Account, wo doch kein Mensch mehr Hotmail benutzt.

Zwei Sätze kamen mir immer wieder in den Sinn. *Über dich redet er am meisten. Das muss doch was bedeuten, oder?* Das musste gelogen sein. In den Wochen bevor er verschwunden war, hatte Micah kaum mit mir gesprochen, die meiste Zeit schien er mich nicht mal wahrzunehmen. Was hinter der Lüge steckte, fand ich trotzdem beunruhigend. Jemand hatte Angst um meinen Bruder und wusste, wie er mich kriegen konnte: mit Schuldgefühlen. Gegen diese Waffe war ich wehrlos.

In der Nacht konnte ich einfach nicht schlafen, egal wie sehr ich es versuchte, also hatte ich am nächsten Morgen Tyler angerufen, den einzigen Freund von Micah, den ich mochte, und ihm die Mail am Telefon vorgelesen.

Einen Moment lang sagte er gar nichts, dann wollte er, dass ich ihm die Mail noch mal vorlese. Als ich fertig war, fragte ich: »Und?«

»Kryptisch.«

»Ich fahr hin.«

»Wann?«

»Morgen.«

Ich hörte, wie er tief Luft holte und sie mit einem schweren Seufzer wieder ausstieß. »In Ordnung.«

Unser Plan war simpel: gleich morgens aufbrechen, runter nach San Diego fahren, in Ocean Beach nach Micah suchen und abends um acht wieder zu Hause sein, so wie meine Eltern es von mir erwarteten. Vor meinem inneren Auge lief nur ein einziges Szenario ab: Wir finden Micah, wie er mit seiner Gitarre am Straßenrand sitzt, eine Büchse für Geld neben sich. Als er uns sieht, schimpft er erst mal eine ganze Weile rum, aber dann entschuldigt er sich und bedankt sich bei uns, dass wir ihn aufgespürt haben. Auf dem Weg nach Hause macht er sich Sorgen, was er Mom und Dad bloß sagen soll, aber wir versichern ihm beide, dass wir für ihn einstehen. Alle anderen Versionen, wie das Ganze sonst noch ablaufen könnte, schob ich beiseite.

Langsam und stetig bewegte sich das Auto aus dem Tal, in dem wir wohnten. Als wir die Hügelkuppe erreicht hatten und auf der anderen Seite wieder nach unten fuhren, sah ich die breite, vierspurige Autobahn in der Ferne verschwinden. Wir hatten einen weiten Weg vor uns.

Tyler musste eingeschlafen sein, das erkannte ich an der Art, wie er atmete. Ich warf ihm einen kurzen Blick zu. Er hatte die Knie am Armaturenbrett abgestützt und sich im Sitz zusammensinken lassen. Seine Lippen verzogen sich zu einem schiefen Grinsen, dann murmelte er etwas, das ich nicht ganz verstand. Ein Schlafredner also. *Gut*, dachte ich, *vielleicht krieg ich auf die Art was raus, was sich gegen ihn verwenden lässt.*

Ich trommelte mit den Fingern auf dem Lenkrad den Rhythmus der Musik mit. Auf beiden Seiten der Autobahn lagen vertrocknete Hügel mit Felsen in allen möglichen Farben und Formen.

Als Micah und ich klein waren, tat Mom auf der Fahrt durch dieses felsige Hügelland immer so, als wären wir in einem alten Western. Sie zeigte zum Beispiel irgendwohin und sagte: »Achtung, ich seh einen.« Dann zogen wir schnell die Köpfe ein, als könnten wir da draußen einen schwarzen Cowboyhut erkennen, und taten, als ob hinter einem der Felsen ein Bösewicht mit einem Gewehr lauerte. Micah und ich wechselten uns dabei ab, auf ihn zu zielen und zu schießen. Während der eine feuerte, lud der andere nach, bis Mom uns vor einem anderen Fantasie-Cowboy warnte und wir ihn zu erwischen versuchten. Wir schafften es immer heil über den

Pass. Manchmal taten wir, als hätte einer von uns einen Streifschuss abgekriegt, aber Tote auf unserer Seite gab es nie. Und während wir das »Gebirge« verließen, wie Mom es nannte, erzählte sie uns von dem einen Halunken, der entkommen war und das nächste Mal auf uns warten würde.

So vertrieben wir uns auf langen Autofahrten mit der Familie die Zeit. Manchmal waren wir auch Pioniere, die Richtung Westen zogen, oder Entdecker, die einen fremden Planeten erforschten. Mom liebte diese Als-ob-Spiele. Wir behielten sie bis ins Teenageralter bei, ihr zuliebe und auch weil es uns irgendwie Spaß machte, noch mal Kind zu sein.

Aber als Micah dann auf die Highschool kam, ließ er keinen Zweifel mehr daran, dass Als-ob-Spiele mit Mom einfach nicht cool waren. Und weil er für mich in den meisten Dingen ein Vorbild war, hörte ich auch damit auf. Mom hatte bald genug davon, dass wir die Augen verdrehten und sie ignorierten, und gab es auf. Auf Autofahrten zählten jetzt nur noch Playlists – Micah und ich saßen mit Kopfhörern hinten im Auto und starrten aus den Seitenfenstern nach draußen, wo es jetzt nichts mehr gab als Felsen und vertrocknete Hügel.

Richtig cool wurde Micah in seinem zweiten Highschool-Jahr durch den Auftritt seiner Band bei einer Party von Missy Eyers. Weil sie in der Abschlussklasse war und außerdem noch im Cheerleading-Team, zählte Micah von da an zu den angesagten Leuten in der Schule. Zugegeben, sein Aufstieg hatte schon vorher begonnen, ohne dass jemand anderer die Finger im Spiel gehabt hätte, aber der Gig bei Missy katapultierte ihn ganz nach oben. Weil ich in der untersten Klasse war, war ich nicht selbst dabei gewesen und hörte nur von dem Abend – alle erzählten hinterher, die Band wäre der Wahnsinn gewesen und Micah würde so toll aussehen, er und

Missy hätten wie wild geknutscht und wären wohl auch miteinander im Bett gewesen. Micah bestätigte den ersten Punkt, ließ sich beim zweiten aber bewusst nicht festlegen.

Seine Band wurde zu *der* Party-Band der Schule. Außerdem begannen sie in den Clubs bei uns im Ort zu spielen, auch in solchen, die eigentlich erst ab 21 erlaubt waren. Als Signal, dass sie keinen Alkohol trinken durften, mussten die Jungs einen Bändel am Handgelenk tragen. Alle behaupteten, die Band würde noch mal groß rauskommen. Womit eigentlich gemeint war, dass Micah groß rauskommen würde. Er war das Geheimnis der Band. Jeder, der ihn mit seiner Gitarre am Mikro mitbekam, konnte sehen, dass aus Micah etwas Besonderes werden würde.

Wurde es dann ja auch, allerdings anders als gedacht. Er war nicht der klassische Teenie-Losertyp, der in den Drogenabgrund stürzt. Er hatte etwas an sich, auf das alle scharf waren; er hatte echtes Potenzial. Nach und nach mitzubekommen, wie er all das verspielte, war für uns andere furchtbar schwer auszuhalten.

Wenn in der Schule Gruppen von Schülern zusammenstanden, frühere Freunde und Fans, hörte ich hinter vorgehaltener Hand immer wieder die Frage nach dem Warum. Lehrer schüttelten enttäuscht die Köpfe. Sie nahmen mich zur Seite, um mir zu versichern, dass sie »immer für mich da« wären, falls ich etwas bräuchte, was ich seltsam fand, denn eigentlich sollten sie doch sowieso »für mich da« sein, oder?

Wieso versaute Micah alles, wieso warf er sein Leben weg? Warum ließ er uns alle im Stich? Ich wusste keine Antwort. Was hatte das denn mit mir zu tun?

Ich war tief in Gedanken, als der Wagen vor mir auf einmal stoppte, und ich musste voll auf die Bremse steigen. Ich war schon darauf gefasst, dass mir gleich einer hinten drauffahren würde.

Neben mir bewegte sich Tyler unruhig in seinem Sitz. Er lehnte sich gegen die Fensterscheibe und murmelte: »Erzähl mir was, das ich nicht weiß.« Über dem Bund seiner Jeans schauten seine blau karierten Boxershorts vor.

Ich konzentrierte mich wieder auf die Straße und beschloss, dass ich Micah, falls wir ihn wirklich finden sollten, fragen würde, warum das alles hatte passieren müssen. Aber egal wie seine Antwort ausfiel, ich würde ihm am liebsten eine reinhauen, das wusste ich jetzt schon.

Kapitel 3

»Und jetzt?«, fragte ich Tyler.

Für mich sahen die Straßen von Ocean Beach alle gleich aus: eng und vollgestopft mit niedrigen Holzhäusern in unterschiedlichen Pastelltönen. Die grauen Wolken machten es nicht besser, durch sie wirkte alles düster und unheilvoll. Ich hatte keine Ahnung, wohin.

»Kaffee«, gab er zurück und setzte sich auf. Seine Stimme klang kratzig und dunkel, eher so, als bräuchte er Wasser und nicht Kaffee. Er fuhr sich mit den Händen übers Gesicht und dann durch die Haare.

»Kaffee?«

»Ja, es gibt da einen Laden an der Ecke Newport. Da fangen wir an.«

Ich konnte mir kaum vorstellen, dass Micah einfach so in einem Café herumsitzen würde, aber ich hatte keinen besseren Vorschlag.

Tyler dirigierte mich in eine der Nebenstraßen, in der es jede Menge Parkplätze für zwei Stunden gab. Während ich den Schlüssel abzog, warf ich einen Blick aufs Armaturenbrett. Wir hatten bis 12.38 Uhr Zeit.

Tyler griff in seinen Rucksack, setzte sich eine jägergrüne Mao-Mütze auf und wandte sich mit einem Lächeln an mich. Im Morgenlicht schienen die Mütze und seine Augen die gleiche Farbe zu haben.

»Du hast ja grüne Augen«, sagte ich. Mir war vorher nicht aufgefallen, wie grün sie waren, eine Art gedämpftes Waldgrün.

»Als ich das letzte Mal geguckt habe, ja.« Er grinste, wobei sich Grübchen in seinen Wangen bildeten, und beugte sich schnell vor, um seinen Rucksack unter den Sitz zu stopfen. Dann machte er die Tür auf und stieg aus.

Ich bekam eine SMS von Michelle, die fragte, ob wir Micah schon gefunden hätten. Ich schrieb zurück, wir wären gerade erst angekommen, dann machte ich das Handy aus und legte es ins Handschuhfach. Ich hatte keine Lust, mich dauernd mit den Nachrichten und Anrufen von irgendwem herumzuschlagen. Aber meinen Rucksack nahm ich mit. Dabei war er fast leer, bis auf Sonnencreme, ein dünnes schwarzes Kapuzenshirt, mein Portemonnaie und ein Notizheft.

»Okay, Frank«, sagte ich ins leere Auto hinein. »Bitte hilf mir, ihn zu finden.« Etwas Unterstützung konnte schließlich nicht schaden.

Das Café lag an der Hauptstraße, die direkt zum Meer führte. Schon beim Öffnen der Tür hielt ich nach Micah Ausschau, aber drinnen sah ich nur ein paar Leute, die mit ihren Laptops um die Steckdosen versammelt waren und arbeiteten, einen Zeitung lesenden alten Mann und zwei Frauen, die an einem kleinen Tisch saßen und miteinander redeten. Obwohl mir klar gewesen war, dass mein Bruder bestimmt nicht gemütlich bei einem Cappuccino hier herumhocken würde, war ich irgendwie enttäuscht. Ich wusste, dass ich meine Erwartungen im Griff behalten und realistisch sein musste, um durch den Tag zu kommen. Und Hoffnung haben war wohl nicht sehr realistisch.

Die kesse Bedienung nahm Tylers Bestellung auf.

»Zahlt ihr zusammen?«, fragte sie.

»Nein«, sagte Tyler und machte mir Platz, damit ich mir eine Latte macchiato bestellen konnte.

Eine Frau in einem langen Blumenkleid tappte mit gesenktem Kopf herein und schob sich an uns vorbei Richtung Toilette. Sie war barfuß.

»Entschuldigung!«, rief die Bedienung. »Tut mir leid, aber Sie können da nicht rein, die ist nur für Kunden.«

Die Frau lief weiter. Sie wollte die Tür aufmachen, aber die war abgeschlossen.

»Man braucht einen Schlüssel und leider erlaubt mein Chef nicht, dass ich für Sie aufsperre.«

Die Frau murmelte mit gesenktem Kopf ein paar Worte. Vor der Toilettentür blieb sie stehen und wippte von den Fußballen auf die Ferse und wieder zurück. Ihre langen Haare verdeckten fast ihr ganzes Gesicht.

»Kann ich noch einen kleinen Kaffee haben?«, fragte Tyler.

»Klar«, sagte das Mädchen und tippte ihn ein.

»Der ist für sie.« Tyler deutete auf die Frau, die immer noch an der Toilettentür stand, vor dem Schild *NUR FÜR KUNDEN.*

Die Bedienung guckte Tyler böse an, griff aber in eine Schublade und reichte ihm den Chip zum Öffnen der Tür, zusammen mit dem Kaffee. Er sperrte der Frau die Tür auf und reichte ihr den Becher.

»Wer hätte gedacht, dass dieser Tyler so liebenswürdig sein kann?«, sagte ich, als wir mit unseren Getränken das Café verließen. »Aber mach dir keine Sorgen, ich erzähl's nicht weiter.«

Er senkte den Kopf und nahm einen Schluck. »Mhm! Geht nichts über Kaffee, um einen Kerl in Form zu bringen. Kriegt man gleich mehr Haare auf der Brust.«

»Nicht unbedingt das, was ich will.« Ich lachte.

Wir liefen Richtung Süden auf den Strand zu, immer an der von hohen, dürren Palmen gesäumten Hauptstraße entlang. Hier gab es die typischen Läden mit Badeklamotten, Surfersachen und billigem Schmuck, dazu ein paar Kneipen.

»Wir sollten mit allen Leuten reden, die aussehen, als könnten sie Micah kennen«, sagte Tyler.

Ich wollte ihn schon fragen, wie so jemand denn aussehen würde, aber schon ein paar Schritte weiter blieb er stehen, vor einem Typen Anfang zwanzig mit strähnigen braunen Haaren, einem schäbigen roten T-Shirt und abgeschnittenen Jeans. Er hockte auf dem Gehweg, neben einem schmuddeligen Pappschild, auf das mit schwarzem Stift *BRAUCHE GELD* gekrakelt war. Tyler griff in seine Tasche und legte einen Dollar auf das Häufchen mit Münzen und zerfledderten Geldscheinen.

Ich konnte gar nicht anders, als die Ohrläppchen von diesem Typen anzustarren, die sich um zwei elend große schwarze Plugs dehnten und ihm fast bis auf die Schultern reichten. Ich fragte mich, wie groß die Löcher wohl wären, wenn er die Dinger rausnahm. Mit Piercings kam ich irgendwie klar, aber Plugs? Nein danke.

Tattoos rankten sich über seine dürren weißen Arme wie verdorrte Schlingpflanzen. Sein Oberkörper schaukelte im Rhythmus einer Musik vor und zurück, die er anscheinend über seine Kopfhörer hörte. Ich konnte mir nur schwer vorstellen, was Micah mit so einem zu tun haben könnte.

Tyler ging vor ihm in die Hocke und der Typ zog einen Ohrstöpsel raus. »Wir suchen jemanden.«

»Aha. Wen denn?« Der Typ flippte auf seinem kleinen limettengrünen iPod die Songs durch.

»Ihren Bruder.« Tyler bewegte den Kopf in meine Richtung.

Der Typ musterte mich, von den Beinen bis hoch zum Gesicht. In seinen Augen blitzte etwas auf, das ich lieber nicht so genau wissen wollte. Instinktiv verschränkte ich die Arme vor der Brust.

»Wie heißt der?«

Sogar von dort, wo ich stand, bildete ich mir ein, seinen stinkenden Atem zu riechen.

»Micah, Micah Stevens.« Als ich den vollen Namen aussprach, traf mich auf einmal die ganze Wucht dessen, was wir da taten.

»Kenn keinen Micah.« Der Typ tat den Ohrstöpsel wieder rein.

»Zeig ihm das Foto«, sagte Tyler zu mir.

Ich hielt ihm das aktuellste Bild von Micah hin, das ich gefunden hatte. Es war letztes Jahr bei seinem Geburtstagsessen gemacht worden und zeigte uns beide, wie wir dicht nebeneinander am Tisch in einem Lokal saßen. Micah hatte ein schwarzes Buttondown-Hemd an, sein bestes. Seine Haare wirkten, als wäre er gerade erst aufgewacht, aber so trug er sie immer, ungewaschen und zerzaust, so ähnlich wie Tyler, nur lockig. Dad hatte gewollt, dass wir beide lächeln, aber mein Bruder tat das nur mit dem Mund. Seine bernsteinfarbenen Augen schienen in eine andere Welt zu schauen.

»Nein.« Der Typ redete ein bisschen zu laut. »Kenn ich nicht.« Dann begann er wieder, hin- und herzuschaukeln.

»Okay, dann danke, Kumpel.« Tyler richtete sich wieder auf.

Ich hätte den Typen gern gebeten, sich das Foto noch mal anzusehen, denn er hatte gar nicht richtig hingeguckt, aber Tyler hatte sich wieder in Bewegung gesetzt. Ich schob das Bild resigniert zurück in meine hintere Hosentasche. Ich war nicht vorbereitet auf das Abgestumpfte, die Apathie.

Wir waren ein paar Schritte gegangen, da rief uns der Typ hinterher: »Wie kommt ihr auf die Idee, dass er gefunden werden will?«

Kapitel 4

Crank. Ice. Quarz. Crystal. Yaba. Speed. Glass. Tina. Chalk. Diamonds. Die Namen für Methamphetamin. Koks für Arme. Besonders der letzte Ausdruck jagte mir Angst ein. Schließlich weiß jeder, dass Koks einen umbringen kann.

Beim Googeln fand ich eine Website, auf der die übliche Wirkung von Crystal Meth beschrieben wurde. Genannt wurden Euphorie (die bis zu zwölf Stunden dauern kann), Energieschübe, Gewichtsverlust, Durchfall und Übelkeit, Hyperaktivität, Aggressivität und Verwirrtheit. Die Rede war auch von gesteigerter Libido, also irgendwas mit dem Sextrieb, dass man richtig viel Sex will oder so. Falls das bei Micah auch so war, wollte ich lieber nichts davon wissen. Wer das Zeug über lange Zeit nimmt, las ich, bekommt Entzugserscheinungen, Depressionen, Angstzustände und einen Meth-Mund – die Zähne faulen und verrotten im Mund. Am schlimmsten fand ich intensive Halluzinationen, in denen sich die Junkies einbilden, unter ihrer Haut würden Käfer krabbeln. Ich hatte eine irre Angst vor Insekten, deshalb machte mich diese Vorstellung absolut fertig.

Ich scrollte runter zu einem Abschnitt über die Auswirkungen auf das Gehirn. Crystal Meth setzt Dopamin frei, einen chemischen

Stoff, der Lustgefühle und Euphorie auslöst. Mit der Zeit zerstört die Droge aber die Dopaminrezeptoren, sodass man nicht mehr in der Lage ist, sich aus eigener Kraft gut zu fühlen oder glücklich zu sein. Auch nach dem Absetzen der Droge dauert es ein ganzes Jahr, bis die Rezeptoren nachgewachsen sind, falls sie das überhaupt tun. Die Süchtigen brauchen am Ende immer mehr von dem Zeug, um sich halbwegs normal zu fühlen, denn Crystal beeinträchtigt auch die Fähigkeit des Gehirns, Dopamin auf natürlichem Weg zu produzieren. Crystal-Abhängige leiden daher anscheinend an Anhedonie – der Unfähigkeit, sich zu freuen.

Im letzten Abschnitt auf der Website gab es Vorher-Nachher-Fotos von Meth-Usern. Sie erinnerten mich an Styling-Shows, in denen erst lauter Bilder von hässlichen Frauen gezeigt werden, die auch sonst total erbärmlich und trist wirken, und dann sieht man sie noch mal, wie sie strahlen, mit frisch gestylten Haaren, professionell geschminkt und in schicken Klamotten. Hier war es allerdings umgekehrt. Im linken Bildschirmteil war eine ganz normale, fröhlich wirkende Frau zu sehen. Die rechte Seite zeigte, wie sie sich in eine gealterte, abgemagerte und fast nicht mehr wiederzuerkennende Version ihrer selbst verwandelt hatte, mit lauter wunden Stellen im Gesicht, wo sie versucht hatte, sich die eingebildeten Käfer unter der Haut wegzukratzen.

Ich konnte die Fotos nicht länger angucken. Micah war nicht so. Er hatte kein aufgekratztes Gesicht und keinen Meth-Mund. Klar, er war dünn, aber das war er schon immer gewesen. »Eine echte Bohnenstange«, hatte mein Dad früher gesagt. Micah sah wie ein normaler, gesunder Achtzehnjähriger aus. Er war mein Bruder. Und er konnte sich freuen. Zumindest glaubte ich, dass er es konnte.

Kapitel 5

Während Tyler und ich weiter Richtung Strand liefen, dachte ich über das nach, was der Typ mit den Plugs gesagt hatte. Klar wollte Micah gefunden werden, auf jeden Fall wollte er das. Wie musste man drauf sein, um freiwillig verschwunden zu bleiben?

Tyler blieb stehen, um mit zwei Leuten zu reden, einem Jungen und einem Mädchen in unserem Alter. Der Typ klimperte auf einer Gitarre herum, das Mädchen saß mit angezogenen Knien da und lackierte sich die Zehennägel in einem dunklen Lilaton. Ihre kurzen blonden Haare klebten in dicken, verfilzten Büscheln zusammen. Entweder hatte sie sich für diesen Effekt jede Menge Gel ins Haar geschmiert oder sie brauchte dringend eine Dusche.

Tyler fragte die beiden nach Micah und ich zeigte ihnen das Foto. Der Typ spielte weiter, irgendwas Düsteres in Moll, was alles noch erbärmlicher wirken ließ. Das Mädchen betrachtete das Bild zwar halbwegs interessiert, aber anscheinend kannten weder sie noch ihr Freund Micah. Sie machte weiter mit ihren Nägeln und kippte mit einer ungeschickten Fußbewegung den Nagellack um, der jetzt lila über ihre Decke floss.

Wir gingen schnell weiter, bevor sie auf die Idee kommen konnte, dass wir an diesem Malheur schuld wären.

»Die zwei waren keine Obdachlosen«, stellte ich fest.

»Eher nicht.«

»Und der Typ davor auch nicht.«

»Nein.«

»Hab ich da was verpasst? Ist das der neuste Hit? So tun, als würdest du auf der Straße leben, bloß um ein paar Dollar abzuzocken?« Das regte mich auf, ich fand es total verlogen.

Tyler zuckte mit den Achseln. »Vielleicht langweilen die sich.«

»Dann sollen sie sich meinetwegen langweilen, aber nicht so ein Theater machen.«

»Oder sie meinen das als Protest.«

»Mit MP3-Playern und iPods?«

Er lachte. »Die Leute brauchen halt ihre Musik.«

»Hör mal, Tyler, du weißt ja bestimmt, was du tust, aber –«

»Das weiß ich, ja.«

»Meinst du wirklich, Leute wie die könnten Micah kennen? Die passen doch nicht zu ihm.«

Tyler blieb vor einem kleinen Laden stehen. »Die beiden eben vielleicht nicht, aber der vorhin hatte ganz klar was eingeschmissen. Ich brauch Zigaretten. Kommst du mit rein?«

Ich schüttelte den Kopf und wartete draußen auf ihn. Obwohl es noch früh am Tag und bedeckt war, holte ich meine Sonnencreme aus dem Rucksack und schmierte mir Gesicht und Arme ein. Ich hätte zwar gern ein bisschen mehr Farbe gehabt, wurde von der Sonne aber eher rot als braun. Bei Micah war das anders. Sobald es Sommer wurde, schimmerte seine Haut in einem wunderbar goldenem Braunton.

Ich blickte die Straße lang und beschloss, dass ich Ocean Beach, zumindest hier im Zentrum, nicht besonders schön fand. Alles war klein und gedrängt, der Ort ließ einem keine Luft zum Atmen. Die

Häuser sahen aus, als müssten sie frisch gestrichen werden. Alles war mit Graffiti vollgeschmiert und man konnte kaum noch erkennen, welche Farbe sie eigentlich hatten. Die Gehwegplatten waren kaputt und in den Ritzen sammelten sich Papierfetzen und anderer Müll.

Außerdem roch es nicht besonders gut. Nach feuchter Wolle oder altem Brot. Nach schlechten Angewohnheiten. Ich schnupperte, suchte die salzige Meeresluft in diesem Mief, fand aber nur den Gestank nach Katzenpisse. Und noch etwas. Drogen. Überall roch es nach Drogen.

Auf einmal fragte ich mich, ob derjenige, der mir die Mail geschickt hatte, uns wohl heimlich beobachtete und sich daran aufgeilte. Mir wurde schlecht bei dem Gedanken, das Ganze könnte nur ein fieser Scherz gewesen sein. Vielleicht gab es diesen geheimnisvollen Menschen gar nicht. Vielleicht war es doch einfach jemand aus der Schule, der mir eins auswischen wollte. Plötzlich stand mir das Gesicht von Keith vor Augen. Aber das war nicht sein Stil. Erniedrigung vor großem Publikum, Beleidigungen, Grausamkeit – das waren seine liebsten Waffen, wie ich herausgekriegt hatte.

Über dich redet er am meisten. Das muss doch was bedeuten, oder? Falls jemand hinter dieser Mail stand, der es ernst meinte, hätte er uns doch zumindest sagen können, wo Micah zu finden war. Allerdings war das, wenn Micah sich als Obdachloser herumtrieb, sicher nicht leicht, denn dann wäre er mal hier, mal dort. Vielleicht pennte er in der Wohnung von irgendwem oder bei der Obdachlosenhilfe. Wobei ich ihn mir eher alleine vorstellen konnte, wie er zusammengekauert auf einem kalten Zementboden lag.

Ich hätte gleich herfahren sollen. Wie konnte ich bloß so lange warten? Die Antwort darauf vergrub sich immer tiefer in meinem Innern, anscheinend war ich für sie noch nicht bereit.

Laute Musik schallte aus der Kneipe nebenan, die sich Hodad's nannte. Ein Schild verkündete, dort gebe es *Die besten Burger auf der Welt! Milliardenmal verkauft!* Echt? In Ocean Beach? Wie wollten die denn wissen, dass es auf der ganzen Welt keine besseren Burger gab als hier? Was war mit China oder Italien oder auch nur Kanada? Trotzdem sah es cool aus da drinnen. Alte Nummernschilder von überallher hingen an den Wänden und die Schlange von Leuten, die Hamburger kaufen wollten, ging bis nach draußen. Drei Männer standen mit einem Bier in der Hand an der Theke. Sie trugen Motorradwesten aus schwarzem Leder und ihre offenen Karohemden gaben den Blick auf ihre Bäuche frei, die bis über den Hosenbund hingen. Alte Tattoos zogen sich über erschlaffte Haut, eine Erinnerung an ihre lang vergangene Jugend. Wahrscheinlich kommen Tattoos deshalb am besten auf Körperteilen ohne Fettgewebe wie den Knöcheln oder Füßen. Ihre Haare waren zu abstehenden Stacheln gegelt. Neben den dreien stand eine Frau in einem blauen Bikinitop, das von ihrem falschen Busen fast gesprengt wurde. Sie warf den Kopf in den Nacken und lachte zu laut über irgendwas, das einer der Typen gesagt hatte.

Zwei von den Männern schauten in meine Richtung. Ich wollte nicht unfreundlich sein und lächelte sie durchs Fenster an. Da winkte mir einer, ich sollte reinkommen. Widerlich. Schnell senkte ich den Blick. Ich hatte doch keinen Vaterkomplex! Mit diesen Kerlen wollte ich nichts zu tun haben. Hoffentlich beeilte sich Tyler.

Ein paar Augenblicke später trat er aus dem Laden und riss die Zigarettenschachtel auf. Während er eine herauszog, wartete ich und beobachtete ihn bei seinem seltsamen Ritual: Er leckte beide

Enden an, bevor er sich das mit dem Filter zwischen die Lippen schob. Wie in alten Filmen, wo die Leute immer irgendwo dagegenklopfen mit ihren Zigaretten. In diesen Schwarz-Weiß-Streifen rauchen ja alle. Katharine Hepburn hält die Zigarette immer locker zwischen ihren lackierten Fingerspitzen. Und Bogart in *Casablanca* ohne Zigarette, das kann man sich gar nicht vorstellen. Damals war Rauchen irgendwie sexy.

Tyler zündete die Zigarette an, nahm einen Zug und blies den Rauch wieder aus. Ich hustete. Heutzutage war es nicht mehr ganz so sexy.

»Sorry. Gibt Angewohnheiten, die man schwer wieder loswird.« Er lächelte und da waren wieder diese Grübchen. Mir war noch nie richtig aufgefallen, wie schön sein Lächeln war. Ich habe eine echte Schwäche für Leute mit einem schönen Lächeln.

»Alles klar?«, fragte ich.

Ich blieb dicht an seiner Seite, als wir am Hodad's vorbeigingen. Ein Mann ließ einen Pfiff los, die anderen lachten.

»Hast wohl Freunde gefunden, was?«, fragte Tyler.

»Halt die Klappe«, sagte ich. Ich wollte so weit weg von diesen Kerlen, wie ich konnte. In ihrer Nähe fühlte ich mich irgendwie verdorben.

»Entspann dich«, sagte er. »Willst du eine?« Er hielt mir die Zigarette hin.

»Ich rauche nicht.« Was teils gelogen war, teils der Wahrheit entsprach. Ich hätte besser sagen sollen, dass ich in der Öffentlichkeit nicht rauchte. In der obersten Kommodenschublade hatte ich eine Schachtel versteckt, unter meinen Slips, und manchmal, wenn ich mich rebellisch fühlte, rauchte ich spät in der Nacht zum Fenster raus.

»Schade eigentlich.«

»Ich hab keine Lust, mit zweiundvierzig an Lungenkrebs zu sterben.« Die Worte klangen härter, als ich sie gemeint hatte, und innerlich zuckte ich zusammen. Was für eine Heuchlerin ich manchmal war!

»Aber irgendwas solltest du tun, damit du deine Anspannung loswirst. Wie wär's, wenn du ein Stück die Straße langrennst?« Tyler lachte. Er zog die Mütze vom Kopf, wuschelte sich durch die Haare und setzte sie wieder auf.

Ich sagte nichts. Ich wollte mich nicht mit ihm streiten. Die Wolkendecke wirkte nicht so, als ob sie demnächst aufbrechen würde, und der düstere Himmel gab mir das bedrückende Gefühl, dieser Trip würde ein Fehlschlag werden. »Vielleicht war das alles ein Fehler.« Ich wollte meinen leeren Kaffeebecher wegwerfen, aber zielen konnte ich noch nie und so verfehlte ich den Mülleimer an der Ecke natürlich. Ich hob den Becher wieder auf und schmiss ihn wütend in den Kübel.

»Hör mal, wir haben den ganzen Tag. Und es ist schön hier draußen.« Tyler schaute in den Himmel. »Na ja, jedenfalls wird's das sein, wenn die Sonne das da oben aufgelöst hat. Soll ein wunderbarer Tag werden, um die 26 Grad. Wir lassen uns Zeit. Fragen alle, die wir treffen. Ist doch ein guter Anfang.«

»Aber wenn wir ihn nicht finden?«, fragte ich.

Tyler zog an seiner Zigarette. »Das erste Mal waren wir am Anfang der Highschool hier unten, zusammen mit Big Eddie und Sylvester. Kennst du die noch?«

Ich nickte und war froh, dass er mit mir redete. Auf die Art war ich immerhin für eine Weile von meinen Sorgen um Micah abgelenkt. »Was machen die denn jetzt so?«

»Sylvester arbeitet in der Autowerkstatt von seinem Dad. Keine Ahnung, was Big Eddie so treibt. Hat sich wahrscheinlich nach

Norden abgesetzt, irgendwo die Küste hoch. Jedenfalls waren wir den ganzen Tag hier beim Surfen.« Er zeigte auf den schmalen, lang gezogenen Pier ein ganzes Stück weit weg. »Die Wellen waren der Hammer. Micah war stinksauer, weil er den ganzen Morgen keine einzige so richtig erwischt hatte. Wir andern schon, bloß er nicht. Aber dann hab ich ihn auf diesem Riesending gesehen, kurz vorm Abheben von der Wellenkante, aber *WHOM*! Die hat ihn voll umgehauen. Wir haben ›Hey, Mann‹ gerufen und so. Aber er war nicht gleich wieder oben, wir mussten ihn rausziehen. Er ist auf den Grund geknallt, hat sich die Stirn blutig geschlagen.«

Tyler machte eine Pause und zündete sich wieder eine Zigarette an. »Der hatte keine Angst, kein bisschen. Ich seh noch sein Gesicht vor mir, gegrinst hat er wie blöd, war hin und weg, weil er so wahnwitzig gesurft ist, dass es sein Brett in zwei Teile zerlegt hat.«

»Micah hat sich dauernd wehgetan«, sagte ich. »Hat er dir mal erzählt, wo er sich diesen angeschlagenen Zahn geholt hat?«

»Beim Surfen, oder?«

»Nein.« Ich musste lachen. »Da war er in der vierten Klasse oder so und wollte irgendwelche Tricks mit dem Fahrrad machen. Er war ziemlich gut. Hinter unserm Haus war ein BMX-Trail, wo er immer geübt hat. Aber irgendwann, Micah war schon auf dem Heimweg, kam da auf einmal dieser riesige Rottweiler. Micah hat Schiss vor Hunden, also hat er immer nur dieses Vieh angestarrt und ist wie verrückt in die Pedale getreten, um wegzukommen. Das geparkte Auto direkt vor seiner Nase hat er nicht gesehen. Er ist reingeknallt und übers Vorderrad geflogen, mit dem Gesicht voll auf den Asphalt. Mit blutigem Mund ist er heimgekommen und hat geheult.«

»Aua.«

»Er musste sogar genäht werden.«

Ich lachte wieder, aber das Lachen verging mir, als ich merkte, was wir da taten: Tyler und ich kramten in unseren Erinnerungen an Micah und redeten über ihn wie über jemanden, der schon tot war.

Auf dem Weg runter zum Strand fragten wir noch ein paar Leute, ob sie Micah kannten, und ich war verblüfft, wie gleich alle aussahen: die Farben ihrer Klamotten ausgeblichen und düster, ungewaschene, strähnige lange Haare oder verfilzte Dreads, wie aus den Sechzigerjahren übrig gebliebene Hippies. Die meisten hatten Rucksäcke oder Umhängetaschen, teils auch solche von richtig teuren Marken. Viele waren Musiker. Alle rochen nach Hasch. Keiner von ihnen war Micah.

Die Straße mündete in einen großen Parkplatz. Jetzt stank es nach Pisse, als hätte irgendwer sein Revier markieren wollen. Ich musste an mich halten, nicht zu würgen. Rechts führte eine andere Straße zu einer Rettungsschwimmerstation im Sand. Zum Glück steuerte Tyler in diese Richtung.

Der Sandstrand war nicht so breit, wie ich ihn mir vorgestellt hatte, und auch lange nicht so voll, wie er später wohl werden würde. Es waren kaum Leute da. Tyler zog seine schwarzen Chucks aus und stapfte barfuß durch den Sand. Auch ich schüttelte meine Flipflops ab und nahm sie in die linke Hand. Der Sand zwischen meinen Zehen fühlte sich kühl an. Ich wusste, dass er am Nachmittag, wenn die Sonne herunterbrannte, glühend heiß werden würde.

Wir gingen an einem Mann vorbei, der auf dem Rücken lag, zugedeckt mit einer alten orangeroten Decke. Neben ihm standen ein Einkaufswagen und ein klappriges Fahrrad. Die Plastiktüten, die am Lenker festgemacht waren, raschelten im Wind. Der Mann rührte sich, als hätte ihm das Geräusch verraten, dass wir da waren. Dann umrundeten wir vorsichtig zwei sonnenbadende Mädchen. Eine lag auf dem Rücken, die andere auf dem Bauch, mit geöffnetem Bikinitop, um beim Bräunen nicht diese nervigen Streifen zu bekommen. Das wollte ich auch schon immer mal machen, hatte mich bis jetzt aber nie getraut.

Ich fragte mich, wieso Tyler so weit den Strand runterwollte. Wahrscheinlich hätten wir oben im Ort doch die besten Chancen. Trotzdem folgte ich ihm an der Rettungsschwimmerstation vorbei bis zur Brandungslinie.

Tyler bückte sich und krempelte seine Jeans hoch, damit sie nicht nass wurde. Das Wasser an meinen Füßen war so eisig, dass ich einen Satz machte. Hier am Strand war es kälter als oben. Ein knappes Top und Shorts anzuziehen war nicht so schlau gewesen.

Tyler schaute zum Pier. »Die Jungs sind immer noch da draußen.« Er meinte eine dicht gedrängte Gruppe von Surfern, die beim Pier ihre Moves machten.

»Hier ist er nicht«, sagte ich. Ich kramte mein Kapuzenshirt aus dem Rucksack und streifte es über. Sofort verschwand meine Gänsehaut. Ein Stück weiter weg mühte sich die Sonne durch den grauen Nebel, der Ocean Beach immer noch einhüllte.

»Jedenfalls surft er nicht, aber damit hast du auch nicht gerechnet, oder?« Tyler wandte das Gesicht dem Meer zu und schloss die Augen.

Keine Ahnung, womit ich gerechnet hatte.

Im Augenwinkel sah ich eine Bewegung. Eine junge Frau buddelte zusammen mit einem kleinen Jungen im Sand. Sie zeigte zum Wasser und er rannte mit einem roten Eimer los. Er wartete, bis die Wellen an den Strand kamen, schöpfte ein bisschen Meer in seinen Eimer und rannte zurück zu seiner Mutter, um das Wasser dann in ein großes Loch zu kippen. Die Mutter formte etwas aus dem nassen Sand. Ich stellte mir vor, wie rau und kalt er sich anfühlen musste.

»Vielleicht ist er an der Stelle weiter drüben.«

»Wo denn?« Ich betrachtete immer noch die Mutter und das Kind. Der Junge hatte ihre Sandburg ruiniert, sie mit den Händen einfach umgeschmissen. Jetzt hüpfte er aufgeregt in der Gegend rum, anscheinend freute er sich, dass er etwas kaputt gemacht hatte. Aber sie wurde nicht wütend, sondern lachte ihn an. Als wir noch Kinder waren, hatte Micah auch immer mit Begeisterung alle meine Bauwerke kaputt gemacht, aber wenn ich mich ausgeheult hatte und er mit Lachen fertig war, half er mir jedes Mal beim Wiederaufbauen.

»Auf der andern Seite vom Pier. Das ist da, wo … da hängt eine bestimmte Sorte Leute ab.«

Die Mutter nahm die Hände des kleinen Jungen und zog ihn in eine stürmische Umarmung.

»Wenn du meinst, er könnte da sein, dann versuchen wir's.«

»Du solltest dich irgendwie vorbereiten.« Tyler stand immer noch mit dem Gesicht zum Meer; ich musste dicht an ihn ranrücken, um ihn über dem Getöse der Wellen hören zu können.

»Auf was denn?« Ich folgte seinem Blick zum Horizont und sah, wie sich weit draußen eine Welle zu bilden begann, die immer größer und größer wurde, bis sie sich schäumend brach.

»Ist schon eine Weile her. Da weiß man nicht, wie er jetzt drauf ist.« Er setzte seine Mütze ab und stopfte sie in die hintere Jeanstasche. »Hast du schon mal näher mit Junkies zu tun gehabt?«

Diesen Ausdruck hatte ich schon mal gehört im Zusammenhang mit meinem Bruder. Als ihn mein Vater zum ersten Mal mit einem Joint erwischte, hatte er Micah angebrüllt und gefragt, ob er denn wie so ein verkommener Junkie enden wollte. Ich habe mich immer gefragt, ob sich Dad wohl an diesen Moment erinnerte und sich wünschte, er könnte den Ausdruck von damals zurücknehmen. Worte bleiben haften, auch wenn sie nicht so gemeint sind.

»Nein, hab ich nicht. Du?« Ich dachte an die ausgemergelten Gesichter der Meth-Süchtigen auf der Website.

»Kann sein, dass er nicht mehr aussieht wie Micah oder sich anders verhält, das ist alles. Darauf musst du gefasst sein.«

Auf welchem Planeten lebte ich denn in Tylers Vorstellung? Micah hatte schon seit Monaten nicht mehr ausgesehen und sich verhalten wie er selbst. Manchmal kam es mir so vor, als hätte ein Alien seinen Körper gekapert und seinen Geist belagert, wie in *Invasion of the Body Snatchers* oder so. Wenn ich in sein Zimmer ging, rechnete ich schon fast damit, eine Hülle aus Haut in einer Ecke seines Kleiderschranks zu finden. Was sonst konnte erklären, wie still er auf einmal war? Wenn er »Ich hasse dich!« gebrüllt hätte, wäre ich damit klargekommen, aber seine Gleichgültigkeit erzeugte einen Krater, der alles verschlang, was uns bisher verbunden hatte.

Tyler wandte sich mir zu. »Überlass mir das Reden. Halt den Mund, außer wenn ich dich zum Sprechen auffordere.«

Ich sah ihn an, als wäre er verrückt.

»Ich mein's nicht böse, aber das hier ist wirklich ernst.« Er sah mich an wie ein kleines Kind, das man ausschimpfen muss. »Solchen Leuten ist nicht zu trauen.«

Schon wieder dieses *Leute*. Dass Micah jetzt Teil einer Gruppe war, zu der ich nicht gehörte, gab mir einen Stich, auch wenn ich gar nicht dazugehören wollte.

Ich protestierte nicht. Tyler strahlte Autorität aus. Normalerweise fügte ich mich, wenn jemand so auftrat, zumindest äußerlich.

Und dass jemand da war, der die Führung übernahm, tat mir gut. »Okay. Du sagst, wo's langgeht.«

Wir entfernten uns vom Ufer und gingen auf den hohen Pier zu. Die meisten Strandbrücken, die ich kannte, waren robust gebaut und breit genug, dass ein Auto auf ihnen fahren konnte. Diese hier wirkte klapprig, als könnte jeden Moment eine große Welle heranrauschen und sie im Ozean versenken. Ganz am Ende stand ein einsames weißes Häuschen mit der Aufschrift *Café* in blauen Großbuchstaben.

Ich hätte gern vorgeschlagen, oben auf dem Pier langzugehen, denn vielleicht war Micah ja bei den Anglern ganz am Ende, aber Tyler wollte unter den Pier, auf den Beton-Uferweg bei den Parkplätzen.

Wir kamen an ein altes, marodes Gebäude. Früher hatte es hier anscheinend Apartments gegeben, aber jetzt war alles in sich zusammengefallen und mit schwarzen Graffiti verschmiert. Zwei Jungs in unserem Alter saßen vor einem dünnen Mann ohne Hemd wie Lehrlinge vor einem alten, bärtigen Weisen. Einer der Jungs reichte dem Mann eine Zigarette. Er nahm sie und inhalierte so tief, dass der Rauch beim Ausatmen wie Weihrauch über ihnen aufstieg.

Ein Stück weiter richtete eine Frau mit einer großen, profimäßigen Kamera ihr langes Objektiv auf eine kleine Gruppe von Surfern. Sie trug ein Bikini-Oberteil und so knapp abgeschnittene Jeans, dass ihr Hintern kaum bedeckt war. Ihre kakaobraune Haut – sicher das Ergebnis ewig langen Sonnenbadens – schimmerte in dem gedämpften Licht. Während wir an ihr vorbeigingen, nickte sie uns zu, sah aber gleich wieder aufs Wasser, als einer der Surfer eine Welle erwischte.

Ich schaute ihm zu. Mit einer fließenden Bewegung richtete er sich auf und stand auf seinem Board. Den Oberkörper weit nach vorne gerichtet und mit gebeugtem Rücken folgte er der sich brechenden Welle. Von seiner Hand im Wasser spritzte Gischt auf. Seine Füße bewegten sich schnell über das Board.

Klick, klick, klick, klick. Die Frau drückte ohne Ende auf den Auslöser.

Ich stellte mir Micah beim Surfen vor, auch wenn ich wusste, dass das nicht er war. Er konnte zwar ziemlich lässig übers Wellenreiten reden, aber so gut wie der Typ hier war er nie gewesen.

»Kommst du?« Tyler schlug einen Trampelpfad ein, der auf eine Felsgruppe zuführte.

Über die Steine zu klettern war mühseliger, als ich gedacht hätte. Die heranrauschende Brandung spritzte uns nass. Ich rutschte aus, aber Tyler packte mich am Arm, bevor ich fallen konnte. Er half mir hinüber und ließ mich erst los, als wir sicher auf der anderen Seite angekommen waren.

Der Unterschied fiel mir sofort auf. Hier lag niemand in der Sonne, hier gab es keine Familien, hier spielte keiner Volleyball oder ließ Drachen steigen. Es gab auch keinen Sandstrand. Felsplatten bildeten die Grenze zwischen Land und Ozean, dazwischen gab es immer wieder Gezeitentümpel. An einem anderen Tag hätte ich bestimmt Lust gehabt, mich in Ruhe umzusehen und Muscheln zu sammeln. Heute sprang ich über die Tümpel, ohne sie groß zu beachten.

Hoch über uns ragten graue Betongebäude auf, die so dicht an den Rand einer Klippe gebaut waren, dass es aussah, als bräuchte es nur einen kräftigen Stoß und sie würden ins Meer stürzen. Ich stapfte um einen großen Klumpen braunen Seetang herum, der aussah wie etwas, das gerade aus dem Meer gekrochen und hier auf den Felsen verendet war. Eine Wolke winziger Mücken schwirrte um den Tang.

Wir näherten uns einem Grüppchen von Leuten in unserem Alter, die in einem dichten Kreis auf der Erde saßen und kifften.

»Hey«, sagte Tyler.

Ein Mädchen mit langen schwarzen Dreadlocks und einem blutroten Kapuzenshirt grinste Tyler an und hielt ihm den Joint entgegen.

»Komm weiter«, sagte Tyler zu mir und wir liefen an ihnen vorbei.

»Willst du sie nicht fragen?«

»Zeitverschwendung, die sind zu high.«

Ein Stück weiter entdeckte ich dicht am Fuß der Klippe einen blauen Schlafsack. Er bewegte sich ein bisschen und ich bildete mir ein, ich hätte ein Stöhnen gehört. Am Kopfende sah ich einen braunen Haarschopf herausgucken – auch Micah hatte braune Haare. Ich musste einfach nachsehen. Vorsichtig balancierte ich über die Felsen, aber der im Schlafsack wandte mir den Rücken zu, also musste ich mich nach unten beugen, um an ihn heranzukommen.

»Was machst du da?«, rief Tyler mir zu.

Der Typ rollte auf die andere Seite. Es war nicht Micah. Als er den Mund aufmachte, erblickte ich dort, wo seine Schneidezähne hätten sein sollen, ein tiefes Loch. Er streckte die Hand aus und schlug mir gegen die Beine.

»Hau ab, verdammt! Ist doch keine Show hier. Außer wenn einer zahlt.«

Ich schreckte zurück und wäre auf dem nassen Boden beinahe ausgerutscht. Tyler war inzwischen neben mir und fing mich auf.

»Halt mal, bleib da. Ich brauch nicht viel. Nur 'n bisschen Kleingeld, ein, zwei Dollar oder so. Muss so 'n schönes Mädchen wie du doch kapieren.«

»Ich … tut mir leid«, stammelte ich.

Mühsam richtete sich der Mann auf. Der Schlafsack rutschte ihm bis in die Taille und man konnte seine nackte Brust sehen, die grau war wie verdorbenes Fleisch. »Los jetzt, Mann. Hast mich geweckt. Musste auch zahlen.«

»Komm weg hier«, flüsterte Tyler.

»Tut mir leid«, wiederholte ich. »Ich dachte, Sie wären –«

»Du musst zahlen! Du Luder, du!«

Tyler zog mich weg, während der Mann weiter hinter uns herschimpfte. »Verdammte Scheiße, zahl jetzt!«

»Ich hab doch gesagt, hier ist es gefährlich.« Tylers Stimme klang scharf. Er führte mich zum Wasser zurück. Mit der heranrollenden Flut spritzte Gischt über die Felsen. »Der hätte ein Messer haben können oder so.«

Ich versuchte mich von ihm loszumachen. »Ich bin kein Baby mehr.«

»Dann benimm dich nicht wie eins.« Er löste seinen Griff um meinen Arm.

»Ich krieg garantiert blaue Flecken«, sagte ich und rieb mir die Stelle, an der er mich gepackt hatte.

»Tut mir leid«, sagte er, schien aber immer noch sauer.

Was war mit ihm los?

»Alles okay?«

»Ja.«

Er schaute über den Strand. »Siehst du den da vorne? Das ist ein Dealer. Ich will mit ihm reden. Reißt du dich jetzt zusammen?«

Schon wieder redete Tyler mit mir, als wäre er mein großer Bruder, aber weil trotzdem ein sanfter Unterton darin lag, fügte ich mich.

»Woher weißt du, dass der Typ dealt?«

»Tut er einfach.«

Langsam fragte ich mich, woher Tyler so verdammt gut Bescheid wusste. »Meinst du, der kennt Micah?«

»Kann sein.«

Wir gingen zu dem Mann. Er trug Board-Shorts und sonst nichts; sein Oberkörper und seine muskulösen Arme waren braun gebrannt. Auf seinen Schultern prangten Tattoos, ein Puma und ein Frauengesicht. Für mich sah er kein bisschen nach Dealer aus, aber ich kannte solche Typen auch nur aus dem Kino und dem Fernsehen: Männer in dunklen Lederjacken mit Goatee oder Oberlippenbart, die sich in engen Sträßchen und Nachtclubs herumtrieben oder an Autos herantraten, die daraufhin die Fenster runterließen. Ich hatte nicht damit gerechnet, dass ein Dealer einfach bei Tag am Strand herumlief und sich die Sonne auf den Bauch scheinen ließ.

»Was kann ich für euch tun?«, fragte der Mann, als wir nahe genug heran waren. Er schnippte seinen Zigarettenstummel auf einen nassen Felsen, wo die Asche weiterglühte.

»Ums Kaufen geht's heute nicht«, erklärte Tyler.

»Das sagen alle.« Der Mann nahm die Sonnenbrille ab und sah mich direkt an. »Was ist mit dir?«

Ich schüttelte den Kopf. Er war höchstens ein paar Jahre älter als wir, aber seine Augen ließen ihn uralt wirken.

»Dann macht, dass ihr weiterkommt. Ich will Geschäfte machen.« Er setzte die Sonnenbrille wieder auf und drehte das Gesicht zum Wasser.

»Wir wollen wissen, ob du wen gesehen hast.« Tyler hielt mir die Hand hin und ich gab ihm das Foto von Micah.

Der Typ ignorierte das Bild. Tyler zog einen Geldschein aus der Hosentasche; wie viel es war, konnte ich nicht erkennen, jedenfalls mehr als ein Dollar. Er reichte dem Mann den Schein.

»Hübsches Foto.« Er fuhr mit den Fingerspitzen so über Micahs Gesicht, dass man mich auf dem Bild nicht mehr sehen konnte, obwohl ich direkt neben ihm saß. Dann gab es der Typ zurück an Tyler. »Den hab ich schon mal gesehen, ja.«

»Wo können wir ihn finden?«, fragte ich.

Tyler warf mir einen bösen Blick zu, aber das war mir egal.

»Bin ich vielleicht sein Babysitter?«

»Wir wollen doch bloß wissen, ob alles okay ist mit ihm.« Kurz überschlug sich meine Stimme, deshalb strengte ich mich an, nicht nur besorgt, sondern dabei auch tough zu gucken.

Der Dealer betrachtete mich eine ganze Weile, bevor er wieder den Mund aufmachte. »Auf was ist er denn?«

»Crystal.« Bestimmt war es besser, an diesem Punkt die Wahrheit zu sagen.

Fast widerwillig meinte er: »Ich hab ihn gesehen, mit seiner Gitarre, er spielt für Geld.«

»Wo?« Ich hoffte auf eine heiße Spur.

Aber statt zu antworten, hielt uns der Typ lieber einen kleinen Vortrag. »Die meinen alle, sie hätten's im Griff, haben sie aber nicht. Die auf Crystal sind die Schlimmsten. Kriegen Verfolgungswahn, verlieren den Verstand, die Zähne fallen ihnen aus und lauter so 'n Scheiß.«

Er griff nach einer kleinen Tube Sonnencreme, die neben ihm auf dem Boden lag, und rieb sich die Brust ein. Für einen, der mit Drogen dealte, sorgte er sich erstaunlich viel um seinen Körper.

Tyler gab mir das Foto zurück. Mit dem Saum meines Kapuzenshirts wischte ich die Fingerabdrücke von den Gesichtern.

»Wissen Sie, wo er ist?«, fragte ich noch mal.

»Ich geb euch mal einen guten Rat: Vergesst ihn!« Er legte sich wieder auf die Felsplatte und schob die Arme unter den Kopf. »Geht einfach zurück in die Richtung, aus der ihr kommt«, sagte er und reckte das Kinn hoch zum Himmel. »Wird ein schöner Tag heute.«

Kapitel 6

Ungefähr achtzig Prozent aller Teenager in den USA haben schon Drogen ausprobiert oder Alkohol getrunken, bevor sie mit der Highschool fertig sind. Keine Ahnung, wie die von der Regierung an solche Daten kommen. Vielleicht schicken sie Drogenfahnder oder Geheimagenten mit Klemmbrettern auf Partys, und die stehen dann am Ausgang und kontrollieren, wie viele Schüler zugedröhnt sind, wenn sie sich auf den Heimweg machen. Vielleicht ziehen sie ihre Infos auch aus den Stichprobenerhebungen wie der, die wir im ersten Highschooljahr in Gesundheitskunde machen mussten. Die Lehrer erzählen einem bei solchen Studien immer, alles wäre »vertraulich« und »auf freiwilliger Basis«, aber am Ende müssen doch alle mitmachen. Ich weiß noch, wie ich den Fragebogen über Drogen ausfüllen musste. Ich machte mein Kreuz immer bei Nein.

Ich hatte noch nie Drogen ausprobiert, nicht mal einen Joint geraucht. Nicht wegen diesen dämlichen Antidrogen-Kampagnen mit lauter Promi-Gesichtern und auch nicht, weil ich in der Schule so toll erzogen worden wäre. Ich mochte es einfach nicht, wenn ich die Kontrolle verlor. Auf Partys trank ich ab und zu mal Bier, aber nie mehr als eins. Leute taten blöde Sachen, wenn sie betrunken waren. Sie sagten Dinge, die sie nicht wirklich meinten, und taten

Dinge, die sie nicht wirklich tun wollten. Sie nervten. Das wusste ich nur zu gut, denn meistens war ich so ziemlich die Einzige, die nicht betrunken oder bekifft war.

Jenn hatte letztes Jahr so eine Date-Rape-Geschichte erlebt, als sie auf einer Party im Haus von irgendeinem Typen vollkommen dicht war. Und sie bekam das überhaupt nur dadurch mit, dass sie am nächsten Tag Blut im Slip hatte. Sie soll sich die Augen darüber ausgeheult haben, weil sie sich für irgendeinen tollen Football-Spieler hatte aufheben wollen.

Einmal mussten Keith und ich nach einer Party einen Typen heimbringen, der zu besoffen zum Fahren war. Er saß keine fünf Minuten auf dem Rücksitz von Keiths blauem Ford, da verkündete er schon, er müsste kotzen. Keith brüllte ihn an, er sollte den Kopf aus dem Fenster stecken. Das machte er auch, aber ein Teil der Kotze landete trotzdem im Auto. Und am nächsten Morgen klebte angetrocknetes senfgelbes Ekelzeug an beiden Seiten vom Fenster. Obwohl ich Keith geholfen hatte, das Auto mit einem extrastarken und extra geruchsintensiven Haushaltsreiniger sauber zu machen, roch ich es jedes Mal wieder, wenn ich ins Keiths Auto saß.

Wenn ich Marihuana gewollt hätte, wäre mir vollkommen klar gewesen, wo ich es hätte auftreiben können. Die Kiffer der Schule hingen immer zusammen, genau wie alle anderen Highschool-Cliquen. Die taten keinem was zuleide, waren Pazifisten. Ich kümmerte mich nicht groß darum, wo die Leute abhingen, die harte Drogen nahmen. Micah dagegen wusste Bescheid. Irgendwie wusste er es.

Ich dachte, ich könnte die Augen offen halten, ihn beobachten und rauskriegen, mit was für zwielichtigen Typen er sich abgab. Ich habe nie mitbekommen, dass er in der Schule irgendwas gekauft hat, aber anscheinend hatte er kein Problem, an das Zeug ranzukommen.

Ohne dass Micah es wusste, hatte ich mich manchmal in sein Zimmer geschlichen, wenn er nicht zu Hause war. Es war nicht schwer zu erraten, wo er seinen Stoff versteckte. Sein Cali-Girl-Gitarrenkoffer lehnte immer in der gleichen Position an der Wand, als gäbe es dort eine unsichtbare Markierung. Ich saß oft stundenlang ohne Licht auf seinem Bett und starrte den Koffer an.

Manchmal öffnete ich ihn und strich mit den Fingern über das ausgeblichene pinkfarbene Futter. Dann griff ich in das Fach, in dem er Saiten und anderen Kleinkram aufbewahrte. Unter den Ersatz-Picks sah ich dann in einer Plastikverpackung die schmutzig weißen, pulverisierten Kristalle.

Das war meine Art, ihn im Auge zu behalten. Ich wusste immer, wie viel oder wie wenig er gerade nahm, je nachdem, was im Gitarrenkoffer war. Das Ganze wurde für mich fast zu einem Zwang, wobei ich immer aufpasste, alles wieder genau so zu verstauen, wie ich es vorgefunden hatte.

Nach allem, was ich mitbekam, schien er das Zeug zu schnupfen; wahrscheinlich war seine Nase darum andauernd verstopft. Irgendwann fing er aber wohl an, das Zeug zu rauchen.

In Filmen wird das Rauchen von Crystal immer groß in Szene gesetzt. Jedes Mal gibt es diesen überflüssigen Kameraschwenk durch das Quartier des Drogenbosses, wo seine Frauen lang ausgestreckt auf Ledersofas und Zottelteppichen liegen. Dann bleibt die Kamera bei einer stehen, die sich mit einem tiefen Atemzug das Zeug in die Lungen saugt, bis dichter weißer Rauch aus ihrem Mund kriecht und engelsgleich zur Decke schwebt.

Mit Michelle redete ich oft über Micah, auch wenn sie lieber ihre Kommentare abgab, als mir zuzuhören.

»Ich wette, Micah hat eine Veranlagung zur Sucht«, erklärte sie mir eines Tages. »Du weißt schon, so in die Richtung von dem, was wir in Bio gelernt haben.«

Interessante Theorie. Man geht davon aus, dass sich bestimmte Krankheiten im Familienkreis häufen, Krebs zum Beispiel oder Diabetes, sogar Fettsucht. Ich wüsste gern, wie die Krankheit anfangs entstanden ist. Was war der Auslöser? Ich meine, haben sich die Höhlenmenschen zusammengesetzt und über genetische Defekte und Veranlagungen debattiert? Haben sie darüber nachgedacht, wer wohl besonders anfällig dafür war, von Mammuts getötet oder von Flugsauriern gefressen zu werden?

Weil bestimmte Leiden oder zumindest die Möglichkeit, an ihnen zu erkranken, vererblich sind, beschloss ich, einen Krankheits-Stammbaum anzulegen. Ich stellte eine Liste auf.

Meinen Eltern ging es gesundheitlich gut. Da sie beide erst Mitte vierzig waren, konnte man noch nicht allzu viel sagen, wobei Dad am Bauch langsam zulegte, was wohl hieß, dass er in Zukunft vielleicht Gewichtsprobleme kriegen würde. Mom hatte ab und zu Migräne, aber anscheinend mehr aus Stress und nicht wegen ihren Genen.

Meine Großeltern väterlicherseits waren beide tot. Meine Oma war an lymphatischer Leukämie gestorben. Sie hatte sich schon eine ganze Weile lang nicht gut gefühlt, wollte aber nicht zum Arzt gehen. Als sie es endlich tat, war der Krebs schon sehr weit fortgeschritten. Einen Monat nach der Diagnose ist sie gestorben.

Mein Großvater starb drei Jahre später, nach seinem dritten Herzinfarkt. Weil er seit seinem achtzehnten Lebensjahr Alkoholiker gewesen ist, war seine Leber auch ziemlich hinüber.

Ich notierte das auf meiner Liste: Bei ihm gab es ein erstes Indiz für gehäuftes Suchtverhalten in der Familie.

Die Eltern meiner Mutter lebten beide noch. Meiner Großmutter ging es recht gut; allerdings war sie herzkrank. Im letzten Jahr hatte sie einen Herzinfarkt gehabt, aber nach allem, was ich von den Telefongesprächen zwischen ihr und meiner Mutter mitbekam, schien im Augenblick alles in Ordnung. Mein Großvater war meines Wissens gesund. Sein Problem war nur, dass er immer schlechte Laune hatte. Seine Wutausbrüche waren legendär. Die meisten von uns lachten einfach nur, wenn sich die Stimmung im Raum wieder einmal verdüsterte, aber ab und zu konnte er einen vollkommen fertigmachen.

Auch das notierte ich mir: Wutausbrüche, Herzprobleme.

Meine Mutter hatte zwei Brüder. Einer fand letztes Jahr heraus, dass er irgendeine Art von Krebs hat. Mein anderer Onkel war lange Zeit alkoholkrank gewesen, trank aber seit zehn Jahren nicht mehr.

Noch was zum Notieren: Krebs, Alkoholismus.

Mein Vater hatte eine Schwester, die zum vierten Mal verheiratet war. Ihre beiden ersten Ehemänner hatten sie angeblich verprügelt. Warum sie nach der ersten Ehe gleich noch ein zweites Mal in so was hineingeriet, kann ich nicht sagen; vielleicht war sie der Meinung, sie verdient es. Vor einer Weile wurde bei ihr eine behandlungsbedürftige Depression festgestellt, sie bekam Medikamente dagegen.

Ich ergänzte meine Liste um Scheidung und Depression.

Über meine Urgroßeltern wusste ich nicht viel, nur dass einer Alkoholiker gewesen war, eine anscheinend psychisch krank und ein anderer hatte Probleme mit Depressionen und Wutanfällen gehabt. Viele Leute im weiteren Familienkreis hatten Krebs. Ein Cousin war spielsüchtig und hatte die gesamten Ersparnisse seiner Familie verloren. In Chicago lebte eine Cousine zweiten Grades, die eine Krankheit hatte, wegen der sie nicht ins Freie konnte, überhaupt nie. Viele hatten sich scheiden lassen und noch mal geheiratet.

Diese kurze Bestandsaufnahme machte mir klar, dass ich allerhöchstwahrscheinlich irgendwas Negatives geerbt hatte, und es gab in der Familie auf jeden Fall eine große Neigung zu Suchtverhalten.

Vielleicht würden Wissenschaftler irgendwann ein Abhängigkeits-Gen entdecken. Das fand ich nicht mal weit hergeholt und eigentlich konnte jeder Mensch so ein Gen in sich tragen. Anscheinend waren die meisten Verhaltensweisen irgendwie an die Gene gekoppelt. Es gab ein Fettleibigkeits-Gen, ein Gen für Depression und eines für antisoziales Verhalten, ein Geiz-Gen, ein Drogensucht-Gen, ein »Hoppla-eigentlich-wollte-ich-meine-Eltern-gar-nicht-umbringen«-Gen, ein Kinderschänder-Gen und so weiter.

Im Bio-Vertiefungs-Kurs hatten wir mal eine Grundlagenstunde über die Vererbung von Augenfarben gehabt. Unsere Lehrerin ließ uns Schaubilder über die Augenfarbe von zwei Elternteilen machen und dann mussten wir herausfinden, mit welcher Wahrscheinlichkeit ihre Kinder blaue, braune oder grüne Augen bekämen. Braun war immer dominant, Blau dagegen war ein rezessives Gen. Was wäre wohl passiert, wenn die Lehrerin von uns verlangt hätte, ein Schaubild über den Ballast anzulegen, den unsere Familien seit Generationen mit sich herumschleppen? Wer kann schon wissen, was alles in der DNA eines Menschen lauert? Mir war nicht klar gewesen, dass es eine hochgefährliche Angelegenheit sein konnte, Kinder zu haben.

Im Fernsehen habe ich mal eine Sendung gesehen, in der ein renommierter Arzt über Abhängigkeiten sprach und erklärte, dass sie in Wirklichkeit echte Krankheiten sind. Er war überzeugt davon, dass die Veranlagung dazu erblich ist, was in meinem Fall bedeutete, dass ich besser einen großen Bogen um Alkohol und Drogen, um Glücksspiele und Essen, Traurigkeit und Stress machen sollte.

Aber egal, eins jedenfalls passte mir überhaupt nicht an der Sendung, nämlich dass dieser Arzt anscheinend dachte, der einzelne Süchtige hätte überhaupt keine Wahl. Er erklärte, wer eine Sucht hätte, leide an einer Krankheit und sollte genauso behandelt werden wie jemand, der wegen irgendwas ins Krankenhaus musste. Er wetterte vor allem gegen die Justiz, die so viele Süchtige hinter Gitter brachte und sie als Kriminelle abstempelte, statt sie als Kranke zu betrachten, was sie in Wirklichkeit waren. Er setzte sich für bessere Behandlungsprogramme ein.

Ein Teil von mir war wütend geworden über diese Sendung. Ich konnte zwar nachvollziehen, dass eine Sucht als eine Krankheit anzusehen war, wenn sie komplett ausgebildet war und die jeweilige Droge den Menschen vollkommen im Griff hatte. In manchen Fällen veränderte so eine Sucht auch die Chemie im Gehirn, zum Beispiel bei Meth-Süchtigen. Diese Leute brauchten ganz klar Hilfe. Aber gleich alles als Krankheit zu bezeichnen und zu behaupten, Suchtverhalten beruhe auf Veranlagung oder werde vererbt, das ging mir total gegen den Strich. Denn damit leugnete man die persönlichen Entscheidungen, und die waren ja dafür verantwortlich, ob jemand eine Sucht entwickelte oder nicht.

Um abhängig zu werden, musste man sich für eine bestimmte Droge oder für Alkohol entscheiden. Nicht nur ein einziges Mal, sondern viele, viele Male. Wenn man tatsächlich schon von einem einzigen Zug oder einem einzigen Schluck süchtig werden könnte, wäre die ganze Menschheit von irgendwas abhängig.

Micah hatte sich fürs Drogennehmen entschieden, obwohl er wusste, dass ihm das schaden würde. Die Drogen waren ihm wichtiger gewesen als seine Freunde. Wichtiger als seine Zukunft. Und diese Entscheidung hatte er nicht nur ein Mal getroffen, sondern viele Male, immer wieder. Mit jedem Mal Crystal wählte er den Tod.

Sterben werden wir alle. Jessica Slater, ein Mädchen aus meinem Geschichtskurs, war letztes Jahr im Schlaf gestorben, durch ein Aneurysma im Gehirn. Es kann jederzeit passieren. Aber zuzusehen, wie sich Micah langsam umbrachte, das war zu viel. Ich hasste es, und ich hasste auch, dass ich langsam, aber sicher anfing, ihn dafür zu hassen.

Warum hatte er sich bloß für diesen Weg entschieden? Wegen der Familiengeschichte, die in uns beiden lauerte? Mag sein. War ich dazu bestimmt, irgendwann die gleichen Entscheidungen zu treffen? Vielleicht.

Dad hatte ihm an einem Abend entgegengebrüllt: »Warum? Warum tust du dir das an? Und wie kannst du das deiner Mutter antun? Ist dir denn alles egal?«

Micah hatte ihm einfach die Tür vor dem Gesicht zugeknallt. Erst wirkte Dad, als wollte er sie einschlagen, doch dann riss er sich zusammen, legte die Hände auf den Türrahmen und ließ die Stirn gegen die Tür sinken. Er flüsterte etwas, das ich nicht verstand. Dann stieß er sich von dem Rahmen ab, ging durch den Flur in sein Zimmer und schloss die Tür hinter sich.

Ich hatte die Szene von meiner nur einen Spaltbreit geöffneten Zimmertür aus beobachtet. Der Raum zwischen den beiden schien zu wachsen, bis er zu einer tiefen Kluft wurde. So langsam bezweifelte ich, ob diese Kluft überhaupt noch zu überwinden war.

Kapitel 7

»Ich hab doch gesagt, du sollst den Mund halten und mich machen lassen«, fuhr mich Tyler an.

»Aber er hat ihn gesehen.« Ich gab mir Mühe, nicht noch mal auf den nassen Felsen auszurutschen.

Tyler drehte sich zu mir um, während die Brandung dicht an uns heranrauschte und Gischt aufspritzen ließ. »Der Typ hatte keinen blassen Schimmer. Der hat dich voll verarscht.«

»Sicher können wir das nicht sagen.« Meine Augen wurden feucht und ich zog mir die Kapuze über den Kopf. »War doch alles okay.« Ich erwiderte seinen Blick. »Ist ja nichts passiert.«

»Gar nichts ist okay! Wenn dir was zustoßen würde …« Er blitzte mich so böse an, dass mir ganz anders wurde. »Was soll ich dann machen? Deinen Eltern beibringen, dass ihr zweites Kind auch noch weg ist?« Er lief weiter.

»Sorry«, nuschelte ich und folgte ihm. Tyler hatte recht. Ich hätte es ihm überlassen sollen. Dieser Dealer hätte mir wer weiß was antun können.

»Was soll's.«

Tyler blieb so abrupt stehen, dass ich ihn fast umgerannt hätte. Er holte eine Zigarette raus, steckte sie an und inhalierte mit geschlossenen Augen. »Lass uns da raufgehen.« Er begann die Treppen hochzusteigen, die auf den Pier führten.

Der Pier war breiter, als ich gedacht hatte, und auch robuster. Ein Stück weiter draußen kam es mir vor, als würden wir auf dem Wasser gehen. Ich hörte, wie sich unter uns die Wellen brachen. Durch die Lücken zwischen den Bodenplanken blinzelte weißer Schaum. Etwa auf halber Strecke blieb Tyler stehen und lehnte sich übers Geländer, um nach den Surfern Ausschau zu halten. Ich stellte mich neben ihn und sah auch nach unten. Drei Typen in schwarzen Neoprenanzügen warteten in gleichem Abstand zueinander, die Hände in den Hüften und so reglos wie auf einem Gemälde. Alle blickten in die gleiche Richtung, wo sich weit draußen ein kleiner Wellenkamm zu heben begann. Vom Ufer her paddelte ein vierter schnell dazu. Auch er hielt den gleichen respektvollen Abstand zu den anderen und nahm auf dem Board die gleiche Körperhaltung ein wie sie. Als der ansteigende Kamm sich näherte, kam Leben in einen der Surfer, er paddelte auf die wachsende Welle zu. Niemand machte ihm seinen Platz streitig; er war als Erster dran. In einer einzigen Bewegung hob er sich auf die Welle, wendete und drehte sich, ritt auf ihr Richtung Strand. Die anderen Surfer schauten ihm zu, wandten sich aber, noch bevor er fertig war, von ihm weg und suchten den Horizont nach dem nächsten Kamm ab.

Micah hatte Surfen gelernt, als er in der Mittelschule war. Im Sommer schleppten uns unsere Eltern jeden Samstag an den Strand. Micah bettelte ständig um ein neues Surfbrett und ich wünschte mir insgeheim schmalere Hüften. Damals war ich in der Shorts-überm-Badeanzug-Phase, mein Körper machte mich befangen. Ich konnte doch nichts dafür, dass die Pubertät bei mir früh eingesetzt hatte und dieser blöde Brad Billings in Sozialkunde dauernd meinen BH-Träger schnalzen ließ.

Während ich auf einer Decke vor Anker ging, surfte Micah. Von der Ankunft am Strand bis zum Aufbruch nach Hause blieb er die ganze Zeit im Wasser. Am Anfang war er ziemlich schlecht. Aber durchs Beobachten der anderen Surfer lernte er immer mehr, und als er in die achte Klasse kam, konnte er mit ihnen mithalten. Nachdem er den Führerschein hatte, nahm er mich manchmal mit zum Strand, wo ich lesend auf einer Decke herumlag, während seine Freunde und er sich in die Wellen stürzten. Das mit den Shorts überm Badeanzug ließ ich inzwischen bleiben.

»Hat Micah dir mal die Boogie-Board-Geschichte erzählt?«, fragte ich.

»Nein«, sagte Tyler.

»Da war er in der Achten. Er war mit seinem Board draußen auf dem Wasser, genau wie die Typen da.« Ich zeigte auf die Surfer unter uns. »Er sitzt also ganz cool auf dem Brett – jedenfalls strengt er sich an, cool zu sein, weil auch ein paar Ältere dabei sind. Da kommt Mom mit ihrem Boogie Board an. Die Haare nass und zerzaust und die Wimperntusche total zerlaufen, sodass sie Waschbäraugen hat. Und bei der nächsten Welle sagt sie zu Micah: ›Komm mit, zusammen kriegen wir die.‹«

Ich lachte. »Micah hat sie einfach ignoriert. Und Mom hat am Ende so getan, als hätte sie ihn verwechselt. Sie hat gesagt: ›Oh, sorry. Du hast ausgesehen wie jemand, den ich kenne. War ein Fehler‹, dann ist sie weggepaddelt. Sie hat noch gehört, wie einer von den Typen sagte: ›Alter, war das deine Mom?‹ Micah erklärte, er hätte keinen Schimmer, wer das gewesen sein soll, und alle haben gelacht.«

»Klingt nach Micah«, sagte Tyler und lachte auch ein bisschen.

»Ich glaube, hinterher fand er das ziemlich mies. Immer wenn sie die Story erzählt hat, hat er den Arm um sie gelegt.«

»Cool wollte Micah immer sein.« Tyler drückte sich vom Geländer weg.

»Stimmt.« Mir wurde klar, dass wir schon wieder in der Vergangenheitsform über Micah sprachen. Das machte mir Angst.

Wir liefen bis zum Café am Ende vom Pier. An der Tür hing ein Schild: *GESCHLOSSEN*. Neben dem Lokal war ein kleiner Laden für Köder und Angelzeug; im Fenster hingen Ruten in den verschiedensten Größen. Auch er war geschlossen. Ich fragte mich, ob es da wohl solche Leuchtköder gab, wie Dad sie uns gekauft hatte, als wir in den Ferien in Mammoth zum Fischen gewesen waren.

Dad hatte eine Angelerlaubnis und Ruten für die ganze Familie besorgt, damit wir alle an dem riesigen See fischen konnten. Micah hat zwei Forellen gefangen, wir anderen gar nichts. Irgendwann dachte ich, ich hätte was an der Angel, und Micah kam rüber, um mir beim Einholen zu helfen, aber am Ende hatten wir bloß einen leeren Haken mit einem Rest Leuchtorange an der Spitze. Auch wenn mir sonst oft langweilig war, hatte es mir Spaß gemacht, die Leine auszuwerfen, in der Stille zu sitzen und zu warten. Der See war eiskalt, ruhig und dunkel.

»Micah wollte nicht, dass wir fluchen, wenn du in der Nähe bist«, sagte Tyler.

»War er darum immer so schräg drauf, wenn ich mal bei den Proben aufgekreuzt bin?«

»Kann sein. Er hat immer gesagt: ›Leute, nicht vor meiner Schwester.‹ Wollte dich wohl beschützen oder so.«

»Als ob ich nie selber fluchen würde!« Im ersten Highschooljahr hatte ich mir zeitweise eine wirklich wüste Sprache angewöhnt. In den ersten Schulwochen nahm ich begeistert »Scheiße« und »Arschloch« in meinen Wortschatz auf und später ließ ich schon auch mal das F-Wort fallen, um mein neues Ich richtig in Szene zu setzen. Micah konnte das nicht leiden und sagte, ich soll es lassen. Ich selbst fand es eine Weile lang cool, als könnte ich so in eine andere Haut schlüpfen, aber irgendwann hatte ich keine Lust mehr, so zu tun, als wäre ich jemand anderer. Darum ließ ich es bald wieder bleiben.

»Er wollte wohl auf dich aufpassen. Anscheinend warst du was Besonderes für ihn.«

»Das geht doch gar nicht, auf jemanden aufpassen.«

Tyler und ich waren jetzt am Ende angekommen, wo ein paar alte Männer saßen und angelten. Sie hockten auf verwitterten Klappstühlen, deren gelbe Nylon-Sitzflächen schon ganz ausgefranst waren. Ihre Angelruten lehnten neben alten Vier-Liter-Farbeimern am Piergeländer. Ich spähte in einen der Eimer und sah den Fang des Tages: zwei kleine graue Fische.

Ein paar Schritte weiter nahm ein Mann gerade einen Fisch aus. Wie ein erfahrener Chirurg legte er auf einem Stück Zeitung seine Messer bereit. Nachdem er sich für eines entschieden hatte, stach er damit in den Fisch und schlitzte ihm mit einem Schnitt den Bauch auf. Er griff hinein, nahm die Eingeweide heraus und legte sie auf die Zeitung. Dann warf er den ausgeweideten Fisch in einen Eimer mit Wasser und spülte ihn aus. Bevor er anfing, ihn zu schuppen, wischte er das Messer an einem weißen Handtuch ab, das er danach neben die Innereien fallen ließ. Ich starrte auf das Blut, die Gedärme, das zerknautschte Handtuch. Der Gestank von Fisch und Rost und Schweiß drehte mir fast den Magen um. Mir war schlecht.

»Alles klar?«

Ich nickte, wankte aber zu dem Holzgeländer. »Ich muss nur einen klaren Kopf kriegen.« Ich schluckte die Magensäure runter, die mir in den Hals gestiegen war.

Stell dich nicht so an, sagte ich mir. *War doch bloß ein Fisch.*

Aber der Anblick und der Blutgeruch erinnerten mich an den Tag vor ein paar Monaten, als Keith und ich zusammen bei CJ gewesen waren. Es war keine richtige Party, eher ein spontanes Treffen, weil CJs Dad den Garagenkühlschrank frisch mit Bier aufgefüllt hatte und dann übers Wochenende weggefahren war. Eltern hatten manchmal echt keinen Plan. Wir waren nur eine Handvoll Leute, hauptsächlich die Jungs vom Basketball-Team mit ihren Freundinnen. In einem Hinterzimmer lief Musik und vorne, wo Keith und Josh saßen, dröhnte ein Sportsender auf voller Lautstärke, während die beiden über irgendwelche College-Teams quatschten und debattierten, wer am Ende wohl die Meisterschaft machen würde.

Mir war das absolut egal. Ich schob die Tür zum Garten auf, um ein bisschen Luft zu schnappen.

Draußen warf die gelbliche Poolbeleuchtung einen fast unheimlichen Schein. Wahrscheinlich entdeckte ich deshalb Charis, die ab und zu mal was mit dem Point Guard der Mannschaft hatte, erst dann, als ich praktisch über sie fiel.

»Tut mir leid, ich wusste nicht, dass hier jemand ist«, sagte ich. Ich kannte Charis natürlich, wir waren das Jahr über im gleichen Mathekurs gewesen.

»Oh!« Anscheinend war sie erschrocken. Sie setzte sich auf und fuhr sich durch die braunen Haare, bis sie ihr wie ein langer Zopf über die Schulter fielen.

»Ich brauchte ein bisschen Luft«, sagte ich, und weil mir kein anderer Small Talk einfiel, fügte ich hinzu: »Starker Pool übrigens.« Bisher hatten wir kaum einen ganzen Satz miteinander gewechselt. Im Unterricht saß ich vorne und sie ziemlich weit hinten.

»Find ich auch. Scheint neu zu sein.« Sie redete irgendwie undeutlich und schaute mich nicht direkt an. Neben ihr lag eine leere Bierdose.

»Sieht so aus.« Eine unbehagliche Pause entstand. Ich ärgerte mich ein bisschen, denn ich hatte einfach nur allein sein wollen. »Na dann. Schöne Zeit noch.« Ich wandte mich wieder zum Haus.

»Rachel?«

»Ja?«

»Tut mir leid, ich kann das nicht.« Sie drehte sich auf dem Stuhl um und stellte ihre nackten Füße so auf den Terrassenboden, dass sie wie bei einem Kompass genau in meine Richtung zeigten. »Das macht mich echt fertig, weißt du? Ich hab erst gedacht, ich käme damit klar, aber ich will einfach nicht so sein.« Sie warf ihre Haare mit einer schwungvollen Bewegung auf die andere Seite. »Und dich auch noch jeden Tag im Unterricht zu sehen – ich hab mir das leichter vorgestellt, echt.«

Instinktiv faltete ich die Arme vor der Brust, um mich vor der Bombe zu schützen, die sie abwerfen würde. Ich wollte gar nicht wissen, worüber sie da redete, trotzdem fragte ich: »Was ist denn los?«

»Wir haben nichts weiter gemacht, echt. Nur rumgeknutscht und so. Ein paarmal, mehr nicht. Ich hatte mich gerade von Brian getrennt und Keith meinte, bei euch würde es nicht so gut laufen. Aber dann hab ich euch zusammen gesehen.« Sie fing an zu weinen. »Ich bin so bescheuert. Ich hab das nicht gewusst, echt. Ich dachte, ihr hättet euch getrennt. Tut mir so leid.«

Ich starrte in den Himmel, weil ich nicht sehen wollte, wie ihr Blick um Verzeihung bettelte. Oben war alles finster, die Sterne schienen sich versteckt zu haben.

»Sagst du was dazu?«, fragte sie.

Muss sich gut anfühlen, dachte ich, *jemandem die eigenen Ge-*

heimnisse vor die Füße zu werfen. Erlösend irgendwie. Ich würde ihr keine Absolution erteilen. Im hintersten Winkel meines Hirns spukte der Gedanke, das könnte nur Gott tun. »Wir sehen uns in Mathe.«

Auf dem Weg ins Haus war ich erstaunlich ruhig. Keith hockte immer noch mit Josh vorm Fernseher. Die beiden klatschten sich ab wegen irgendwas auf dem Bildschirm.

»Ich gehe«, sagte ich.

»Was?«, fragte Keith. »Wo willst du hin?«

Ich zuckte mit den Achseln. »Charis ist draußen. Anscheinend kennt ihr euch näher.«

Er rappelte sich aus seinem Sessel auf. Weil er getrunken hatte, bewegte er nicht so lässig und selbstbewusst wie sonst. Er guckte mich an wie ein kleinlauter Welpe, mit einem schiefen kleinen Grinsen. Sogar betrunken schaffte er es noch, Leute zu manipulieren.

»Ach, komm, Baby. Hau doch nicht ab. Lass uns reden.«

Ich wollte keine große Szene vor allen Leuten, also marschierte ich einfach Richtung Haustür. Da wurde mir klar, dass wir mit Keiths Auto zu CJ gefahren waren. Zu Fuß brauchte ich mindestens eine halbe Stunde bis nach Hause.

Draußen auf dem Gehweg dämmerte mir, wie dumm ich war. Ich war das Mädchen, deren Freund immer wieder mit anderen rummachte. Das arme Ding, mit dem man Mitleid hatte. Wahrscheinlich wussten alle Bescheid. Wie lächerlich.

Keith rief von der Eingangstür her: »Rachel. Wo willst du hin?«

»Nach Hause.« Mir war jetzt schon wacklig zumute. Würde ich es überhaupt schaffen, eine halbe Stunde zu laufen?

Er wollte die Treppen runterkommen, stolperte aber und die Beine knickten ihm weg.

»Scheiße!«

Ich rannte zu ihm, wie er da der Länge nach auf dem Boden lag.

»Scheiße«, wiederholte er und wandte mir sein Gesicht zu.

»O mein Gott, Keith.« Obwohl ich schäumte vor Wut, tat er mir leid. Ich beugte mich vor und berührte sein Gesicht. Blut strömte aus einer Platzwunde seitlich an seinem Kopf. Er musste gegen die Kante einer Steinstufe geknallt sein. Es machte mir Angst, das viele Blut.

»Geh nicht weg«, murmelte er.

»Schsch«, machte ich. »Bringen wir dich nach drinnen.« Ich ging in die Knie und setzte meine Schulter als Hebel ein, um ihm auf die Füße zu helfen. Blut strömte ihm übers Gesicht.

Im Haus halfen mir Josh und CJ, Keith zum Sofa zu schleppen. CJ holte ein nasses Tuch und ich drückte es Keith an den Kopf. Die anderen drängten herbei, aber CJ scheuchte sie weg.

»Ohnmächtig war er nicht, oder?«, fragte mich CJ.

Ich schüttelte den Kopf.

»He, Mann.« CJ hielt Keith zwei Finger vors Gesicht. »Wie viele Finger sind das?«

Keith schlug seine Hand weg.

»Das wird wieder«, sagte Josh, nachdem er die Wunde angeschaut hatte. »Am Kopf blutet's immer stark.« Er zeigte uns eine verblasste Narbe an seiner Schläfe. »Da bin ich als Kind gegen den Türgriff gerannt. Sieht schlimmer aus, als es ist.«

Bis ich ins Bad kam, um mich sauber zu machen, sah ich aus wie eine Figur aus einem Horrorfilm. Keiths Blut war an meinen Händen getrocknet, ich hatte es im Gesicht und auf der Schulter. Dieser süße, rostig-metallische Geruch machte mich fertig. Ich schaffte es noch knapp bis zur Kloschüssel, bevor mir alles hochkam.

»Wird bestimmt wieder gut mit Micah«, sagte Tyler und brachte mich zurück auf den Pier und zum Grund unseres Hierseins.

Tyler verstand mein Schweigen falsch, aber ich hatte keine Lust, ihm so was Persönliches zu erzählen. Innerlich hatte ich Keith in eine Schublade mit dem Motto *Nicht stören* gepackt und da sollte er auch bleiben. Womöglich würde ich mich dem später in irgendeiner Therapiestunde doch noch einmal stellen müssen, aber nicht heute, nicht an einem Tag, an dem ich meine ganze Kraft brauchte.

Auf einmal kam mir der Pier nicht mehr besonders sicher vor. Bestimmt wäre es ganz leicht, zwischen den Geländerbalken durchzuschlüpfen und sich in den Ozean fallen zu lassen, der einen wegspülen würde. Stattdessen stützte ich mich auf dem Geländer ab und schaute aufs Meer. Tyler neben mir schien in seine eigenen Gedanken abgetaucht.

Der Ozean sah so aus, als wäre er bei der glatten Linie am Horizont zu Ende, aber ich wusste, dass er immer weiter- und weiterging. Die Wolken hingen jetzt nicht mehr so tief, Sonnenlicht fiel aufs Meer und ließ im bewegten Wasser Diamanten aufglitzern.

»Wir finden ihn«, versicherte Tyler.

Ich hörte nicht zu. Das Wasser wirkte dickflüssig wie Blut.

»Ja, das tun wir.«

Kapitel 8

Keith war nicht von Anfang an ein Arschloch gewesen. Eine Zeit lang hatte er mir abends blaue Schwertlilien, meine Lieblingsblumen, auf die Türschwelle gelegt. Micah fand das albern. Er hatte gelacht, die Augen verdreht und ihn Weichei genannt, aber das war mir egal. Keith hatte um mich geworben, er hatte den Anfang gemacht. Auch wenn hinterher alle glaubten, es wäre andersherum gewesen, ich wusste ganz genau, wie es gelaufen war.

Keith hatte mich nach einem Fußballspiel im zweiten Highschool-Jahr gefragt, ob ich mit ihm ausgehen würde. Wir standen links vom Imbissstand. Ich hatte eine Cola in der Hand, er einen Hotdog mit einer dünnen Spur Senf. Er schenkte mir sein besonderes Lächeln, was mir das Gefühl gab, mich würde zum ersten Mal überhaupt jemand richtig ansehen. Ich glaubte erst, das wäre ein Zufall. Schließlich war das hier Keith Brandon. Er sah umwerfend aus: das strahlend weiße Lächeln, die braunen Augen, das beeindruckende Sixpack, die tiefe Stimme. Keith war Sportler und nach der Schule auf dem Parkplatz bekam jeder seinen durchtrainierten Oberkörper zu Gesicht. Bevor er ins Auto stieg und losfuhr, zog er jedes Mal das verschwitzte Trainingsshirt über den Kopf und schlüpfte in das Hemd, das er den Tag über getragen hatte. Später merkte ich, dass er auch nett und lustig sein konnte, wobei das vielleicht eine Masche gewesen war.

Anfangs lief zwischen uns alles ganz locker. Wir telefonierten. Aßen mittags im Schulhof miteinander. Gingen zusammen zum Unterricht. Unter der Woche durfte ich abends nicht weg, aber am Wochenende sahen wir uns. So wurde aus uns ein von allen beneidetes Paar.

Micah konnte Keith nicht leiden, aber die Mädchen, mit denen er ausging, mochte ich auch nicht. Er fand Keith arrogant und meinte, er würde sich für was Besseres halten, obwohl er das gar nicht war. Kann sein, dass sich Keith gegenüber anderen Jungs manchmal zu großspurig gab, aber bei mir tat er das nicht. Keith war ein Traum von einem Freund: Er hielt mir die Tür auf, wartete nach dem Unterricht auf mich und gab mir Bescheid, falls es mal später wurde. Wenn wir durch die Schule gingen, legte er mir den Arm um die Schultern, was ein bisschen wie Besitzerstolz wirkte, mir aber auch das Gefühl gab, geborgen und beschützt zu sein.

Ich hatte nicht vorgehabt, mit Keith zu schlafen – es war einfach irgendwie passiert. Er war nicht fies gewesen, hatte mich nicht unter Druck gesetzt, höchstens mal eine Bemerkung fallen lassen, dass wir ja jetzt schon eine ganze Weile nichts täten außer fummeln. Er sagte, ihm gefiele es, mit einem braven Mädchen zusammen zu sein. Beim Küssen gab er mir das Gefühl, begehrt und schön zu sein, und ich bekam Lust auf mehr.

Nachdem wir ein Jahr lang zusammen waren, gingen alle davon aus, dass wir auch Sex miteinander hatten. Mir fiel auf, dass Keith nie widersprach, wenn jemand Andeutungen in die Richtung machte. Ich glaube, letztlich war ich den Druck leid und wollte es hinter mich bringen. Irgendwann wäre sowieso Zeit für mein erstes Mal und ich mochte Keith gern, warum also länger warten? Mir war klar, dass es anders wäre als im Kino, ohne berauschende Musik im Hintergrund.

Es war nicht so, dass ich vorher noch keine Ahnung von Sex gehabt hätte. Micah und ich waren offiziell aufgeklärt worden, als ich in der achten Klasse war. Dad fing an, indem er sagte, ihm wäre klar, dass wir schon irgendwie über Sex Bescheid wüssten, dass er also nicht in die Einzelheiten gehen müsste. Wobei ich eigentlich hoffte, dass er das tun würde, denn mir war nicht wirklich klar, was diese Einzelheiten sein sollten. Dann druckste er ein bisschen rum und zum Schluss meinte er, er wollte uns nur eine Frage stellen:

»Wer kauft schon eine Kuh, wenn er auch so an die Milch kommt?«

Micah und ich tauschten einen Blick, dann schauten wir Dad an.

»Versteht ihr, was ich meine?«

Micah nickte und ich machte es ihm nach.

»Gut. Das betrifft euch beide.«

Später griff Mom das Thema noch mal auf. »Wenn ihr jemals irgendwelche Fragen habt, könnt ihr immer zu uns kommen«, sagte sie. »Das sollt ihr wissen.«

Ich hätte zu gern gewusst, was Kühe mit Sex zu tun hatten, sagte aber nichts. Stattdessen fragte ich hinterher Micah, und der erklärte mir, es würde bedeuten, dass man nicht einfach wahllos rumnudeln soll. Ich hätte ihn gerne gefragt, was das jetzt wieder hieß, wollte aber nicht zugeben, dass ich es immer noch nicht kapiert hatte. Aber innerhalb kurzer Zeit hatte ich mir dann alle Wörter und Ausdrücke draufgeschafft, die mit Sex zu tun hatten. Ich konnte gut zuhören und beobachten, außerdem fanden Michelle und ich auch eine total informative Website dazu. Am Ende der Achten war ich mit sexuellen Anspielungen und Metaphern auf dem neuesten Stand. Und es verging kein Schultag, an dem ich nicht irgendeinen Witz in die Richtung hörte oder wildes Geknutsche zu sehen bekam.

Aber wenn ich's ganz genau nehme und überlege, wie alles angefangen hat, muss ich zurückgehen bis in die zweite Klasse zu Greg Chase – dem Jungen, der mir gesagt hat, dass es den Weihnachtsmann, den Osterhasen und die Zahnfee in Wirklichkeit gar nicht gibt. Das hat mich dermaßen aufgeregt, dass ich ihn vor der ganzen Klasse als Lügner beschimpft habe, das weiß ich noch. Zu Hause habe ich Mom gefragt, ob das denn wahr sei. Nein, sagte sie. Den Weihnachtsmann gäbe es wirklich. Die Zahnfee käme mitten in der Nacht, um den Zahn unter meinem Kissen zu holen, und sie würde mir Geld dafür hinlegen. Und der Osterhase würde Eier für mich verstecken. Ich war sehr erleichtert.

Am nächsten Tag stellte ich Greg zur Rede, diesmal mit dem Satz »meine Mom sagt« als Munition. Er hielt sich nicht damit auf, meine Mutter zu widerlegen, sondern wechselte das Thema und erzählte mir, woher die Babys kommen und was die Väter mit den Müttern machen. Ich war entsetzt. Meine Mutter hatte uns Geschichten vom Klapperstorch erzählt.

Nach der Schule fragte ich Mom, wie das mit den Babys wäre. Sie erklärte mir, Greg hätte die Wahrheit gesagt und es täte ihr leid, mich angelogen zu haben. Widerwillig rückte sie auch damit heraus, wie das mit dem Weihnachtsmann und so weiter in Wirklichkeit war.

»Weiß Micah das vom Weihnachtsmann?«, fragte ich sie.

»Nein. Meinst du, du kannst das für dich behalten?«

Ich sagte, das könnte ich, und fühlte mich geehrt, dass sie mich um so etwas bat. Und ich erzählte es Micah wirklich nie, sodass wir beide noch bis weit in die Mittelschule so taten, als gäbe es den Weihnachtsmann doch.

Meinen Glauben an den Weihnachtsmann hatte ich jedenfalls schon lange verloren, als Keith und ich zusammenkamen, und stattdessen gelernt, dass es nur wenig wirklich Geheimnisvolles und Magisches gab – Sex gehörte dazu. Und dann kam dieser eine Abend, als Keith und ich allein bei ihm zu Hause waren, oben in seinem Zimmer. Ich ließ ihn weitermachen an einer Stelle, wo ich ihn sonst abgewehrt hätte. Keith schob sich ein Stück von mir weg und schaute mich fragend an, so im Sinn von: *Bist du dir sicher?*

Ich machte die Augen zu und küsste ihn. Es war ziemlich schnell vorbei und lange nicht so weltbewegend, wie ich es mir vorgestellt hatte, was mich ein bisschen traurig machte. Aber ich wollte nicht, dass Keith das mitbekam, also strahlte ich ihn an und tat, als wäre ich glücklich.

Ein großer Fehler.

Schnellvorlauf bis zu der Zeit, in der das mit Micah, den Drogen und der Suchttherapie lief – und in der ich rauskriegte, dass Keith mit Marcie schlief. Ich nannte das den Marcie-Armstrong-Vorfall, dadurch konnte ich es ein bisschen von mir wegschieben. Keith erklärte mir, es täte ihm furchtbar leid und er würde so was nie wieder tun. Ich wollte ihm gerne glauben, also tat ich es. Noch ein großer Fehler. Nach dem Charis-Vorfall machte ich Schluss. So viel Selbstrespekt hatte ich dann doch.

Die Einzige, die von diesen beiden »Vorfällen« wusste, war Michelle. Sie hatte bei Gott geschworen, es keinem zu verraten, was für sie eine große Sache war. Gott wusste es vermutlich sowieso und ich war mir ziemlich sicher, dass er es keinem erzählen würde. Micah und ich redeten zu der Zeit so gut wie nicht mehr miteinander, also hatte er keine Ahnung. Ich wollte das Ganze einfach vergessen und mit meinem Leben weitermachen.

Keith allerdings stellte sich das anders vor. Gleich nach seinem kleinen »Unfall« auf den Stufen vor CJs Haus ging er online und verkündete öffentlich unsere Trennung. In seiner Verlautbarung führte Keith haarklein aus, dass ich mich an ihn rangemacht hätte, dass ich beschissen wäre im Bett und schon lange keine Jungfrau mehr, und dass er jetzt, wo er mich zum Glück endlich vom Hals hätte, offen für neue Angebote sei. Er drückte es ein bisschen anders aus, aber das war der Kern des Ganzen. Obwohl das natürlich eine Lüge war, lag doch auch ein bisschen Wahrheit darin – wir hatten wirklich Sex gehabt. Aber bei ihm klang es, als hätte ich mit wer weiß wie vielen Typen geschlafen. Niemals hätte ich so was über ihn verbreitet, auch wenn er mich betrogen hatte, nicht in einer Million Jahren.

Danach spürte ich Blicke auf mir, wo ich ging und stand. Mag sein, dass es teilweise Einbildung war, aber wir waren nun mal in der Highschool, da liefen die Dinge eben so. Am Ende des ersten Schultags nach der Party war mir total schlecht, ich fühlte mich wie vergewaltigt. In den Augen der Mädchen lagen Mitleid und Scham. Ein paar flüsterten sogar: »Wie konnte Keith das bloß machen?«, als ich an ihnen vorbeilief. Dass nicht alle seine Geschichte glaubten, hätte mich aufmuntern sollen, aber das tat es nicht. Es hatte auch keinen Sinn, Keiths Version entgegenzutreten, denn nachdem er sich als Erster geäußert hatte, würde alles, was ich tat, nur so wirken, als wollte ich meinen Ruf retten.

Nach der Schule stellte ich Keith auf dem Parkplatz zur Rede. Mir war egal, ob es jemand mitbekam.

»Warum?«, fragte ich, während ich auf ihn zulief.

Er lehnte an der Motorhaube seines Autos, mit nacktem Oberkörper. Ein Klammerpflaster bedeckte die Stelle, an der vor zwei Tagen noch eine klaffende Wunde gewesen war. Er zuckte mit den Achseln. »Ich war angepisst.«

»Ist das alles?« Ich vermied es, seine so vertraute nackte Brust anzuschauen, und suchte hinter den Gläsern seiner Sonnenbrille seine Augen.

»Du hast mir das Herz gebrochen. Wirklich wahr.« Er holte tief Luft und drückte sich vom Auto weg. »Aber ich muss weitermachen mit meinem Leben, weißt du?« Er griff ins geöffnete Seitenfenster und angelte nach einem T-Shirt. »Hör mal, das legt sich wieder. Wenn du willst, geb ich eine Entschuldigung raus oder so.«

»Es legt sich? Das ist jetzt überall.« Ich wedelte mit den Händen hoch zum Himmel. »Mein Ruf ist hin. Das ist online, das geht nie vorbei.« Kaum hatte ich das gesagt, wurde mir klar, wie sehr es stimmte. Auch wenn ich schon längst weg und im College war, würden mich hier noch alle für ein Flittchen halten. Der Ruf würde mir überallhin folgen. Niemand konnte das zurücknehmen.

»Leute werden nun mal sauer bei Trennungen, das weiß doch jeder. Und dann sagt man schon mal Sachen, die man nicht so meint. Mann, Rachel, warum bist du bloß immer so verdammt ernsthaft?«

»Alles eine Frage der Wahrnehmung.« Wegen ihrer verzerrten Wahrnehmung sahen meine Eltern nicht, wie sich Micah veränderte, und wegen meiner verzerrten Wahrnehmung hatte ich Keith nicht so eingeschätzt, wie er wirklich war.

Einer seiner Kumpel rief Keith von der Sporthalle her etwas zu.

»Du wolltest dich doch trennen. Aber ist ja egal, wir können trotzdem Freunde bleiben, okay?« Er schenkte mir das strahlende Lächeln, mit dem er mein Herz gewonnen hatte.

»Nein, wir sind keine Freunde. Ich glaube nicht, dass wir das jemals waren. Ein Freund macht den andern nicht fertig.« Ich drehte mich um und ging.

Erst als Micah aus der Therapie zurück war, erklärte ich meinen Eltern, dass Keith nicht mehr hier auftauchen würde, wir hätten uns getrennt. Mom fand das wahnsinnig schade. Dad fragte, ob ich nicht versuchen wollte, wieder mit ihm zusammenzukommen. Wahrscheinlich hätte ich ihnen alles erzählen sollen, aber meinem Eindruck nach hatten sie einfach keine Energie für noch mehr Probleme. Ich wäre gerne wütend auf sie gewesen, aber das brachte ich nicht fertig. Aus ihrer Sicht war Keith Gold wert, im Vergleich zu Micah.

Nachdem ich es ihnen gesagt hatte, ging ich nach oben, vorbei an Micahs Zimmer, das direkt am Treppenaufgang lag. Als ich auf seiner Höhe war, streckte er das Gesicht aus dem schmalen Spalt zwischen Tür und Türrahmen.

»Der Typ ist ein Arsch«, erklärte er und machte die Tür zu.

Du musst es ja wissen, dachte ich.

Kapitel 9

Es war nicht mehr lange hin bis zum Ende der Parkzeit, also meinte Tyler, wir sollten das mit dem Strand lassen und lieber die Straße, durch die wir gekommen waren, auf der anderen Seite zurückgehen. An der Uferpromenade war jetzt mehr los. Manche Leute sahen wie Touristen aus, mit Kameras am Gürtel. Die ließen wir links liegen und gingen gleich zu denen, auf die es ankam.

Wir zeigten zwei blonden Jungen mit langen Haaren das Foto.

»Was hat der denn gemacht?«, fragte mich der Jüngere. Mit dem Fuß ließ er sein Skateboard über den Beton scharren.

»Nichts, wir suchen ihn bloß«, sagte ich.

»Wenn Leute hinter jemand her sind, hat der meistens was ausgefressen«, gab der Junge forsch zurück und starrte mich an.

»Wir sind nicht hinter ihm her. Wir wollen nur wissen, ob mit ihm alles in Ordnung ist. Kennt ihr ihn jetzt oder nicht?« Ich stemmte die Hände in die Hüften und guckte energisch.

»Der läuft doch garantiert vor *ihr* weg«, sagte der andere und beide lachten.

Bevor mir eine schlagfertige Antwort einfiel, waren die zwei schon davongefahren. Die Räder ihrer Boards ratterten über den Asphalt und ihre Haare wehten.

»Lauf weiter«, sagte Tyler.

»Die hätten sich nicht so blöd aufführen müssen.«

»Egal. Die sind noch in der Mittelschule.«

»Warst du in der Mittelschule auch so blöd drauf?«

»Keine Ahnung.« Tyler grinste mich wissend an. »Sag du's mir.«

Ich konnte mich kaum erinnern, wie er damals gewesen war. »Keine Ahnung, da hatte ich mit Micahs Freunden nicht viel zu tun.«

»Stimmt, du warst nur die nervige kleine Schwester.«

»Hör mal, wir sind in der gleichen Klassenstufe. Wie alt bist du, höchstens ein paar Monate älter, was?«

»Vier.«

»Also sind wir praktisch gleich alt.« Allerdings beeindruckte mich, dass er wusste, wann ich Geburtstag habe, im September nämlich. Ein paar Wochen noch, dann war ich siebzehn.

»Älter bin ich trotzdem«, sagte er.

Wir gingen auch in ein paar Geschäfte: einen Secondhandladen für Musik, einen Surfer-Shop, ein Lokal. Keiner dort hatte Micah gesehen, oder falls doch, sagte keiner was.

Bei *Galactic Comics* wollte Tyler sich ein bisschen umschauen. Es roch muffig in dem Laden und war furchtbar eng, alles war mit Comics und Geschenkartikeln vollgestopft. Ich nahm eine Wonder-Woman-Puppe hoch, Tyler schnappte sich Wolverine und hackte mit seinen Klauen nach ihrer Hand.

»Hey!« Ich ließ Wonder Woman mit der Faust ausholen, aber sie verpasste ihn. »Im echten Leben würde sie Wolverine komplett zerlegen!«

Tyler sah mich skeptisch an.

»Doch, echt, die würde erst ihren sexy Body einsetzen und dann ihr Lasso, dann hätte sie ihn gleich.«

»Das Goldene Lasso?« Er zog die linke Augenbraue hoch.

»Egal. Sie sieht jedenfalls cool aus. Die roten Stiefel finde ich stark.« Ich wünschte mir schon länger Overknee-Stiefel, aber meine Beine waren zu kurz dafür.

»Aber dieses schwarzgelbe Outfit da«, sagte er und zeigte auf Wolverine, »das ist ein echter Klassiker.« Er ließ mich stehen und ging in eine andere Ladenecke.

Ich griff nach einem Buch mit orangeroten und schwarzen Punkten. Ich hatte ein Geheimnis. Meistens wählte ich Bücher nur nach dem Cover aus.

Dabei war ja klar, dass das Cover manchmal überhaupt nichts mit dem Inhalt zu tun hatte. Mir war das egal, für mich war der erste Einduck entscheidend.

Mein Auswahlverfahren ging so: Ich suchte mir ein Buch mit einem coolen Titelbild, schlug es auf und las den ersten Satz. Wenn er mir gefiel, blätterte ich in die Mitte und las einen Abschnitt. Wenn der mir auch gefiel, las ich den letzten Satz. Und damit kriegte mich das Buch meistens. Ich wusste gern, wie eine Geschichte ausging. Happy Ends waren mir am liebsten. Wenn mir der Schluss zu traurig und deprimierend vorkam, stellte ich das Buch zurück.

Auf den Covern der Comics in den Regalen gab es fast nur Actionhelden und Frauen mit riesigem Busen. Die meisten populären Superhelden kannte ich. Es gab einen großen Bereich nur für Mangas. Einer der Typen in meiner Klasse war der absolute Manga-Freak. Er kam praktisch jede Woche mit einem neuen an. Ich konnte nicht viel mit den Dingern anfangen, mir kamen sie alle gleich vor.

Ich schaute auf den Umschlag des Buchs, das Tyler in der Hand hielt. Das Gesicht der Figur war mit Kohle gezeichnet und lag im

Schatten, nur das Weiß der Augen blitzte heraus, was mich sofort anzog.

»Liest du viel von dem Zeug?«, fragte ich Tyler.

»Einiges. Aber die erscheinen so schnell, da kommt man kaum hinterher.«

Ich zog einen grellgelben Band heraus, den ich wiedererkannte.

»Ein Klassiker«, sagte Tyler.

Ich zuckte mit den Achseln. »Bin nicht reingekommen.«

»Du hast das gelesen?« Tyler klang beeindruckt.

»Nein. Ich hab den Film gesehen.«

»Filme bringen das Buch nie richtig rüber.«

Das fand ich auch. Sogar bei den Harry-Potter-Filmen. Die Besetzung war super und die Spezialeffekte kamen gut, aber die Bücher blieben trotzdem besser.

»Ich hab nicht verstanden, warum dieser blaue Kerl da immer nackt sein musste.« Ich wurde ein bisschen rot und Tyler lachte. »Bloß weil er eine Bündel reiner Energie ist oder was weiß ich, muss er doch nicht ständig ohne Klamotten rumlaufen.«

Ich griff nach einem anderen Band, weil auf dem Cover eine schöne Frau abgebildet war, deren schwarze Haare im Wind wehten. Ich schlug ihn irgendwo mittendrin auf und wurde gleich beim ersten Bild schon wieder rot. Sogar in Comics hatten die Leute Sex.

»Was ist das?«, wollte Tyler wissen.

»Nichts.« Schnell schlug ich den Band wieder zu. »Seit wann sind Comics dein Ding? Oder Graphic Novels oder wie man das nennt?«

»Kommt von meinem Dad. Er hat eine riesige Sammlung, noch aus Zeiten, als er selbst jung war.« Er stellte sein Buch zurück und schnappte sich ein anderes, bevor er gestand: »Ich hab auch selbst bisschen was in Arbeit.«

»Echt?« Ich hatte nicht die geringste Ahnung gehabt, dass Tyler

Comics zeichnete, und fragte mich gleich, was es sonst noch alles gab, das ich nicht über ihn wusste.

»Ist noch nichts Richtiges. Erst mal nur ein Storyboard. So ein Mix von Historie und Zukunft.«

»Wie Science-Fiction?«

»In etwa. Oder eher wie die Ritter der Tafelrunde gemischt mit *Blade Runner*.«

»Also so was wie das hier?« Ich griff nach einem Band aus der *Dunklen-Turm*-Reihe.

»Eher nicht so, aber diese Serie ist echt stark.«

Ich blätterte hinein.

»Braucht ihr Hilfe beim Suchen?«, rief der Verkäufer von hinter der Kasse zu uns herüber.

»Wir gucken bloß rum«, antwortete Tyler.

»Was ist damit?« Ich nahm einen anderen Band, der mir bekannt vorkam.

»Diese dämliche Vampirjägerin?« Er lachte.

»He, mach Buffy nicht runter. Buffy ist cool.« Letztes Jahr war ich mal länger krank gewesen und nicht in der Schule, da hatte ich mir online ein paar Staffeln reingezogen. Buffy und ihre witzige Scooby-Gang waren beim Auskurieren meiner Grippe eine echte Hilfe. Mir gefiel, wie sie dauernd irgendwas nicht auf die Reihe kriegte, es aber trotzdem jedes Mal schaffte, die Bösen zu besiegen und die Welt zu retten.

»Nicht gerade mein Stil.«

»Was ist denn dein Stil?« Ich stellte Buffy wieder zurück ins Regal.

»Zeig ich dir irgendwann.«

Sein Versprechen hallte einen Moment lang nach, dann verließen wir den Comic-Laden.

Als Nächstes gingen wir in ein Geschäft für Strandklamotten.

»Wo gibt's hier eine Toilette?«, fragte Tyler das Mädchen an der Theke.

Sie zeigte nach hinten und erklärte es ihm, woraufhin Tyler verschwand.

Ich ging auf das Mädchen zu. Inzwischen fiel es mir zugleich leichter und schwerer, Leute nach Micah zu fragen. Leichter, weil ich mich langsam daran gewöhnte, schwerer, weil sich mit jedem Kopfschütteln noch mehr Enttäuschung in mir breitmachte.

»Ich wüsste gern, ob dir der schon mal begegnet ist.« Ich hielt ihr das Foto von meinem Bruder hin.

Sie warf einen kurzen Blick darauf. »Nein.« Sie gab mir das Foto zurück und las weiter in der *Vogue*.

»Danke.« Ich steckte das Foto zurück in meine Tasche.

Tyler kam zurück, die Mao-Mütze tief ins Gesicht gezogen. Er lächelte mir aufmunternd zu, aber ich schüttelte den Kopf.

»Jetzt muss ich mal«, sagte ich und verschwand Richtung Toilette.

Das Neonlicht enthüllte mehr, als ich im Spiegel sehen wollte. Meine Augen wirkten müde. Ich zog mir den Gummi aus den braunen Haaren, wuschelte sie ein bisschen durch und legte Lipgloss auf. Dann zwang ich mich zu lächeln. Schon besser, obwohl ich nicht wusste, was daran wichtig sein sollte. Es gab doch keinen, bei dem ich Eindruck machen musste. Weil es langsam wärmer wurde, zog ich das Kapuzenshirt aus und stopfte es in meinen Rucksack. Im Rausgehen warf ich noch einen Blick in den Spiegel, um mich von hinten zu begutachten. Ich fand, dass ich nicht nur akzeptabel aussah. Sondern hübsch.

»Lass es uns noch mal bei dem Hostel versuchen, dann gehen wir zurück zum Auto«, sagte Tyler, als wir wieder auf dem Gehweg standen.

»Welches Hostel?«

Er zeigte die Straße hoch auf ein schmuddeliges blau-weißes Gebäude mit einer kleinen umlaufenden Veranda. Ein Mädchen Anfang zwanzig saß draußen und las. Sie hatte braune Zöpfe und trug ein langes Blumenkleid über einer weißen Bauernbluse. Sie schien vollkommen vertieft in ihr Buch. Ihre Beine baumelten lässig über dem Verandageländer. Irgendwie sehnte ich mich danach, an ihre Stelle zu sein.

Auf den Stufen vorm Haus saß ein junger Typ und schrieb in ein rotes Notizbuch.

»Hallo, Kumpel«, sagte Tyler.

»Hallo«, sagte der auf der Treppe, schaute aber nicht auf.

»Wir suchen jemand, vielleicht kennst du ihn.« Ich hielt ihm das Bild hin.

»Nein«, sagte er nach einem Blick auf Micah, »aber ich bin erst seit gestern hier.« Er hatte einen Akzent, als käme er aus Europa oder so. »Ihr könnt ja drinnen mal fragen, allerdings weiß ich nicht, ob die euch helfen können. Die meisten Leute hier bleiben eher für sich.«

Der Mann an der Rezeption meinte, er hätte Micah noch nie gesehen.

»Das OB International Hostel ist nichts für Rumtreiber«, sagte er. »Wer hier übernachten will, braucht einen Pass.«

»Micah ist kein Rumtreiber«, widersprach ich. »Er –«

Der Mann unterbrach mich. »Ein Ausreißer? Vielleicht habt ihr mehr Glück bei den Obdachlosenheimen.« Er schrieb ein paar Adressen und Telefonnummern auf ein gelbes Post-it und gab es mir.

Auch das lesende Mädchen kannte Micah nicht. Ich bekam langsam das Gefühl, dass diese Aktion überhaupt nichts brachte. Die Chancen, Micah zu finden, standen so schlecht, dass ich nicht mal darauf setzen würde, wenn ich Spaß am Wetten hätte. Im Hostel liefen jetzt mehr Leute herum als vorhin, aber es würde nichts bringen, sie zu fragen, da war ich mir sicher.

»Hast du Hunger?«, fragte Tyler.

»Ich könnte schon was vertragen, ja«, sagte ich.

»Die zwei Stunden sind fast rum. Lass uns das Auto umparken und dann was essen.«

Auf dem Weg zum Auto stolperten wir fast über zwei Männer, die auf einer Decke am Gehsteig saßen. Der ältere hatte lange graue Haare, die er zu einem Pferdeschwanz zurückgebunden trug; aus dem ärmellosen Shirt, das ein paar Nummern zu groß für ihn wirkte, baumelten knochige Arme. Sein Kumpel war das genaue Gegenteil: ein dicker Kerl mit zu kleinen Klamotten, die seine nackte Haut hervorblitzen ließen. Diese beiden Kerle waren echt. Im Verlauf eines einzigen Morgens war ich zur Menschenkennerin geworden.

Ich reichte dem Älteren das Bild, als er danach fragte. Er betrachtete es lange. Neben ihm schüttelte sein Freund den Kopf und pulte an einer verschorften Stelle über seinem rechten Ellbogen herum.

»Hat der ein Tattoo?«

»Ja, auf dem Arm«, sagte Tyler.

Der Mann nickte und gab mir das Bild zurück. Ich strich den Rand glatt, den er beim Halten umgeknickt hatte.

»Spielt Gitarre?«

»Ja«, sagte ich.

»Wie heißt er?«

»Micah.«

»Micah. ›Der Gottesgleiche‹. Kein Name, dem man leicht gerecht wird.«

»Micah hat mit Gott nichts zu tun.« Zum Herumquatschen fehlte mir die Zeit. Trotzdem versuchte ich, geduldig zu sein. »Wissen Sie, wo er ist?«

»Habt ihr 'ne Zigarette übrig?«

Tyler reichte ihm eine und gab ihm Feuer.

»Schwer zu sagen. Schwer zu sagen.« Der Typ rauchte gierig wie einer, der zum ersten Mal am Tag etwas zu essen bekommt. »Der Wind. Die Leute bewegen sich wie der Wind.«

Ich seufzte. Der Mann war verrückt. Er gehörte in die Psychiatrie.

»Jimmy könnte was wissen«, sagte da auf einmal sein Freund. »Der ist schon über dreißig Jahre hier.« Die aufgekratzte Wunde blutete jetzt, aber er hörte nicht auf, daran herumzufingern.

»Der hat gut ausgesehen, richtig gut. Vielleicht ist er heute da. Weiß man nie. Seid ihr Familie?«

»Ja.«

»Manchmal muss man Leuten Raum geben. Der kriegt schon die Kurve.«

Ich hätte zu gern gewusst, wieso die Leute dauernd meinten, sie müssten mir ungefragt Ratschläge geben. Ehrlich gesagt hatte ich das langsam satt. »Und wie lange haben Sie dafür gebraucht?«

Er grinste mit geschlossenen Lippen. »Ich nehm mir eben Zeit.«

»Der weiß nichts«, sagte ich zu Tyler.

»Stimmt. Komm, wir gehen.«

»Okay. Falls Sie ihn sehen sollten, sagen Sie ihm, seine Schwester sucht ihn, in Ordnung?«

»Wie heißt du?«

»Rachel.«

»Komm her.« Er winkte mich herbei. Tyler rückte ein Stück näher, aber ich machte ihm ein Zeichen, dass es okay war. Der Mann wollte meine Handfläche sehen und aus irgendeinem Grund hielt ich sie ihm hin, als wäre es ganz natürlich, dass er darin las und mir etwas über meine Zukunft sagte. Er malte mit dem Finger ein kleines Herz hinein und schloss sie dann mit seiner eigenen schwieligen Hand.

»Liebe. Die stärkste Droge von allen.«

Ich lächelte ihn an. Er ließ meine Hand los, aber ich konnte das Herz immer noch spüren, als wäre es eintätowiert.

»Danke«, sagte ich und meinte es wirklich.

Der Mann schenkte mir ein Lächeln, als hätte ich ihm den Tag gerettet. Liebe. Eigentlich war es ganz einfach. Nur darauf kam es an. Liebe hatte mich hergeführt. Liebe brachte mich dazu, weiter nach Micah zu suchen.

Wir überquerten die Kreuzung, liefen an dem Café von vorhin vorbei und dann die Straße hinunter zu meinem Auto. Wir waren ein paar Blocks gelaufen, als Tyler plötzlich stehen blieb.

»Kommt dir das richtig vor?«, fragte er und schaute zurück in die Richtung, aus der wir gekommen waren.

»Mhm, weiß nicht. Sind wir dran vorbeigelaufen?« Ich stellte mich neben ihn und folgte seinem Blick.

»Du erinnerst dich nicht?«

»Ich glaube, es muss da hinten stehen.« Dieses Problem hatte ich immer. Wenn ich mein Auto irgendwo abstellte, dauerte es oft Stunden, bis ich es wiederfand. Normalerweise bat ich die Leute, mit denen ich unterwegs war, mir zu helfen und sich die Stelle beim Aussteigen zu merken. Heute Morgen hatte ich es vergessen.

Wir drehten um und liefen zurück, aber mein Civic stand nirgends am Straßenrand. Ich blieb wieder stehen und lief ein Stück an den geparkten Autos entlang in die umgekehrte Richtung. An fast allen Parkuhren standen andere Wagen.

Mein Herz klopfte schneller. »Wir haben auf dieser Seite geparkt, das weiß ich genau.«

»Bist du sicher?«, fragte Tyler. Er kam mir nicht hinterher, sondern schaute auf beiden Seiten die Straße entlang.

»Ja«, sagte ich, obwohl ich nur zu etwa siebzig Prozent sicher war. Dann blieb ich vor einem leeren Platz stehen und mir wurde schlecht. Mein Auto hätte genau hier stehen müssen.

»Versuch's mal mit der Zentralverriegelung«, rief Tyler mir zu und kam herbeigelaufen.

Ich drückte ein paarmal auf den Knopf auf meinem Autoschlüssel und hielt ihn dabei in alle Richtungen. Nichts.

»Das kann doch nicht wahr sein. Sind wir denn zu spät? Haben sie es abgeschleppt?«

Tyler stand jetzt neben mir am Straßenrand. Er zog sein iPhone raus und schaute nach der Uhrzeit. »Nein, wir sind sogar früher dran.«

»Jemand hat mein Auto gestohlen. Meine Eltern bringen mich um.« Ich setzte mich auf den Bordstein und kickte eine leere Bierdose weg. Mir stiegen Tränen in die Augen.

Tyler tippte eine Nummer ein.

»Hallo. Ich will einen Autodiebstahl melden.«

Polizei?, fragte ich stumm.

Er nickte und gab dem Polizisten Marke und Typ durch und in welcher Straße wir waren. Dann wollte er noch ein paar Infos von mir und telefonierte eine Weile weiter, bevor er endlich Schluss machte. »Wir können entweder hier warten, bis die Polizei kommt und eine Anzeige aufnimmt, was Ewigkeiten dauern kann, oder selbst zur Polizeistation gehen. Oder wir machen's online.«

Ich ließ den Kopf in die Hände sinken. »Online? Geben die keine Fahndungsmeldung raus oder so? Damit die Streifenpolizisten wissen, wonach sie Ausschau halten sollen?«

»Tja, im Fernsehland vielleicht. Der Typ hat gesagt, es kann einen Monat dauern, bis die das Auto finden.«

»Ein Monat?« Meine Stimme bebte und ich hatte das Gefühl, gleich wirklich weinen zu müssen.

»Er meint, Hondas werden dauernd gestohlen, besonders hier in der Gegend, weil die Teile so begehrt sind.«

»Was soll ich bloß machen?« Das war eine Katastrophe.

»Essen.«

»Essen?«

»Genau, und dabei das Formular ausfüllen, auf meinem Handy.« Tyler setzte sich neben mich und legte mir den Arm um die Schultern. Ich drückte mich an ihn, froh um den Trost.

»Dad flippt aus, wenn er mitkriegt, dass ich einfach hierhergefahren bin und das Auto geklaut wurde.«

Nachdem wir den Civic bei den eBay-Kleinanzeigen gefunden hatten, waren mein Vater und ich eine Stunde gefahren, um den Wagen anzuschauen, bevor wir ihn einer älteren Frau abgekauft hatten. Dad hatte mir das Bargeld vorgestreckt und ich sollte es nach einem Ratenplan abzahlen. Nachdem mit den ersten beiden Raten alles gut gelaufen war, strich Dad meine Schulden und sagte, ich hätte Verantwortungsbewusstsein bewiesen. Micah sollte ich nichts davon sagen, meinte er, aber Micah erzählte mir irgendwann später, dass es ein Jahr vorher bei ihm genauso gelaufen war. Keiner von uns verriet Dad, dass wir das wussten.

»Wir rufen ihn gar nicht erst an. Wir finden schon irgendwen, der uns abholt.«

»Er merkt's doch, wenn mein Auto weg ist.«

Und dann bringt er mich um, dachte ich. *Gleich nachdem er mich umgebracht hat, weil ich überhaupt nach San Diego gefahren bin.*

»Tja, das kann schon blöd werden. Das Auto ist bestimmt versichert?«

»Klar.«

O Gott, die Versicherung geht auch hoch.

»Da sollte auch Diebstahl abgedeckt sein. Du musst dir für deinen Dad eben eine gute Geschichte zurechtlegen. Oder den Mut aufbringen, ihm die Wahrheit zu sagen.«

Zweifelnd schaute ich ihn an. »Ich kann einfach nicht fassen, dass jemand einfach so mein Auto klaut. Dabei ist es doch gar nicht mal toll.« Micah hatte sich immer darüber lustig gemacht und es ein Altweiber-Auto genannt, was ja irgendwie auch stimmte. Ich hatte es von einer älteren Frau, die das Auto supergut gepflegt hatte.

Tyler stand auf. »Was für ein beschissener Tag.«

Ich rappelte mich ungeschickt hoch und er nahm meine Hand. Zum zweiten Mal an diesem Tag stützte er mich und ließ nicht zu, dass ich fiel.

Kapitel 10

Tyler bezahlte die Pizza an der Theke und trug das Tablett zum Fenstertisch, an dem ich saß.

»Gut, dass du nicht alles im Auto gelassen hast«, sagte er und deutete mit dem Kinn auf meinen Rucksack. Dann nahm er einen riesigen Bissen von der Pizza Peperoni. Als er die Hand sinken ließ, zog sich ein langer Käsefaden von seinen Lippen zur Pizza.

»Nur mein Handy. Aber das ist wohl nicht lebensentscheidend, wenn man ans große Ganze denkt.« Ich zog mein Notizheft und einen Stift raus, um mir die Infos von der Polizeiwebsite abzuschreiben, die Tyler gefunden hatte. Als ich es aufschlug, fiel mir ein, dass Tyler seinen Rucksack im Auto gelassen hatte. »Tut mir leid, das mit deinem Rucksack.«

Er zuckte mit den Achseln. »Ich hab mein Geld und das Telefon. Kein Problem.«

»Du bist so gelassen«, sagte ich und notierte mir ein paar Sachen.

»Hmm?« Er wischte sich das Fett aus den Mundwinkeln.

»Weißt du, ich komm nicht damit klar, wenn Sachen so richtig schieflaufen. Tut mir leid, das von vorhin.«

»Was denn?«

»Dass ich geweint hab.«

»Hab ich nicht mal gemerkt. Außerdem war's ja nicht mein Auto.« Er nahm noch einen großen Bissen.

»Stimmt. Aber du hättest trotzdem ausflippen können. Jetzt bist du mit mir hier gestrandet.« Mir dämmerte, dass noch vollkommen unklar war, wie wir es zurück nach Hause schaffen würden. »Apropos, wie sollen wir heimkommen?«

»Schon geklärt. Jones hat Zeit. Ich muss bloß anrufen, dann kommt er.«

Mitch Jones war auch ein Freund von Micah, einer, der mir nicht so lag. Er hatte sich selbst zum Bandmanager erklärt und machte seine Sache anscheinend sogar gut. Die Band hatte dauernd irgendwelche Gigs. Aber ich mochte weder seinen Schweißgeruch noch die Art, wie er mich anschaute.

»Diese Website ist so winzig. Soll aber keine Beschwerde sein.« Ich versuchte sie größer zu ziehen. »Und wie kommt's, dass du ein iPhone hast?«

»Meine Eltern. Ist der Einzelkindvorteil. Du solltest was essen.« Er zeigte auf die Pizza.

Ich legte das Handy hin und nahm einen Bissen. »Das ist die beste Pizza auf Erden.«

Tyler lachte. »Liegt an deinem Hunger und am Fett.«

»Was?«, sagte ich mit vollem Mund.

»Von der Peperoni. Gutes Zeug.«

Ich biss noch mal von der Pizza ab und saute dabei meine Hand und den Tisch mit Käse ein. »Ups. Pizza ist echt kein gutes Essen für ein Date.«

Tyler warf mir einen komischen Blick zu. Ich konzentrierte mich ganz auf die Pizza und stotterte: »Ich meine, das hier ist ja kein Date, klar, nur damit du's im Sinn hast, für deine nächsten Dates.«

»Merk ich mir.« Tyler grinste, wobei sich wieder seine Grübchen zeigten, und trank einen Schluck.

Sein Lächeln war charmant, trotzdem war ich auf einmal angespannt, als müsste ich mich vorsehen. Man konnte nie wissen, was hinter einem netten Lächeln lauerte. In einem Shakespeare-Stück, das ich für die Schule lesen musste, gab es einen Spruch darüber, irgendwas mit einem Schlangenherz, das verborgen ist unter Blumen. Aber nur weil Keith am Ende ein Schlangenherz gehabt hatte, musste doch nicht jeder Junge so sein, oder? Ich fragte mich, wie lange es wohl dauern würde, bis ich wieder jemandem vertrauen konnte.

Ein Themenwechsel war dringend nötig. »Falls ich das bis jetzt nicht gesagt habe, danke!« Ich war wirklich sehr dankbar für seine Hilfe. Mir war nicht klar gewesen, was ich von diesem Tag erwarten sollte, aber Tylers Freundlichkeit gehörte in jedem Fall zu dem Unerwarteten.

»Wofür?«

»Keine Ahnung.« Ich hielt meinen Blick aufs Essen gesenkt. »Du kommst gut mit Krisen klar. Vielleicht solltest du Feuerwehrmann werden oder so.«

Er lachte. »Klar, Feuerwehrmann.«

»So wie diese Feuerspringer, die mit dem Fallschirm über Waldbrandgebieten runtergehen. Lolas Vater war so einer.«

»Echt nicht.«

»Das könntest du.«

»Was genau gefällt dir an der Vorstellung, dass jemand aus einem Flugzeug in ein Feuer springt?«

»Weiß nicht. Was zu retten, Häuser oder Menschen. Ist bestimmt ein gutes Gefühl, Leuten auf so eine Art zu helfen.«

»Ich hab's nicht nötig, den Retter für irgendwen zu spielen. Kann gern jemand anderes machen. Willst du Nachschub?« Er war schon auf den Füßen und schnappte meinen fast leeren Becher.

Ich sah ihm hinterher und war froh, nicht alleine nach Ocean Beach gekommen zu sein. Während Tyler mit dem Rücken zu mir an der Getränketheke stand, erwischte ich mich dabei, wie ich seine breiten Schultern musterte. Ich stellte mir die Muskeln unter seinem Shirt vor und erinnerte mich, dass Micah und er wegen der Hitze manchmal nur tief sitzende Shorts anhatten, wenn sie in der Garage probten. Ich schüttelte den Kopf, um das Bild zu verscheuchen. Das hier war kein Typ zum Abchecken, sondern Tyler.

Er drehte sich um und kam mit einem Grinsen im Gesicht zurück. Anscheinend hatte er gemerkt, dass ich ihn anstarrte. Ich fühlte mich total dämlich. Von allen Freunden, die Micah hatte, sah er ganz klar am besten aus. Anscheinend traf er sich aber nicht viel mit Mädchen, obwohl er als Bandmitglied garantiert genug Gelegenheit dazu hätte, wenn er wollte.

Ich nahm einen Schluck aus meinem Becher. Die Cherry-Cola brannte in meiner Kehle.

»Also, was willst du machen?«

»Jetzt grade? Die Pizza aufessen.« Er griff über den Tisch und nahm sich noch ein Stück.

»Nein, ich meine später, du weißt schon, als Job oder so.«

»Was ist das hier? Das Zwanzig-Fragen-Spiel?«

»Vielleicht.« Ich fragte Leute wirklich gerne aus – Michelle sagte das auch immer. Aber was soll's, wenn mich etwas interessierte, dann fragte ich eben. Ich war nicht neugierig, sondern wissbegierig.

»Keine Ahnung. College.«

Ich warf ihm einen schrägen Blick zu.

»Was?«

»Nichts.«

»He, nur weil ich nicht in solchen Überfliegerkursen bin wie du, heißt das noch lange nicht, dass ich's nicht bis aufs College schaffe, oder?« Er schaute von mir weg zum Fenster.

Überrascht, dass ich ihn verletzt hatte, meinte ich: »Hab ich doch gar nicht gesagt.«

»Ich weiß einfach noch nicht.« Jetzt wendete er sich mir wieder zu. Ich war froh, dass sein Blick nicht hart geworden war. »Vielleicht auf irgendein Junior-College. Und dann weiter auf die Uni.«

»Das ist clever. Kostet auch nicht so viel.«

»Du klingst wie Mrs Lopez.« Mrs Lopez war eine von den Beratungslehrerinnen, eine richtig gute. Sie hörte einem wirklich zu, genau wie Tyler, fiel mir auf. Beim Reden schaute er mir aufmerksam in die Augen. Anders als bei den meisten Leuten schweifte sein Blick nicht ab, sondern blieb fest.

Ich wurde rot und griff wieder nach dem iPhone. Mir war unklar, warum ich mich so seltsam fühlte. Wir hatten schon x-mal miteinander geredet, aber meistens nur oberflächlich im Vorbeigehen. Ein kurzes Hallo oder Wie-geht's, aber nie nur wir beide allein.

»Und du?«

»Ich weiß auch noch nicht. Ich hab mich an ein paar Unis beworben – San Diego, L. A., Davis und noch ein paar andere. Mal sehen.«

»Noch ein Jahr Highschool.«

Noch ein Jahr Highschool, wiederholte ich im Stillen. Ein Jahr klang ewig, aber ich wusste, es wäre schnell vorbei. Dann würden Michelle und ich uns bei der Abschlussfeier heulend in den Armen liegen, wie wir es bei so vielen älteren Schülern mitgekriegt hatten. Bei der diesjährigen Feier hatte ich mich allerdings nicht besonders für weinende Abschlussschüler interessiert. Meine Augen ruhten auf der Stelle in der Reihe, wo Micah hätte sein sollen. Mit dem Nachnamen Stevens hätte er genau zwischen Sterol und Stewart stehen müssen.

»Grafikdesign oder so was Ähnliches könnte mir gefallen«, sagte Tyler. »Es gibt ein paar Kunstschulen, die ziemlich gut sein sollen.«

»Das Band-Logo, das du gemacht hast, war cool.« Als Micah es mir gezeigt hatte, fand ich es so profimäßig, dass ich sicher gewesen war, sie hätten dafür extra irgendwen angeheuert. Ich war dann total überrascht zu hören, dass Tyler es entworfen hatte. Tyler hatte ich bis jetzt nur mit Micahs Band und dem Schulfußball-Team in Verbindung gebracht, wo er Stürmer war.

»Komm, gib mir das mal. Ich zeig dir ein bisschen was.« Er nahm sein Handy und setzte sich neben mich auf die Bank. Seine langen Finger flogen geschickt über die Icons auf dem Display.

»Du hast Klavierfinger.«

»Mein erstes Instrument.«

Er rief seine Website auf und führte mir seine Zeichnungen und Entwürfe vor.

»Du hast echt Talent«, sagte ich. »Hast du das im Unterricht gemacht?«

»Ein paar Sachen schon, bei Mrs Krell, aber das meiste hab ich ganz für mich entworfen. Es soll eigentlich keiner groß wissen, aber ich leite für sie einen Grafik-Einführungskurs.«

Sein Arm streifte zufällig meinen. Ich rückte nicht weg und er auch nicht. Er fühlte sich warm an und auf einmal war ich ganz ruhig.

»Micah hat mir nie erzählt, dass du solche Sachen machst.«

»Na ja, Micah hat sich immer nur für Musik interessiert.« Er zeigte mir eine Skizze von der Band. »Versteh mich nicht falsch, ich finde es großartig, Musik zu machen, aber ich will nicht für den Rest meines Lebens in einer Garagenband feststecken.«

»Ihr habt einen Supersound.«

»Kann sein, aber ohne Micah …« Er beendete den Satz nicht. »Er hat uns zusammengehalten. Wir wollten diesen Sommer wegfahren. So was wie ein Geschenk für ihn zum Schulabschluss.«

»Wohin denn?«

»Wir wollten die mexikanische Küste runter. Surfen, schlafen, einfach irgendwas. Tacos vom Straßenrand essen. Gucken, ob wir's bis runter zu meiner Tante schaffen.«

»Ihr solltet das trotzdem machen.«

»Weiß ich nicht. Wär doch jetzt irgendwie traurig. Und der Sommer ist so gut wie vorbei. Komm, ich helf dir beim Ausfüllen. Ich gebe erst mal die Daten ein.« Seine Finger flitzten übers Display, viel schneller als meine. »Okay. Wie ist das Kennzeichen?«

Ich holte meine Autopapiere aus dem Rucksack und zeigte ihm meinen Führerschein. Er lachte.

»Was denn?«

»Du siehst aus wie zwölf.«

»Tu ich nicht«, protestierte ich, aber mir war klar, was er meinte. Meine Haare waren zu einem Pferdeschwanz zurückgebunden und ich grinste breit mit offenem Mund wie ein kleines Kind, das zum ersten Mal nach Disneyland darf. Meine Eltern hatten zu viele Termine, deshalb hatte Micah mich zur Prüfung fahren müssen. Sein einziger Ratschlag war, so zu tun, als wüsste ich genau, was ich tue, auch wenn das gar nicht stimmte. Er selbst hatte gleich beim ersten Mal bestanden, also fühlte ich mich unter Erfolgsdruck.

Als ich Micah hinterher erzählte, dass ich's geschafft hatte, umarmte er mich und sagte, er wäre total froh, denn jetzt müsste er mich nicht mehr überall rumkutschieren. Ich konnte ihn sehen, während das Führerscheinfoto gemacht wurde. Er hatte eine verrückte Grimasse gezogen und ich musste lachen, während die Frau auf den Auslöser drückte.

Tyler und ich füllten die Diebstahlanzeige fertig aus und schickten sie ab. Danach strich ich die Worte *Formular ausfüllen* in meinem Notizheft durch.

»Hmm ... deinen Listentick hatte ich ganz vergessen.«

»Ich hab keinen Listentick.« Ich strich *Ocean Beach absuchen* durch und fühlte mich langsam ein bisschen besser.

»Wann hast du das geschrieben: *Formular ausfüllen*?«

»Als wir uns zum Essen hingesetzt haben.«

»Siehst du, ein Listentick. Bestimmt schreibst du auch manchmal Sachen auf, die du schon gemacht hast, nur damit du sie dann durchstreichen kannst, oder?«

»Na gut, du Psycho-Spion. Ich fühl mich eben gern produktiv.«

Tyler lachte. »Was hast du sonst noch auf der Liste für heute?« Er schnappte sich mein Heft und fing an zu lesen. »Aufstehen und duschen, durchgestrichen. Das ist schon mal gut. Tyler abholen. Erledigt. Nach Ocean Beach fahren. Auch schon geschafft. Mom anrufen. Tanken. Noch offen. Hmm ...«

»Gib das zurück«, sagte ich, musste aber lachen.

»Formular ausfüllen. Später nach dem Status gucken.« Er blätterte eine Seite zurück zur Liste vom Vortag und las den einzigen Eintrag: »Micah finden.«

Da hörten wir beide auf zu lachen. Tyler sah mich trotzdem weiter an, mit einem aufmunternden Lächeln. Ich lächelte zurück in dem Gefühl, dass das inzwischen nicht nur mein Ziel war, sondern etwas, das wir gemeinsam durchzogen. Er gab mir mein Heft zurück.

»Danke für deine Hilfe mit dem Formular. War hoffentlich die Sache wert, sich das Auto stehlen zu lassen.« Übersetzung: *Wir müssen Micah finden, sonst hatte das alles keinen Sinn.* »Also, was machen wir jetzt?«, fragte ich.

»Lass mich die Mail noch mal angucken.«

Ich zog den Ausdruck aus meinem Rucksack und schob ihn über den Tisch.

»Zu dumm, dass sie keine Adresse oder so reingeschrieben hat.«

Ich musste grinsen, weil ich genau diesen Gedanken auch schon gehabt hatte. Aber dann fiel mir etwas auf. »Du hast *sie* gesagt. Warum?«

»Ein Typ würde sich die Mühe nicht machen. Und dann dieser Satz hier: *Es würde ihm nicht passen, dass ich dir schreibe.* Einem Jungen wäre es egal, ob irgendein anderer Typ sauer auf ihn wird.«

»Ich hab gedacht, es wär ein Junge. Vielleicht auch irgendwer, der mich nur verarscht.«

»Nein, das hier ist keine Verarsche.« Er faltete den Ausdruck an den schon abgeschabten Faltstellen zusammen und gab ihn mir wieder. »Wie lange ist es her, dass du die gekriegt hast?«

»Zwei Wochen oder so.«

»Dann kann Micah inzwischen schon wieder woanders sein.« Tyler guckte, als wollte er mich etwas fragen, hätte aber nicht den Mut. »Warum … ach, egal.«

Ich betrachtete meine Hände. Ich schaffte das noch nicht, konnte mich all den Warum- und Warum-nicht-Fragen noch nicht stellen. Am Ende musste es genügen, dass ich heute nach ihm suchte. Immerhin versuchte ich gutzumachen, was ich mir damals gewünscht hatte, das musste man anerkennen.

»Willst du weitersuchen?«

Ich dachte an das, was mich zu Hause erwartete. Die Stille. Das Nichtwissen. Die Schuldgefühle. Heute sollte ich doch eine Heldin werden. »Ja.«

Tyler begann zu simsen und sagte: »Zeit für Phase zwei.«

»Phase zwei?«

»Operation Dillon.«

Kapitel 11

Für die Operation Dillon musste Tyler mit einem Typen Kontakt aufnehmen, der ein gemeinsamer Surfkumpel von Micah und ihm war. Ich überlegte kurz, diese Aktion mit O. D. abzukürzen, aber weil das nach *Overdose* klang, ließ ich es bleiben. An eine Überdosis wollte ich wirklich nicht denken.

»Woher kennst du ihn?«, fragte ich Tyler unterwegs.

»Wir haben uns vor ein paar Jahren beim Surfen kennengelernt. Der Typ ist cool. Ein paarmal haben wir auch bei ihm gepennt.«

»Meinst du, Micah ist bei ihm?«

»Keine Ahnung. Aber das würde Dillons Mom nicht passen.«

»Wieso haben wir nicht gleich ihn gefragt?«

»In deiner E-Mail hieß es, er lebt auf der Straße, also haben wir da angefangen.«

Dass mir Tyler anscheinend irgendwas verheimlichte, gefiel mir nicht. Er log zwar nicht, aber dosierte die Wahrheit doch ziemlich. »Gibt's sonst noch jemanden, den wir treffen könnten, wenn wir schon hier sind?«

»Dillon wüsste es, wenn's so wäre.« Tyler blieb stehen und sah mich an. »Was ist los?«

»Nichts.« Ich betrachtete den Gehsteig.

»Du schmollst doch.« Er seufzte.

Ich hob den Blick. »Red nur nichts schön für mich.«

Diesmal schaute er weg. »Mach ich nicht.«

Dillon Rodriguez lebte in Ocean Beach, nicht weit vom Strand. Zu Fuß brauchten wir zwanzig Minuten bis zu ihm nach Hause. Vor der winzigen Doppelhaushälfte standen ein paar Räder und im Vorgarten ein altes Trampolin. Violette Geranien und Kakteen in orangenen Tontöpfen schmückten den Weg zur roten Haustür. Eine rote Tür. Ich nahm das als ein gutes Zeichen. Ich liebte rote Türen.

Dillon machte auf, bevor Tyler anklopfen konnte, und die beiden umarmten sich auf diese typische Männerart. Was mir gleich ins Auge fiel: Erstens war Dillon klein, kaum größer als ich, Tyler überragte ihn ein ganzes Stück. Zweitens war er schon älter und definitiv nicht mehr in der Highschool.

»Tyler, *hermano*. Lange her.«

»Ernsthaft. Paar Monate?«

»Kann sein. Wer ist das süße Ding?«

»Rachel Stevens. Micahs Schwester.«

Dillons braune Augen verdunkelten sich bei der Erwähnung von Micah, aber vielleicht lag das auch nur an dem Schatten, den sein gelber Cowboyhut warf. An mich gerichtet tippte er sich an den Hut. »Angenehm. Wie geht's meinem alten Kumpel Micah?«

»Wir haben gehofft, dazu könntest du uns was sagen«, antwortete Tyler für mich.

Dillon lehnte sich gegen den Türrahmen und verschränkte die Arme. Er schien über etwas nachzudenken, und nachdem er einen Beschluss gefasst hatte, brüllte er: »Ma!«

»Was?« Eine laute und ziemlich genervte Frauenstimme war von irgendwo drinnen zu hören.

»Ich geh weg.«

»Wohin?«

»Weg.«

»Das Auto nimmst du aber nicht.«

»Muss ich aber.« Er zog einen Schlüsselbund aus der Hosentasche.

»Dann tank gefälligst!«, rief die Frau, als Dillon die Tür hinter sich zuwarf.

»Tut mir leid. Mom spinnt ein bisschen. Hey, trainierst du, Tyler?« Dillon nahm Tyler in den Schwitzkasten und drückte ihn fast bis auf den Boden.

Super, dachte ich, *die Sorte Kerl ist er also.*

Er ließ Tyler los und präsentierte uns seine Muskeln. »Bald siehst du auch so gut aus, Tyler, stimmt's, Rachel?«

»Genau. Hast du Micah denn irgendwo gesehen?« So langsam reichte es mir mit diesem Harte-Jungs-Getue.

Dillon hörte auf zu grinsen. »Die ist 'ne ziemliche Spaßbremse, was?«

Ich wartete Tylers Antwort gar nicht erst ab. »Hör mal, ich will echt keinem den Spaß verderben, aber wir – ich mach mir Sorgen um Micah. Ich hab ihn schon Monate nicht mehr gesehen. Zuletzt hab ich gehört, er könnte irgendwo hier unten sein. Ich glaube, er steckt in Schwierigkeiten.«

»Wo habt ihr geguckt?«

»Unten am Strand, um den Pier rum«, sagte Tyler. »Angeblich pennt er auf der Straße.«

Dillon nickte. »Ich bin nicht sicher, wo er ist.« Er zog eine Zigarette aus seiner Jeanstasche und zündete sie an. »Der ist ziemlich am Arsch.«

»Wie denn?«, fragte Tyler.

»Beim letzten Mal, als ich ihn getroffen hab, war er voll auf Crystal und total paranoid. Hat gedacht, ihn verfolgt einer.« Er mied meinen Blick. »War echt hart, ihn so zu sehen. Ist 'n guter Typ, nur – ich weiß nicht.«

Kurz überlegte ich, ob Dillon vielleicht die Mail geschickt haben konnte, aber dann fand ich, das passte nicht zu ihm. »Hat ihn denn jemand verfolgt?«

»Schwer zu sagen. Dieses Scheißzeug fickt dir das Hirn.« Er machte eine Pause, zog an seiner Zigarette und blies den Rauch aus. Dabei sagte er: »Der ist echt in Ordnung. Tut mir total leid für ihn.«

Tyler schaute von mir weg, nahm seine Mütze ab und fuhr sich mit den Fingern durch die Haare. »Weißt du vielleicht, wo wir ihn finden könnten?«

»Hab ihn schon länger nicht mehr gesehen hier in der Gegend, aber vor ein paar Wochen, da war er in Mission.«

Mission Beach lag nördlich von Ocean Beach – ziemlich in der Nähe und trotzdem zu weit, um zu laufen.

»Ich hab keinen Plan, wo er ist, aber ich kann euch beim Suchen helfen. Wenn ich mich da draußen durchschlagen müsste, wär ich jedenfalls froh, dass mich Leute finden wollen. Ich wollte sowieso nach Mission, wenn ihr mögt, könnt ihr mir hinterherfahren. Ich muss nur erst mein Board aus dem Laden holen. Und ich bin ziemlich sicher, dass die Jungs im Laden Micah auch kennen.«

»Kannst du uns mitnehmen?«, fragte Tyler.

»Mein Auto ist geklaut worden«, erklärte ich schnell.

»Klar. Dann mal auf zur Garage.«

Dillon drückte auf einen Knopf an seinem Schlüsselbund, und als das Garagentor langsam aufging, sah ich drinnen zwei Wagen stehen. Der eine war ein weißer Toyota, vorne eingedrückt und auf der Fahrerseite ohne Spiegel. Ich war erleichtert, dass Dillon zur

Tür des zweiten Autos ging. Es war alt und schwarz, wahrscheinlich aus den Sechzigern, und es gab kein anderes Wort dafür als obercool. Es war genau die Art von Auto, auf die jeder Greaser superstolz wäre. Der schwarze Lack glänzte dermaßen, dass sich mein Gesicht perfekt darin spiegelte. Die Ledersitze hatten einen dunklen Beigeton und sahen aus wie neu. Kein Kratzer, nicht der geringste Fleck verschandelte dieses Auto.

Tyler stieß einen Pfiff aus.

»Eine echte Schönheit, was?« Einen Augenblick lang himmelte Dillon den Wagen mit uns zusammen an.

»Gehört der deiner Mutter?«, fragte ich.

»Ja, die ist durch und durch Punk Rock.«

Jetzt war mir klar, warum sie ihm das Auto nicht hatte geben wollen.

»Rein mit euch.«

Tyler öffnete die Beifahrertür und kletterte nach hinten, damit ich vorne sitzen konnte.

Neben Dillon zu sitzen machte mich befangen, aber mir war klar, dass Tyler mir was Gutes tun wollte. »Danke.«

»Schon okay.«

»Und da heißt es immer, es gäbe keine Ritterlichkeit mehr«, sagte Dillon und klemmte sich hinter das Lenkrad aus dunklem Holz. Er legte den Rückwärtsgang ein und steuerte vorsichtig aus der Garage.

Der Motor röhrte los, als Dillon aufs Gas stieg. Reflexartig suchten meine Hände nach irgendwas zum Festhalten, aber trotz des Lärms glitt der Wagen sanft über den Asphalt. Entspannt ließ ich mich in das weiche Leder zurücksinken.

Bei der ersten roten Ampel drückte Dillon auf einen Knopf und das Autodach klappte zurück, sodass wir in der Sonne saßen. Er legte einen Arm um den Sitz, auf dem ich saß, den anderen ließ er lässig aus dem offenen Fenster hängen. Am Fußgängerüberweg blieben die Leute stehen, um das Auto zu bewundern, und man konnte sehen, wie sehr Dillon diese Aufmerksamkeit genoss. Er gab ein interessantes Bild ab: ein stämmiger kleiner Typ in Cowboyhut, T-Shirt und Surfershorts hinter dem Steuer eines Oldtimers.

Die Ampel wurde grün. Wieder trat Dillon voll aufs Gas und der Motor stöhnte tief und heiser. Hinter mir sagte Tyler etwas, aber ich verstand ihn nicht. Das Auto wurde schneller. Der Wind wehte mir durch die Haare, und während wir Richtung Strand düsten, trat ein breites Lächeln in mein Gesicht, ob ich das nun wollte oder nicht. In der Ferne sah ich das Wasser, wie eine riesige blaue Sonne. Einen Augenblick lang vergaß ich Micah. Ich malte mir aus, ich würde in diesem Wagen immer weiter auf der Küstenstraße entlangfahren, egal wohin sie führte.

Uns führte sie zu einer Tankstelle.

Dillon hielt an, drehte sich zu mir und streckte die Hand aus. Ich gab ihm ein paar Geldscheine.

»Hab grad keinen Job«, sagte er und stieg aus, um zu tanken.

»Ich hätte auch bezahlen können«, sagte Tyler.

»Geht schon in Ordnung.« Ich erwartete nicht, dass Tyler bezahlte. Micah war mein Bruder, die Verantwortung lag bei mir.

Ich entspannte mich und betrachtete mich im Rückspiegel. Gar nicht schlecht. Ich feuchtete meine Finger an und glättete ein paar verwehte Haarsträhnen. Dann suchte ich in meinem Rucksack nach der Sonnencreme.

»Willst du auch?« Ich hielt Tyler die Tube hin.

»Nein, nicht nötig. Ein Vorteil am Braunsein.« Um es mir zu beweisen, hielt er mir einen Arm hin – braun gebrannt und kräftig.

Schon wieder leicht durcheinander, versuchte ich mich darauf zu konzentrieren, mir sorgfältig Gesicht, Arme und Beine einzucremen.

»Was hat's mit Dillon auf sich?« Ich spähte zu dem Tankstellen-Shop, in den er zum Bezahlen gegangen war.

»Wie meinst du das?«

»Er wirkt irgendwie, keine Ahnung ...« Ich wusste nicht weiter. »Er ist älter als wir.«

»Na und?«

»Was treibt er so? Macht er eine Ausbildung? Arbeitet er?«

»Dillon ist sauber. Er geht aufs Junior College. Mach dir wegen ihm keine Sorgen.«

Ich betrachtete Tyler eine Augenblick lang. Auf der linken Wange gab es nicht das geringste Anzeichen für das Grübchen, das sich dort zeigte, wenn er lächelte. »Ich sollte meine Mutter anrufen und ihr irgendwas erzählen, warum es heute später wird. Was hast du deinen Eltern gesagt?«

Tyler zuckte mit den Achseln. »Ich bin siebzehn. Was sollen sie schon machen? Mir Hausarrest geben?«

Meine würden das tun, dachte ich. Ich kramte in meinem Rucksack herum, ohne daran zu denken, dass mein Handy ja im Auto war. Tyler war schneller als ich. Er hielt mir sein iPhone hin.

»Sag ihnen, du übernachtest bei irgendwem.«

»Was meinst du, wann wir ungefähr zurück sein werden?« Ich gab Moms Nummer ein.

»Lass das mal lieber offen«, sagte er.

Ich hoffte, nur Moms Mailbox dranzukriegen.

Aber ich hatte Pech. »Hallo?«, antwortete sie selbst.

»Hey, Mom.«

»Oh, Rachel. Ich hab die Nummer gar nicht erkannt.« Im Hintergrund hörte ich die typischen Geräusche aus ihrem Büro.

Ich zuckte zusammen. An das Problem mit der Nummer hatte ich gar nicht gedacht. »Ja, mein Handy hat sich verabschiedet, da musste ich das von Michelle nehmen.«

»Wie läuft's beim Shoppen?«

»Ich hab Schuhe gefunden«, log ich routiniert und fügte hinzu: »Sonderangebot, nur zwanzig Dollar.«

»Du mit deinen Schuhen. Demnächst müssen wir mal ein paar von den alten rausschmeißen, die verstopfen bloß noch den Schrank. Sekunde mal, Rach.« Sie redete mit irgendwem und ließ mich warten. »Entschuldigung. Was gibt's denn?«

»Ich wollte nur fragen, ob es okay ist, wenn ich bei Michelle übernachte.« Ich versuchte, ganz lässig zu klingen, als wäre mir die Antwort nicht so furchtbar wichtig.

»Heute? Haben wir da abends nicht was vor?«

»Nein.«

»Warte mal, doch, die Hammonds. Die haben uns zum Essen eingeladen.«

Ruhig bleiben, sagte ich mir. »Ach, das ist doch eher für dich und Dad gedacht, meinst du nicht?«

»Aber sie haben einen Sohn, Jason. Für ihn wär's netter, wenn du mitkommst.«

»Der ist zehn, Mom.« Ich schaffte es nicht, meine Genervtheit zu verbergen.

»Er geht in die achte Klasse.«

Als wäre das ein Unterschied, dachte ich. Ich würde es mit einer anderen Taktik versuchen müssen. »Na ja, ich kann schon mitkommen, wenn du unbedingt willst. Ich hab mich nur so gefreut, noch ein bisschen Zeit mit Michelle zu haben, bevor sie zu ihrem Dad fährt, das ist alles.« Michelle verbrachte jeden Sommer ein paar Wochen bei ihrem Vater in Michigan.

Es folgte eine kurze Pause. Schließlich seufzte Mom. »Okay. Dann übernachte eben bei ihr. Ich weiß ja, wie sehr du Michelle vermissen wirst.«

»Danke, Mom.« Mit schlechtem Gewissen konnte man sie immer kriegen. Ich machte Schluss. »Der Akku geht zu Ende.« Ich gab Tyler sein Handy zurück.

»Du warst gut«, sagte Tyler.

Ich lachte, aber tief drinnen fühlte ich mich nicht wirklich wohl beim Lügen. Könnte ich die Wahrheit nicht so gut verdrehen, säße ich jetzt nicht hier.

Tyler beugte sich vor und setzte die Sonnenbrille ab. »Was willst du machen? Willst du weg?« Sein Gesicht war plötzlich ganz nah an meinem. Reflexartig wich ich zurück.

»Wohin denn?«

Dillon tauchte an der Beifahrertür auf und nahm den Tankhahn vom Haken. Während das Benzin reinlief, stand er mit dem Rücken gegen das Auto gelehnt da. Seine Arme waren mit Muskeln bepackt und voller Tattoos. Bei den meisten Leuten würde ein Cowboyhut albern aussehen, aber bei ihm wirkte er irgendwie cool.

»Hallo, ihr Hübschen«, sagte er.

»Hey«, sagte ich und grinste ihn an.

»Du siehst Micah nicht besonders ähnlich.« Er musterte mich über den Rand seiner Sonnenbrille hinweg.

»Sie haben die gleiche Augenfarbe«, warf Tyler von hinten ein.

»Ach ja? Braun?«

»Bernstein.«

Tyler hatte recht. Ins Braun unserer Augen mischte sich etwas Rötliches. Ich behielt weiter Dillon im Blick und tat, als wäre jeder imstande, den feinen Unterschied zwischen braunen und bernsteinfarbenen Augen zu bemerken.

»Habt ihr euch gut verstanden?«, fragte Dillon.

Haben wir uns gut verstanden? Die Frage hallte in meinem Kopf wider. Was heißt schon gut? Ich habe ihn gehasst und er ist gegangen, ohne sich zu verabschieden. »Wir haben uns nicht alles erzählt.«

Er nickte und sagte: »Ich hab einen kleinen Bruder«, als würde das alles erklären.

»Und was treibst du so, Dillon?«, fragte ich, um das Gespräch von Micah und mir wegzulenken.

»Na ja, ich hab Wirtschaft belegt. Nächstes Jahr will ich meinen Abschluss machen. Zur Entspannung surfe ich und mein Sternzeichen ist Löwe. Der Rest ist streng geheim. Ich müsste dich umbringen, wenn du mehr wüsstest.«

Den letzten Satz ignorierte ich. »Wie alt bist du?«

»Endlich alt genug für legalen Alkohol. Einundzwanzig. Und du?«

»Beinah siebzehn. In welchem Bereich willst du später arbeiten?«

»Finanzen.«

»Trotz Bankenkrise?«

»Geld regiert die Welt, daran hat sich nichts geändert.«

»Warum wohnst du noch zu Hause?«

»Schnell erklärt: keine Miete.«

»Hast du eine Freundin?«

»Tyler, mach, dass sie aufhört!«

Tyler musste lachen. Ich begriff nicht, was daran witzig sein sollte. Ich wollte ernsthaft wissen, was für eine Art Mensch Dillon war. Gehörte er zu den Typen, die man am besten gleich vergaß, oder steckte bei ihm mehr dahinter?

»Schluss mit den Fragen. Ich hab nicht gesagt, dass ich mich foltern lasse.« Er hatte jetzt fertig getankt, lief um den Wagen herum und stieg ein. »Jetzt lass mal sehen, ob wir Micah finden.«

Meine Suche nach Micah hatte mit einer anonymen E-Mail begonnen, aber sie beruhte auf einem tiefen Bedürfnis von mir. Zuallererst musste ich wissen, ob alles okay war mit ihm, dass ihm nichts passiert war. Aber nicht nur um seinetwillen. Mein Beschluss, Micah zu finden, war auch eine Art Sühneopfer und nicht völlig selbstlos. Micah war mein einziger Bruder. Es kam mir vor, als wäre etwas von mir selbst verloren gegangen und würde nun furchtbar krank irgendwo da draußen herumirren. Und ich wollte das Bild loswerden, wie er hinten im Garten saß und sich Crystal in die Venen spritzte.

Ich kam an diesem Abend erst lange nach der vereinbarten Zeit nach Hause. Michelle und ich hatten zusammen noch einen Film geguckt. Ich nahm das seitliche Gartentor, um durch die Hintertür ins Haus zu kommen. Ich schlich gerade auf Zehenspitzen Richtung Terrasse, als ich eine Gestalt wahrnahm und vor Schreck erstarrte. Erst dachte ich, es wäre Dad, der hier draußen auf mich wartete, aber derjenige, der da auf dem Gartenstuhl saß, war viel dünner. Ich wollte schon Micahs Namen flüstern, aber irgendwas hielt mich davon ab. Sein Kopf war über den Arm gebeugt und ich beobachtete ihn dabei, wie er sich eine Nadel hineinstieß, ohne auch nur zu zucken. Das Ganze dauerte höchstens ein paar Sekunden. Als er fertig war, ließ er sich in den Stuhl zurücksinken und schloss die Augen. Ich wartete darauf, dass er sich bewegte, aber das tat er nicht. Er hörte mich nicht mal, als ich mich an ihm vorbeischob und ins Haus schlüpfte.

In der Küche goss ich mir mit zitternden Händen ein Glas Wasser ein. Beim Trinken verschüttete ich einen Teil auf meinem Shirt. Ich fürchtete mich, viel mehr als bisher. Aber ich war auch wütend. Es lag an dieser Wut, dass ich meinen Eltern nichts sagte. Ich ließ Micah high da draußen sitzen, weil ich stinksauer war, dass er mich verlassen und sich an einen Ort abgesetzt hatte, an den ich ihm niemals würde folgen können.

Kapitel 12

Es gab zwei besondere Ereignisse in meinem ersten Highschool-Jahr. Das eine war, dass ich es ins Cross-Country-Team schaffte. Wir waren zwar insgesamt nur so viele Läufer, wie man für eine erste Mannschaft braucht, aber in meinen Augen schmälerte das meinen Erfolg nicht. Das zweite hatte mit meinem Geschichtskurs zu tun. Mitten im Schuljahr, genau zwischen dem Ersten und dem Zweiten Weltkrieg, beschloss unser Lehrer, zu kündigen und nach Milwaukee zu ziehen. Statt einen richtigen Lehrer neu einzustellen, beschloss die Schulverwaltung zu sparen und nahm eine Langzeit-Vertretung.

Das, was an Mr Parnell sofort auffiel, war sein buschiger roter Bart – die Sorte, die nach Waldschrat aussieht, die Sorte, die ich am liebsten gleich abrasieren würde. Nachdem er ein bisschen was aus seinem Leben erzählt hatte (als ob uns das interessieren würde), gestand er uns, dass die Erziehung der jungen Generation in seinen Augen eine gewichtige Verantwortung darstellte. Haargenau so drückte er sich aus, *eine gewichtige Verantwortung*. Ich kannte sonst niemanden, der redete wie in alten Büchern.

Am zweiten Tag teilte er uns in Gruppen ein und brachte uns die Regeln für *Risiko* bei – dieses Spiel, bei dem das Ziel »die Weltherrschaft« ist. Wir spielten es für den Rest des Schuljahres jeden Tag. Anfangs fanden wir es ziemlich cool, aber irgendwann wurde es langweilig, dauernd die Welt zu erobern. Keiner erzählte den anderen Lehrern oder seinen Eltern davon, weil wir nie Hausaufgaben bekamen und niemand als Petze dastehen wollte.

Wie sich herausstellte, habe ich trotzdem eine paar interessante Fakten von Mr Parnell gelernt. Er war nämlich ein absoluter Freak, was den Zweiten Weltkrieg anging.

Eines Tages, als ich gerade zum dritten Mal Frankreich besetzte, ließ mich eine Frage von Mr Parnell aufhorchen. Das mit Micah lief noch nicht lange, meine Eltern wussten noch nichts und ich redete mir noch ein, dass schon alles okay wäre mit ihm.

»Wer von euch hat schon mal was von Methamphetamin gehört?«

Ich tat, als wäre ich in die Weltkarte vertieft, obwohl ich sie nach den wochenlangen Spielen im Unterricht auswendig konnte. Falls ich bei Mr Parnell überhaupt irgendwas gelernt hatte, dann Geografie. Ein paar Leute hoben lustlos die Hände.

»Als Crystal Meth kennt ihr das wohl alle, aber ich wette, keiner von euch weiß, dass es im Zweiten Weltkrieg in großem Stil eingesetzt worden ist. Die Truppen der Alliierten bekamen es, und die der Achsenmächte auch, gegen Kampfmüdigkeit. Vor allem Soldaten, die tage- und nächtelang im Einsatz waren. Angeblich haben manche von den japanischen Kamikaze-Piloten vor ihren Selbstmord-Angriffen Crystal genommen.«

Soweit ich wusste, hatte Kamikaze-Flieger-Sein eher mit einem Ehrenkodex zu tun, aber ich sagte nichts, sondern quetschte nur einen lilafarbenen Infanteristen in den Fingern herum.

»Hat sie das nicht total verpfuscht?«, fragte Ron von hinten.

»Aber klar. Soldaten kamen süchtig zurück. Pervitin nannten die das Zeug damals. Und ihr werdet's kaum glauben, auch Hitler hat es genommen.«

»Nie im Leben«, machte Ron.

»Doch. Er war ein furchtbarer Hypochonder.«

»Was soll das denn sein?«, flüsterte Mike neben mir.

Einer, der dauernd meint, er wäre krank, du Depp, dachte ich und zuckte mit den Achseln.

»Er hat immer Angst gehabt, er würde irgendwelche Krankheiten kriegen. Er hat sich sogar eingebildet, auch in frischer Luft gäbe es Bakterien. Deshalb hat er alle möglichen Medikamente genommen. Anscheinend hat ihm sein Leibarzt jeden Tag Crystal gespritzt, um Parkinson-Symptome zu bekämpfen. Das galt damals als ein Supermittel, weil es jede Menge Energie gab und die Leute aggressiv machte.«

Hitler als Meth-Süchtiger. Eine neue Perspektive und ziemlich erhellend.

»Aber kann einen Crystal denn nicht umbringen?«, wollte Keisha wissen.

»Irgendwann schon. Aber ihr müsst euch klarmachen, dass Crystal auch als Medikament gegen alle möglichen Leiden eingesetzt worden ist, gegen Narkolepsie und Fettleibigkeit zum Beispiel. Als abschwellendes Mittel ist es in Benzedrin enthalten. Heute vermarkten die Pharmafirmen das Zeug unter dem Namen Desoxyn ganz legal als Medikament gegen ADHS.«

In einer einzigen Bewegung flogen alle Köpfe zu Justin herum. In der dritten Klasse war bei ihm ADHS festgestellt worden. Er hatte jeden Tag in der Mittagspause zur Schulkrankenschwester gemusst, um dort seine Medikamente einzunehmen, und war jedes Mal tiefenentspannt zurückgekommen.

Jetzt streckte er die Arme hoch. »Ich nehm doch kein Crystal!«

»Bist du sicher? Lies lieber mal nach, was dir die Ärzte alles so aufschwatzen.« Mr Parnell lachte, was Justin gleich noch mehr ausrasten ließ. »Nur Spaß!«

Ich war dran mit Würfeln. Ich betrachtete das Spielbrett und überlegte, ob ich angreifen sollte, beschloss aber, mir Zeit zu nehmen.

»Aber mal im Ernst, Crystal Meth ist wirklich übel. Ich will nie hören, dass einer von euch damit angefangen hat.« Von Zeit zu Zeit bekam Mr Parnell einen väterlichen Tonfall. »Das Zeug raubt euch erst alles, was euch im Leben wichtig ist, macht euch so richtig zum Arschloch, und am Ende murkst es euch ab.« Seine Ausdrucksweise zeigte, wie wichtig ihm die Sache war und dass er uns unbedingt auf seine Seite bringen wollte.

Im Klassenzimmer wurde es still, es war einer dieser besonderen Momente. Aber nur bis Ron rausplatzte: »He, der Mann meint's gut mit uns, der meint's gut, so gut!« Da fingen alle an zu lachen. Mr Parnell wirkte auf einmal verlegen und ließ uns wieder die Welt erobern.

Es war eine seltsame Ironie: Einerseits dachten wir uns bei ihm im Unterricht Tag für Tag neue Wege aus, uns gegenseitig umzubringen und zu vernichten, und andererseits redete er auf uns ein, wir sollten gut auf uns aufpassen. Bei der Vorstellung, dass sie alle bis oben hin voll mit Crystal waren, taten mir die kleinen Plastikmännchen auf dem Spielbrett auf einmal leid. Ich ließ den Kopf auf den Tisch sinken und kapitulierte. Mr Parnell merkte das nicht mal.

Ich dachte nicht oft ans Sterben, aber in der Mittelschulzeit wäre ich einmal wirklich fast gestorben. Es hatte tagelang geregnet, und als es endlich aufhörte, holten Micah und ich unsere Räder raus und machten eine kleine Tour. Das Wetter war wunderbar frisch, ein leichter Wind wehte und die großen grauen Wolken bewegten sich über uns wie Wäsche, die zum Trocknen auf der Leine hängt. Ab und zu blinzelte die Sonne durch und schien ein paar Minuten lang, nur um sich gleich wieder zu verstecken. Wir fuhren am Clubhaus und der Schule vorbei in eine Gegend mit lauter schlammigen kleinen Straßen.

Ich musste fest in die Pedale treten, um auf Micahs Höhe zu bleiben, sonst wäre mir der Dreck von seinen Reifen ins Gesicht gespritzt. Die schmale, unbefestigte Straße war zu einer gigantischen Schlammgrube geworden, mit tiefen Pfützen voll mit braunem Wasser und kleinen Treibsandlöchern. Als wir bei den Abflussröhren ankamen, war meine Jeans schon vollkommen eingesaut.

Die beiden großen Betonröhren liefen unter einer Schnellstraße durch und waren mit einem zementierten Wasserkanal verbunden. An diesem Tag war kein Mensch dort. Normalerweise trafen sich hier die Kids aus der Umgebung zum Spielen oder hingen zusammen ab, besonders im Sommer. Weil es so viel geregnet hatte, strömte stetig Wasser aus den Röhren.

Wir stellten unsere Räder oben am Hügel ab und rannten runter zu den Abflussröhren. Ich achtete darauf, dem Wasser auszuweichen, aber Micah lief platschend mittendurch.

»Hallo!«, brüllte er in die dunkle Röhre hinein.

»Hallo!«, kam schwach eine Antwort zurück.

Micah machte einen Schritt hinein, ohne auch nur den Kopf einziehen zu müssen.

»Wohin willst du?«

»Auf die andere Seite. Komm schon. Ich will sehen, wie hoch das Wasser im Fluss ist.«

Der Fluss, wie wir ihn nannten, war in Wirklichkeit keiner. Es war ein von Menschenhand gebauter Kanal, in den bei starkem

Regen das Wasser abfloss. Manchmal stand es ziemlich hoch, aber meistens war der Kanal so trocken, dass wir ihn als Skatepark benutzen konnten.

Es war klar, dass wir nicht in den Abflussröhren spielen sollten. Mom schärfte uns das andauernd ein, aber ich wusste nicht mehr so recht, warum eigentlich, also folgte ich Micah.

Die Füße rechts und links neben den Wasserlauf setzend watschelte ich hinter ihm her durch den Tunnel. Wir waren schon öfter hier durchgegangen oder mit dem Rad durchgefahren, aber noch nie bei so viel Wasser. Wegen des wolkenverhangenen Himmels war es in der Röhre dunkler als sonst. Ich wünschte, wir hätten Taschenlampen dabei. Ich wollte keine Spinnen oder Käfer abbekommen.

»Soll aber gefährlich sein hier, oder?«

»Guck doch, wir sind fast am Ende.« Micah zeigte nach vorne, wo schräges Licht in den Tunnel fiel.

Über uns hörte ich ein paar Autos über die Straße fahren; das rumpelnde Geräusch hallte laut durch die Betonröhre. Ich stellte mir vor, dass plötzlich ein Loch im Asphalt entstehen und ein Auto auf uns fallen könnte.

Etwa auf halbem Weg durch den Tunnel hörte ich ein anderes Geräusch, so wie das Tosen bei einem Erdbeben. Zuerst dachte ich, es wäre wirklich eines, und drückte mich gegen die Wand.

Dann brüllte Micah: »Renn!«

Er schoss an mir vorbei zurück in die Richtung, aus der wir gekommen waren. Aber bevor ich mich umdrehte, sah ich noch eine Wasserwand direkt auf uns zukommen.

Das Getöse im Tunnel war jetzt so laut, dass es mein Hirn auszufüllen schien, meinen Herzschlag antrieb und meine Atmung immer schneller werden ließ. Ich rutschte aus, fiel hin und rappelte mich schnell wieder auf, aber plötzlich schoss mir ein Schmerz vom linken Fußknöchel die Wirbelsäule hoch. Ich stolperte.

»Micah!«

Das Wasser war zu schnell. Ich wusste, ich würde es nicht schaffen. Etwas, das sich anfühlte wie eine kalte, nasse Ziegelwand, prallte von hinten gegen meine Beine und warf mich um. Ich konnte nicht mehr aufstehen. Wasser schwappte mir über den Kopf, mit ihm kamen Äste, Pappbecher, Dosen, Schlamm. Ich fuchtelte mit Armen und Beinen und suchte nach Halt. Ich schrie, aber meine Stimme wurde vom Lärm der Fluten geschluckt. Das Wasser wurde immer dicker und schlammiger, ich konnte den Kopf kaum mehr oben halten. Irgendwas erwischte mich an der Seite, ich wurde gegen die Wand und unter Wasser gedrückt. Ich kämpfte mich wieder hoch, hustete und versuchte, die Lungen frei zu kriegen.

Gerade als es mich wieder nach unten drückte, packte mich jemand am Handgelenk und hielt mich fest, während Wasser und Dreck vorbeirauschten. Und fast so schnell, wie sie über uns hereingebrochen war, war die Wasserwand wieder weg.

Ich schaute hoch und sah Micah. »Alles klar?«, fragte er.

»Ja.« Ich hustete wieder und übergab mich.

Micah sprang von einer Metallleiter an der Röhrenwand, auf die er sich vor der Blitzflut gerettet hatte. »Komm, steig auf.« Er beugte sich vor, hob mich auf seinen Rücken und trug mich huckepack aus dem Tunnel.

Draußen setzte er mich vorsichtig auf die Straße und wischte mir mit den Händen und seinem schmutzigen Shirt den Schlamm aus dem Gesicht. In meinem Knöchel pochte es und ich konnte den Fuß nicht belasten. Ich weinte los. Es ging nicht anders.

»Schon okay, Rach.«

»Ich hab was am Fuß.«

»Zeig mal her.«

Micah beugte sich nach unten und hob mein Hosenbein. Er berührte das Fußgelenk.

»Lass! Das tut weh!«

»Ist ziemlich dick.«

Vor Kälte und Schmerz begann ich zu zittern.

»Ich muss heimfahren und Mom holen.«

»Nein, ich bleib nicht allein hier. Was ist, wenn noch mal Wasser kommt?« Hier bei der Abflussröhre fühlte ich mich nirgends sicher.

»Kannst du Rad fahren?«

»Glaub ich nicht.«

Micah stieg auf den Hügel, wo unsere Räder standen. Er kettete sie aneinander und schloss ab. Dann kam er wieder zu mir.

Wir waren beide nass und voll Schlamm.

Er stellte sich vor mich und beugte sich nach vorne. »Steig auf.«

»Trägst du mich?«

»Ist ja nicht weit.«

Mir war klar, dass es an die zwei Kilometer sein mussten, aber ich kletterte trotzdem auf Micahs Rücken und schlang die Arme um seinen Hals. Er war größer als ich, aber nicht viel, also würde es schwer werden, mich den ganzen Weg zu tragen, auch wenn er kein Wort darüber verlor.

»Mom bringt erst mich um und dann dich«, sagte ich.

»Nein. Wir sagen einfach, du bist vom Rad gefallen.«

»Wie denn?«

»Dein Hinterrad ist auf dem Schlamm ins Rutschen gekommen und dann ist das ganze Ding umgekippt. Ich wollte dir hochhelfen und bin dabei auch hingefallen.«

»Genau, darum sind wir so dreckig.«

»Während sie nach deinem Knöchel schaut, lauf ich zurück und hol die Räder. Das merkt sie nie.«

»Meinst du, der ist gebrochen?«

»Vielleicht verstaucht.«

Micah geriet vom Tragen außer Atem. Um es ihm leichter zu machen, bewegte ich mich so wenig wie möglich und legte den Kopf auf seine Schulter.

»Danke, dass du mir das Leben gerettet hast.«

»Dazu sind große Brüder da.«

»Wenn du das gewesen wärst, hätte ich dich nicht so festhalten können.« Nie im Leben hätte ich es geschafft, ihn aus den Fluten zu ziehen.

»Ja, dann wär ich jetzt wohl tot.« Er versuchte zu lachen, hatte aber nicht genug Luft dafür. »Ach was, du hättest es irgendwie hingekriegt. Wenn du die Chance gehabt hättest, dann hättest du mich gerettet.«

Kapitel 13

Mission Beach, ein weiterer Strandort im Stadtgebiet von San Diego, lag auf einer Halbinsel am Pazifik. Zwischen Ocean Beach und Mission Beach war die Küstenlinie unterbrochen, das Meer floss dort in die Mission Bay hinein. Um nach Mission Bay zu kommen, musste man mit dem Auto erst landeinwärts fahren und dann über die große Brücke, die die beiden Stadtteile verband. Auf der Karte wirkte das sehr verwirrend, und Dillon zuzuschauen, wie er durch die Straßen steuerte, brachte auch nicht viel Klarheit, aber das war mir egal. Hauptsache, es ging voran.

Von der anderen Brückenseite schauten wir über die Bucht, wo sich der Ozean ins Land schob und sich gewundene Flecken Land und Wasser abwechselten und wo Hotels ganze Abschnitte mit makellosem Sand für sich reklamierten. Parks mit Rasenflächen und Picknickbänken überzogen die Landschaft. Kinder spielten auf Holzschaukeln. Boote mit weißen Segeln lagen an Holzstegen vertäut.

Ich schloss die Augen und streckte mein Gesicht in die Sonne. Perfektes Wetter. Wenn Michelle hier gewesen wäre, hätte sie mir unter Garantie vorgeschwärmt, wie köstlich der Tag war. Das war so eine Angewohnheit von ihr, sie fand alles Mögliche *köstlich*. Ich hatte auch versucht, das Wort zu benutzen, aber für mich passte es irgendwie nicht.

Der Big Dipper, eine alte Achterbahn direkt am Meer, ragte an einer Kreuzung vor uns auf. Er wirkte klapprig und kurz sah ich in Gedanken vor mir, wie die Wagen aus der Fahrspur flogen und nach unten krachten. Die Fahrgäste würden kreischend sterben, mit haufenweise Adrenalin im Körper. Keine schlechte Art, aus dem Leben zu gehen, dachte ich mir. Man wäre unter Leuten, ein paar von ihnen wären bestimmt sogar Freunde. Meine Oma war vor einem Jahr gestorben. Sie war alt, allein und in einem dunklen Krankenzimmer eingesperrt gewesen, das nach Urin und Desinfektionsmitteln roch.

Als ich die undeutlichen Schreie der Fahrgäste hörte, wäre ich am liebsten aus dem Auto gesprungen, um in der Menschenmenge zu verschwinden und mich ein bisschen zu amüsieren. Aber da wurde die Ampel grün und Dillon ließ den Motor wieder aufheulen, dass sich die Köpfe zu uns drehten, und bog nach rechts ab. Kurz darauf parkte er vor einem Laden mit dem Namen *360 Surf*.

Die Türglocke klingelte, als wir reinkamen. Strandzubehör aller Art stand herum, an den Wänden lehnten große Surfbretter, links gab es Skateboards und alles, was dazugehört, in einer anderen Ecke Neos und Klamotten. Ein Typ mit sonnengebleichten Haaren begrüßte uns; er trug Surfershorts und ein Graphic-T-Shirt.

»Dillon, wie läuft's?«

Sie begrüßten sich mit Umarmung und Schultergeklopfe und schüttelten sich die Hände.

»Hey, Reeves. Das sind Freunde von mir, Tyler und Rachel.«

»Hey«, sagte er und schüttelte erst Tylers Hand, dann meine. »Willst du dein Board abholen?«

»Ist das Schätzchen denn fertig?«

»Wie neu. Warte, ich hol's dir.« Er ging nach hinten und verschwand in einer Türöffnung mit einem Vorhang.

»Reeves ist abgefahren«, verkündete Dillon, als hätte ich auf seine Einschätzung gewartet. »Ihm und seinem Bruder Spencer gehört der Laden hier.«

Tyler schlenderte zu einer Ablage mit Mützen und Kappen und setzte sich zum Spaß welche auf. In einer pinken Skimütze mit Schneeflocken, deren Ohrenklappen unter dem Kinn zugebunden wurden, schaute er mich an und zog eine Grimasse. Dann hielt er mir eine Totenkopf-Beanie hin. Ich zog sie an.

»Nicht dein Stil.«

»Nein?«, fragte ich zurück. »Deine schreit nämlich total nach dir.«

»He, wie meinst du das?« Er lachte. Dann nahm er das Ding vom Kopf und setzte sich eine Baseballkappe auf. Ich legte die Beanie zurück und griff nach einem schlabberigen Sonnenhut.

Ziemlich bald kam Reeves mit einem Surfbrett zurück, hinter ihm ein anderer Mann, der genauso aussah wie er. Die beiden zeigten Dillon das Board und er fuhr mit den Händen an den Kanten entlang.

»Sieht super aus. Hi, Spencer.«

»Dillon«, sagte Spencer und nickte kurz in unsere Richtung.

»Hab's doch gesagt«, meinte Reeves. »Wollt ihr sonst noch was?«

»Na ja, ich bräuchte da ein paar Infos.«

»Na dann mal los.«

»Kennt ihr Micah Stevens?«

»Klar. Der Gitarrist.«

»Das hier ist seine Schwester. Sie sucht ihn.«

Reeves und Spencer schauten mich mit diesem mitleidigen Gesichtsausdruck an, den ich mittlerweile schon fast erwartete.

»Der war hier im Laden, oder? Vor paar Wochen, denk ich mal.«

»Ja«, bestätigte Spencer.

Anscheinend verpassten wir Micah immer um ein paar Wochen. Wir waren zu spät dran.

»Hat gefragt, ob ich ihm Geld leihen kann. Ich weiß, ich hätt's wahrscheinlich nicht tun sollen, aber der Typ hat mir einfach leidgetan. Sah nicht gerade gut aus.« Reeves setzte wieder sein trauriges Gesicht auf. »Ich hab ihm fünfzig Steine gegeben. War das erste Mal, dass er nach Geld gefragt hat. Der war eigentlich nicht so der Typ dafür, war ja kein Schnorrer oder so. Hab ihn seither nicht mehr gesehen.«

Es war seltsam, sie über Micah sprechen zu hören, als würden sie ihn wirklich kennen. Ihre Version von Micah war eine, die für mich bis heute nicht existiert hatte. Ihr Micah kam mir irgendwie irreal vor.

»Hat er gesagt, wofür er das Geld braucht?«, fragte Tyler.

Reeves schüttelte den Kopf.

»Für Drogen, oder?«, sagte ich.

»Wahrscheinlich«, sagte Spencer und wich meinem Blick aus.

»Ihr braucht nicht drum herumzureden. Ist schließlich ihr Bruder«, erklärte Tyler.

»Wir sind den ganzen Weg bis hierher gefahren, um ihn zu finden.«

Reeves sprach jetzt bedächtig, als wäre jedes Wort wichtig. »Ich bin seit zwei Jahren sauber. Micah hat uns nicht nach unserer Meinung gefragt, aber wir haben's ihm trotzdem gesagt. Sonst konnte ich echt nichts machen.«

»Er ist ab und zu mit der Gitarre über der Schulter hier reingekommen und hat uns einen Song vorgespielt, den er in Arbeit hatte«, fügte Spencer hinzu. »Die Sachen waren gut.«

»Hat er gesagt, dass er von zu Hause weg ist?«, fragte ich. »Dass er nicht mal die Schule fertig gemacht hat?«

»Nein«, sagte Reeves. »Micah ist ein guter Kerl. Witzig. Und Talent hat er auch. Aber er treibt ein gefährliches Spiel.«

»Keiner vertickt von Anfang an«, sagte Spencer. »Irgendwann passiert's eben. Du brauchst dein Crystal, dein Koks oder was auch immer, du brauchst es mehr als alles sonst. Und schon bist du drin.«

»Was heißt hier verticken?«

Die beiden guckten mich mitleidig an, Tyler dagegen starrte auf den Boden.

»Tut mir leid, Süße«, sagte Reeves. »Ich dachte, du weißt Bescheid.«

»Hast du's gewusst?«, fragte ich Tyler.

Er sah mich an. »Ja.«

Ich fühlte mich, als hätte mir jemand voll in den Magen geschlagen. »Red weiter«, sagte ich zu Reeves.

»Das war's. Ende der Geschichte.«

»Inwiefern verticken? Gibt es Dealer, die wir fragen können, oder Leute wie ihn, die auch Zeug verticken? Von wem hatte er's? Vielleicht weiß jemand von denen, wo er ist.«

»Holla«, sagte Dillon. »Du kannst nicht einfach zu einem Dealer gehen und sagen: ›Entschuldigung, Sir, wir bräuchten da eine Liste von Ihren Angestellten.‹«

»Warum nicht?«

»Das ist nichts, was man rausposaunt. Alles Geheimsache. Außerdem kommt der Scheiß heutzutage aus Mexiko.«

»Oder von dem weißen Pack aus der Wüste«, fügte Spencer hinzu. »Solchen Trailerpark-Kerlen.«

»Diese Leute sind anders drauf als die kleinen Straßenbanden von hier.« Dillon beugte sich vor, um seine Aussage noch effektvoller zu machen. »Wenn du denen in die Quere kommst, bringen sie dich um, stecken dich in einen Plastiksack und zünden ihn an.«

»Okay, jetzt reicht's, Dillon«, sagte Tyler.

»Ihr meint also, Micah war in einer mexikanischen Drogengang?« Ich hatte vage mitbekommen, dass es in Mexiko und an der Grenze gerade irgendwelche Kriege zwischen verfeindeten Drogenkartellen gab. Dass Micah auf irgendeine Art damit zu tun haben könnte, war unvorstellbar für mich.

»Nein, natürlich nicht«, sagte Reeves. »Er hat Zeug vertickt, das ist alles, was ich weiß.«

Spencer sprach aus, was vollkommen klar war: »Dein Bruder steckt ganz tief in der Scheiße. Kann gar nicht anders sein.«

Er hat Ärger am Hals, wirklich üblen Ärger – die Art Ärger, die man nicht so leicht wieder loswird, wenn du verstehst, was ich meine. Richtige Scheiße, bei der Leute verletzt werden oder ... Die Worte aus der E-Mail gingen mir durch den Kopf. Ich dachte an das, was statt der drei Punkte am Schluss hätte dastehen können.

»Woher wisst ihr, dass er gedealt hat?«

»Das weiß man einfach.«

Ich hatte nie gedacht, dass das mit Micah noch schlimmer werden könnte, als es war, aber jetzt war er innerhalb von Minuten vom Süchtigen zum Dealer geworden. Mir schwirrte der Kopf von den möglichen Folgen. Verhaftung. Gefängnis. Ich stellte mir vor, wie er hinter einer Glasscheibe saß und nach einem Telefon griff, damit wir zur Besuchszeit mit ihm reden konnten. Immerhin wüsste ich dann, wo er war.

»Was, wenn es euer Bruder wäre?« Sie sollten sich in meine Lage versetzen und kapieren, dass das mit Micah nicht nur irgendeine traurige Story war. Er hatte eine Familie, es gab Menschen, denen er wichtig war, Menschen, die nicht zulassen würden, dass er sein Leben zerstörte.

»Läuft gerade richtig mies für ihn«, sagte Reeves. »Vielleicht muss er erst durch die Scheiße durch, bevor er auf der andern Seite wieder rauskommt. Klar, das ist schwer. Kaum auszuhalten für die Familien, so richtig übel, aber er muss erst zugeben, dass er machtlos ist, weißt du? Dass er sein Leben nicht mehr meistern kann. Und lernen, dass es eine Macht gibt, die größer ist als er selbst, und dass alles einen Grund hat.«

Seine Ausdrucksweise erinnerte mich an die *Zwölf Schritte zur Heilung*, die Micah in der Therapie bekommen hatte. Der Text lag in einer Schublade direkt neben meinem Bett, ich hatte ihn auswendig gelernt.

»Warst du Alkoholiker?«, fragte ich. »Du hast vorhin gesagt, du bist sauber.«

»Ich bin sexsüchtig. Ist ein bisschen was anderes, aber was das Suchtverhalten selbst angeht, fällt der Unterschied nicht groß ins Gewicht.«

»Du verarschst mich, oder?« Aber Reeves guckte so ernst, dass ich meine Frage am liebsten zurückgenommen hätte.

»Das hat fast seine Ehe ruiniert«, sagte Spencer. »Hör zu, das Schwierigste an der Sache ist letztlich, dass es nicht um dich geht. Sondern darum, aus dem Weg zu bleiben, damit Micah sich selbst finden kann.«

Ich hätte die beiden schlagen können. Sie kannten Micah erst seit ein paar Monaten und benahmen sich trotzdem, als wüssten sie genauer über ihn Bescheid als ich. Sie hatten keine Ahnung, durch welche Hölle unsere Familie gegangen war. Sie hatten keine Ahnung, was er mir zugemutet hatte. Mein Schmerz war echt und ganz und gar meine Sache.

»Danke, dass du mir meinen Platz im Universum so deutlich klargemacht hast.« Ich drehte mich weg und steuerte auf die Tür zu.

»Rachel –«, begann Tyler.

»Nein.« Ich schaute mich nicht mal zu ihm um, sondern unterbrach ihn mit einer Handbewegung. »Du hast hier überhaupt nichts zu sagen.« Ich wollte die Tür hinter mir zuknallen, aber sie hatte irgendeinen Schließmechanismus und bewegte sich nur langsam und mit klingelnder Türglocke.

Ich stand auf dem Gehsteig. In einer Richtung lagen Häuser und noch mehr Häuser, in der anderen war die Achterbahn. Ich machte mich dorthin auf, wo die Schreie herkamen. Mir war klar, dass meine Reaktion auf ihre Einschätzung von Micah übertrieben war, aber ich musste einfach da raus.

Ein paar Minuten später sah ich Dillons Auto neben mir herfahren.

»Wo willst du hin?«, fragte Tyler.

Aus dem Augenwinkel sah ich, wie er sich vom Rücksitz her nach draußen lehnte, die verschränkten Arme seitlich auf dem Wagen.

Ich ignorierte ihn.

»Komm schon, Rachel.«

Ich lief einfach weiter.

»Hör mal, du kannst so sauer auf mich sein, wie du willst, aber ich lass dich hier nicht alleine rumrennen. Und es hilft uns auch nicht dabei, ihn zu finden.«

Die Autotür ging auf und wurde scheppernd wieder zugeschlagen, aber ich guckte starr geradeaus. Dillon ließ den Motor aufheulen. Tyler lief auf einmal neben mir, im gleichen Tempo und genauso schweigsam wie ich. Tyler hatte mich hintergangen. Ich fragte mich, was er mir wohl noch alles verheimlichte.

»Ist das alles nur ein Spaß für dich?«

»Was? Nein. Was redest du da?«

»Heute mit mir hier rumzufahren und zu gucken, wie ich reagiere. Willst du mich drankriegen?«

»Rachel, ich kannte die doch gar nicht.«

Ich blieb stehen und sah ihm ins Gesicht. »Warum bist du überhaupt mitgekommen?«

Tyler wirkte wütend, genau wie unten beim Pier. »Weil du das wolltest, schon vergessen?«

»Du hast gewusst, dass Micah dealt, und hast mir nichts gesagt. Warum?«

Er senkte die Stimme. »Ich hab's vor ein paar Monaten rausgefunden, bevor er weg ist. Er hat behauptet, er hätte alles im Griff und würde aufhören. Ich hätt's dir sagen sollen, klar, aber ich wollte nicht, dass du dir noch mehr Sorgen machst. Ich hab ihm versprochen, es keinem zu verraten. Das muss doch was bedeuten, oder? Ich konnte ihn nicht verpfeifen.«

Über dich redet er am meisten. Das muss doch was bedeuten, oder? Verwirrt betrachtete ich Tyler. Steckte etwa er hinter der E-Mail?

Tyler nahm eine Zigarette aus der Schachtel und diesmal streckte ich die Hand aus. Er gab sie mir kommentarlos.

Manchmal hatten Micah und ich spätabends auf dem Hausdach zusammen eine geraucht. Wir reichten die Zigarette hin und her, wie man in einem Gespräch Sätze austauscht. Aus der Ferne erinnerte das vielleicht an ein hin- und hertanzendes Glühwürmchen. Ich ließ ihm immer den letzten Zug. Wenn er fertig war, schnippte er die Kippe in den Garten der Nachbarn, was die auf die Palme brachte, aber das war uns egal. Sie hatten einen fiesen kleinen Köter, der wie ein Hahn jeden Morgen bei Tagesanbruch

Radau machte. Das mit den Kippen sahen wir als gerechten Ausgleich.

Ich schob mir die Zigarette zwischen die Lippen. Tyler beugte sich vor und gab mir Feuer. Als ich zog, glühte die Spitze rot auf. Der Rauch im Mund schmeckte gut.

»Da hat also jemand Geheimnisse.«

»Du weißt nicht alles über mich.« Ich hielt die Zigarette locker zwischen Zeige- und Mittelfinger.

»Das sehe ich.« Er sah mich ernst an, wie um mich etwas zu fragen, aber dann ließ er es bleiben.

Wir warteten an einer Ampel auf grünes Licht. Ich schob meinen Rucksack zur Seite und presste den freien Arm dicht an meine Brust. Ich schaute zu, wie sich am Ende der Zigarette die vertraute graue Asche bildete, und wartete so lange wie möglich, bevor ich sie abstreifte.

»Lass mich den nehmen«, sagte Tyler und deutete auf meinen Rucksack. Ich gab ihn ihm.

»Wann hast du angefangen?«, fragte ich Tyler. Grün. Wir liefen los.

Seine Antwort kam ohne Zögern. »In der fünften Klasse.«

»In der fünften? Na sicher doch.«

»Das stimmt. Mark Carter hat seinem Dad eine Schachtel geklaut und mit rübergebracht. Wir fanden uns total abgefahren, wie wir da in meinem Zimmer hockten und vor uns hin pafften.« Er lachte. »Wir haben gar nicht so richtig gewusst, was wir da tun. Dann ist unten die Haustür aufgegangen und meine Mom war zurück. Wir sind echt durchgedreht, haben das Fenster aufgerissen, den Ventilator angemacht und die brennenden Zigaretten aufs Dach geschmissen. Verrückt, ich weiß. Mom ist reingekommen und hat gefragt, was da so riecht. Ich hab gesagt, das Popcorn wär uns verbrannt. Aber sie meinte, wir hätten gar kein Popcorn da, und dann hat sie Mark nach Hause geschickt. An dem Abend hab ich unter den Augen von meinem Dad eine halbe Schachtel rauchen müssen.«

»Scheiße.«

»Ich musste kotzen. Er hat gesagt, das nächste Mal, wenn ich rauchen will, soll ich an diesen Moment denken.«

»Hat ja nicht so gut geklappt.«

»Nein, ich war danach nur nicht mehr so blöd, es im Haus zu tun oder zu viele auf einmal zu rauchen.«

Nach der Trennung von Keith und nach Micahs Verschwinden begann ich, mehr zu rauchen als vorher. Ich rauchte spät am Abend in meinem Zimmer, natürlich am offenen Fenster. Wobei ich mir nach Tylers Geschichte nicht mehr so sicher war, ob meine Eltern vielleicht doch Bescheid wussten und nur nichts dagegen unternehmen wollten.

Ich machte Halt und legte Tyler die Hand auf die Brust, damit er stehen blieb.

»Okay. Ist das alles? Ich meine, ist damit wirklich alles gesagt?«

»Wie meinst du das?«

»Alles über Micah. Du hältst nichts mehr vor mir zurück?«

Er legte den Kopf zur Seite und grinste verhalten. »Keine Geheimnisse mehr!«

»Keine Geheimnisse mehr«, wiederholte ich. »Großes Indianerehrenwort.« Ich hielt die Hand hoch.

Tyler lachte nicht, sondern legte seine Hand erst kurz aufs Herz, dann hielt er sie auch hoch. Es war eine schöne Geste von uns beiden, aber ich wusste, dass weder er noch ich so etwas versprechen konnten. Kein Mensch konnte das.

Kapitel 14

Als Micah für sechs Wochen in das Entzugsprogramm ging, hatten die Leute von dort meinen Eltern die *Zwölf Schritte zur Heilung* mitgegeben. Micah sollte diese Schritte »durcharbeiten«, also eine ehrliche Bestandsaufnahme seines Lebens machen, soweit ich das verstand.

Die Schritte überraschten mich. Im ersten ging es quasi darum, sich die eigene Machtlosigkeit einzugestehen: Durch die Drogen oder eine andere Art von Sucht kam der Betroffene ohne Hilfe nicht mehr zurecht. Im dritten Schritt wurde dargelegt, dass jede Hilfe darauf beruhte, das eigene Leben der Sorge Gottes anzuvertrauen, so wie ihn der Einzelne jeweils verstand.

In den weiteren Schritten ging es um Charakter, Demut und spirituelles Erwachen. Ich hatte mehr Psychologen-Blabla und Wissenschaftlichkeit erwartet, nicht so etwas Religiöses, und ich fragte mich, wie Micah wohl damit zurechtkam. Er hatte nie über irgendeine höhere Macht oder Gott gesprochen. Ich war mir ziemlich sicher, dass die Musik das Einzige war, woran Micah glaubte.

Im zweiten Schritt stand, dass einem der Glaube an eine höhere Macht die geistige Gesundheit wiedergeben würde, was mir ein Stück weit einleuchtete, denn Micah war ja wirklich irgendwie geisteskrank. Nur so bekam ich es in meinem Kopf auf die Reihe. Wenn man mal darüber nachdachte, war die geistige Gesundheit bei den meisten Leute an irgendeinem Punkt ihres Lebens gestört. Und die Vorstellung, dass es einen Gott oder sonst etwas Größeres gab, egal was, das einen wieder von dort zurückholte und einem bei der Rückkehr ins normale Leben half, war tröstlich.

Ich hatte nie mit irgendwem darüber geredet, aber ein einziges Mal hatte ich tatsächlich den Eindruck gehabt, Gott zu spüren. Und zwar in dem Sommer, in dem ich mit Michelle und ihrer Familie zum Campen im Sequoia-Nationalpark gewesen war, wo es meilenweit nichts als Baumriesen und Flüsse und Wasserfälle gegeben hatte. Wir hatten am Ufer eines Wasserlaufs gezeltet, an einer Stelle mit großen, runden Felsen. In einem Zelt schliefen ihre Eltern und ihr kleiner Bruder, das andere hatten Michelle und ich für uns allein.

Am ersten Abend hatten wir über dem offenen Feuer Hähnchen-Kebab gegrillt, Marshmallows geröstet und sie mit Schokolade zwischen zwei Kekse gesteckt. Ihre Eltern machten immer alles genau so, wie es idealerweise sein sollte, als hätten sie einen Kurs für den perfekten Campingaufenthalt mit Kindern belegt. Sie erzählten uns sogar Gruselgeschichten am Lagerfeuer, irgendwas mit einem Auto und Handabdrücken auf einem vom Nebel beschlagenen Fenster. Ich kaufte ihnen die Geschichte nicht ab, zumal ich sie schon mal gehört hatte, aber allein für die Mühe, die sie sich gaben, verdienten sie die Bestnote.

Nachts, als alle in ihren Zelten lagen und schliefen, hörte ich draußen schleppende Schritte. Ich erstarrte in meinem Schlafsack, denn ich dachte gleich an einen Bären. Fieberhaft versuchte ich mich zu erinnern, was in der Broschüre über Bären stand, die Michelles Vater bei den Rangern mitgenommen hatte; man sollte wild mit den Armen fuchteln und richtig Lärm machen, das würde sie verscheuchen. Ich wusste aber nicht, ob da auch gestanden hatte, was man tun sollte, wenn sie nachts ans Zelt kamen. Ich lag ganz still da, atmete so leise wie möglich. Michelle neben mir schnarchte ein bisschen. Seitlich am Zelt sah ich eine Silhouette im Mondlicht. Sie bewegte sich um die Feuerstelle herum. Ich war überzeugt, dass es ein mittelgroßer Bär war, obwohl es genauso gut ein Reh oder ein Waschbär hätte sein können, vielleicht sogar ein besonders groß geratenes Eichhörnchen. Das Tier stapfte einmal um unser Zelt herum und entfernte sich dann. Ich hatte zu viel Angst, um den Reißverschluss an der Türöffnung aufzuziehen und nachzuschauen, und konnte die restliche Nacht über kaum schlafen. Sobald der erste Lichthauch über die Zeltplane kroch, schlüpfte ich aus meinem Schlafsack und zog meine Laufschuhe über die Socken, in denen ich geschlafen hatte.

Kühle Luft streifte mein Gesicht, als ich aus dem Zelt krabbelte. Ich machte den Reißverschluss an meinem Sweatshirt bis oben hin zu und zog die Kapuze über, dann begann ich am Wasser entlangzulaufen. Ich liebte es, früh am Morgen zu laufen. Aufzustehen, bevor alle anderen wach waren, hatte etwas Besonderes – in der Welt zu sein, wenn sie gerade erst die Augen öffnete, war irgendwie magisch. Alles war sauber, deutlich und voller Möglichkeiten.

Ein paar eng beieinanderstehende Felsen bildeten eine Art Brücke über den kleinen Fluss. Ich hüpfte so flink darüber hinweg, dass meine Füße die schlüpfrigen Steine kaum berührten. Auf der anderen Seite steuerte ich vom Wasser weg, tiefer in den Wald hinein. Bald umgaben mich hohe Bäume.

Ich fand etwas, das wie ein schmaler Pfad aussah, und lief ihn entlang. Auf dem Waldboden, der wie gepolstert war von den uralten Überresten verwitterter Pflanzen, waren meine Schritte kaum zu hören. Vor mir lag ein kleiner Hügel und ich beschloss, dass das mein Ziel sein sollte. Weil ich es nicht gewohnt war, in einer Höhenlage wie dieser zu laufen, atmete ich tief und laut. Ich klang wie eines von diesen Mädchen, die in Gruselfilmen durch Wälder gejagt werden.

Ich kam auf der Hügelkuppe an und beugte mich vor, stützte die Hände auf den Knien ab und ließ meinen Körper darauf ruhen. Ich betrachtete die Atemwölkchen, die in die kühle Morgenluft stiegen. Von hier oben sah ich, dass der Pfad zu einer Wiese mit hohem grünem Gras führte. So etwas hatte ich in den Bergen noch nie gesehen. Fasziniert lief ich den Hügel hinunter.

Bäume säumten die Lichtung, daher war sie kühl und schattig, ähnlich wie der Rest des Waldes. Lichtstrahlen fielen zwischen den Ästen und Stämmen hindurch. Ich hielt meine Hand in einen dieser Lichtflecken und spürte die Wärme. Ein winziger Bach ergoss sich in die Senke; wo er herkam, wusste ich nicht. Ich ging, so weit wie ich konnte, ohne meine Schuhe nass zu machen, und blieb still stehen.

Weil es noch so früh war oder vielleicht auch, weil ich aufmerksam genug war, schienen meine Sinne schärfer als sonst. Kleine blaue Libellen schwebten in der Luft und flitzten übers Gras. Winzige Mücken tanzten bei einem umgestürzten Baum, dann flogen sie woandershin, alle zusammen als ein großer Schwarm.

Ich schloss die Augen und hatte das Gefühl, nicht allein zu sein. Als ich sie wieder aufmachte, sah ich nur Bäume und Gras und schlammiges Wasser. Aber da war immer noch etwas, eine Art Präsenz, daher schloss ich die Augen noch mal. Irgendwo hinter mir kam leiser Wind auf. Ich hörte, wie er mit den Blättern spielte und langsam näher kam. Das Gras begann sich zu regen. Der Wind erreichte mich und fuhr mir durch die Haare. Kleine, unsichtbare Hände strichen mir vorsichtig übers Gesicht, dann spürte ich, wie der Wind an mir vorüberzog und stärker wurde. Als ich die Augen wieder aufschlug, sah ich das Gras vor mir schwanken. Der Mückenschwarm stand zitternd und summend in der Luft. Die Bäume schienen ihre Äste auszubreiten und den Wind willkommen zu heißen. Sie bebten. Und dann war alles wieder still.

Ich hatte das Gefühl, an einem heiligen Ort zu sein – so wie man sich in einer Kathedrale fühlen sollte. Ich erzählte Michelle nichts davon, als ich zurück zum Zelt kam. Dieser Moment war ein Geschenk, das nur mir gehörte.

Nach dem Campingtrip spürte ich manchmal Dinge, bevor sie passierten. Zum Beispiel an dem Abend, als Michelle Kims Auto aufs Dach gelegt hatte. Wir kamen spät von einer Freundin zurück und fuhren gar nicht mal schnell, aber das Auto kam trotzdem ins Schlingern und Michelle verlor die Kontrolle. Wir gerieten auf die Böschung und überschlugen uns dreimal. Alles passierte wie in Zeitlupe, das weiß ich noch. Und aus irgendeinem Grund wusste ich, uns würde nichts passieren, also blieb ich vollkommen ruhig, während das Auto auf dem Dach weiterrutschte und dann zum Stehen kam.

Genauso wie bei dem Unfall wusste ich einfach, dass Micah eine Woche nach seiner Rückkehr aus der Therapie wieder angefangen hatte, dieses Zeug zu nehmen, wobei das auch nicht sonderlich schwer zu erraten war. Ich hatte ihn wieder gehört, spätnachts durch die dünne Wand.

Meine Eltern wollten unbedingt glauben, dass mit ihm jetzt alles in Ordnung wäre. Aber schon an dem Tag, als sie ihn abholten, las ich in dem Moment, als er durch die Haustür trat, in seinen Augen: Er war nicht so weit. Ich kannte die Schritte auf der Liste und bezweifelte, dass Micah auch nur Punkt eins geschafft hatte. Er hatte die Kontrolle nicht aufgegeben, sondern glaubte immer noch, sein

Leben meistern zu können. Er hatte an dem Programm teilgenommen, weil er noch minderjährig war und meine Eltern es von ihm verlangt hatten. Ich wusste nicht viel über dieses Programm, nur dass es wohl so was wie ein ganz besonders teures Bootcamp sein musste. Meine Eltern hatten nach dem Abendessen öfter im Flüsterton darüber geredet. Die Versicherung deckte nur eindeutige, schwerwiegende Krankheiten, wie Grippe oder Leukämie. Drogensucht war in ihren Augen anscheinend nicht schwerwiegend genug.

Ich fand die Zwölf Schritte im Netz und druckte mir mein eigenes Exemplar aus. Ich nannte sie Micahs Schritte und bewahrte sie in der obersten Schublade auf, in die ich später auch die ausgedruckte anonyme Mail legte. Ich hatte ein kleines Abendritual: Ich nahm die Liste heraus, faltete sie auf, breitete sie vor mir aus und las sie, bevor ich ins Bett ging. Nach einer Weile konnte ich mir alle zwölf Schritte auswendig vorsagen. Dabei flüsterte ich, damit mich niemand, der zufällig an meiner Tür vorbeikam, hören konnte.

Das Aufsagen der Schritte erinnerte mich daran, wie mich Mom, als ich klein war, jeden Abend ein Gebet hatte sprechen lassen. Es war eines der wenigen, an die sie sich aus ihrer eigenen Kindheit erinnerte, und ging so:

Abend ist's, ich gehe schlafen.
Gott, sei du mein sichrer Hafen.
Und sollte nachts mein Leben enden,
Möge zu dir sich meine Seele wenden.

Heute finde ich, das war ein ziemlich makabres Gebet. Ein Kind etwas über den eigenen Tod aufsagen lassen, bevor es einschläft, das war heftig. Trotzdem wirkte es auf mich nicht beunruhigend. Im Gegenteil, die Regelmäßigkeit und Vertrautheit taten mir gut.

Micahs Schritte wurden mit der Zeit zu einer Art Gebet, das ich jede Nacht ins Universum schickte, zu Gott, an eine höhere Macht, was immer da draußen war, das mir helfen konnte. Die Schritte wurden zu meinem persönlichen Credo, obwohl ich selbst ja nicht mit einer Sucht zu kämpfen hatte. Ich versuchte sie so sprechen, wie andere das Ave Maria oder das Vaterunser aufsagten – als ob die Worte selbst eine Art Zauber tun könnten. Ich versenkte mich in sie und sehnte mich nach der Verbindung zu Gott, von der die Schritte sprachen, damit Micah irgendwann zurückkäme, denn ich war zumindest teilweise schuld an seinem Verschwinden. Ich war diejenige, die sich gewünscht hatte, er wäre weg. So entließ ich jeden Abend die Worte in die Welt und stellte mir vor, wie sie von mir weg zu Micah drifteten, wo auch immer er sein mochte, und ihn beschützten.

Kapitel 15

Jetzt am Nachmittag wimmelte es bei der Uferpromenade von Leuten. Sie spielten Volleyball, riefen sich Kommandos zu und brüllten, wenn der Ball aus dem Spielfeld geriet. Die Mädchen auf dem Feld trugen Bikinis und wirkten schlank und sportlich. Als wir vorbeigingen, warf eine den Ball für einen Sprungaufschlag hoch in die Luft. Sie ächzte beim Zuschlagen und der Ball flitzte übers Netz. Punkt.

Auch wenn ich meine Bikini-Angst inzwischen überwunden hatte, war ich immer noch mehr der Typ für einen Sport-BH-Bikini oder einen Zweiteiler mit Tanktop. Stringbikinis waren nicht mein Ding. Keith hatte immer behauptet, ich hätte schöne Beine, und wenn er das sagte, dann stimmte es auch, denn er war ein Beinfetischist. Ich hatte einen Sportlerinnenfigur, trotzdem hätte ich mich nicht getraut, in einem knappen Bikini Beachvolleyball zu spielen. Außerdem mussten sich Spielerinnen bei Wettkämpfen dauernd das Unterteil aus der Poritze ziehen, sogar bei den Erstliga-Spielen, die im Fernsehen übertragen wurden. Das kam mir nicht besonders angenehm vor.

Rechts von uns lagen mehrstöckige Strandhäuser; links grenzte eine niedrige Ziegelmauer die Promenade vom Strand ab. Auf der

Mauer saßen die unterschiedlichsten Leute und redeten oder schauten aufs Meer. Viele rauchten oder tranken etwas aus Packpapiertüten. Überall standen Alkoholverbotsschilder, aber so, wie es hier aussah, bezog sich das nur auf sichtbare Flaschen und Dosen.

Die Typen, die hier herumhockten und tranken, sahen fast alle ähnlich aus, sie hatten kahl rasierte oder kurz geschorene Köpfe und jede Menge Tattoos, fast alle waren weiß. Sie wirkten wie vom gleichen Stamm, auch wenn das wohl keiner von ihnen so gesehen hätte. Ich fragte mich, ob sich Micah die Haare vielleicht auch abrasiert hatte. Die Männer warfen den Vorbeigehenden fiese Blicke zu. Ich war angespannt, erwartete abfällige Kommentare, die aber nicht kamen. Zu hören waren sie nur in meinem Kopf.

Als ich noch jünger war, hatte ich eine feste Laufrunde fürs Wochenende. Sie ging durch unser Wohnviertel, vorbei am Skatepark und den Sportplätzen, durch ein anderes Viertel und dann wieder zurück. In einem Sommer wurde bei den Sportplätzen die Erde aufgerissen. Ich musste an den Bauarbeitern vorbeilaufen, was mir jedes Mal peinlich war, denn ich spürte ihre Blicke auf mir.

Die Typen auf der Mauer waren genauso. Ich überlegte, ein paar von ihnen nach Micah zu fragen, entschied mich aber dagegen. Irgendwas Ungutes lag in der Luft, etwas, das Wetter, Wasser und Sand nicht überdecken konnten, eine alles durchdringende Hässlichkeit, gegen die die idyllische Umgebung nicht ankam. Drogen. Sex. Obdachlosigkeit. Armut. Begierde. Ich konnte die Leere und den Schmerz fast berühren; sie waren überall.

Ein junger Mann in einem weißen Button-down-Hemd und einer roten Krawatte kletterte auf die Mauer und begann, eine Rede zu halten.

»Gott weiß alles«, sagte er. »Auch wenn ihr glaubt, Er wüsste nichts, tut Er es doch. Er kennt eure Geheimnisse. Eure Lügen. All eure Gedanken. Er weiß, wann ihr gestohlen habt oder das letzte Mal bis zur Besinnungslosigkeit betrunken wart.« Schweißperlen bildeten sich auf seiner Stirn, unter den Armen bekam er dunkle Flecken. »Er sieht alles. Er kennt euren Schmerz und euer Leid. Keiner von euch kann weglaufen vor Gott. Wo solltet ihr auch hin?« Er sprach alle an, die an ihm vorbeigingen, und dazu ein paar, die stehen geblieben waren und ihm zuhörten, trotzdem hatte ich das Gefühl, er würde mit mir reden. Wusste er etwas, das ich nicht wusste?

»Nirgends«, rief eine Frau als Antwort.

»Nirgends«, bestätigte der junge Mann und sprach jetzt darüber, dass jeder ein Sünder war und Gott brauchte.

Jemand klatschte in die Hände, als wir vorbeiliefen.

»Danke, Bruder«, sagte der Mann auf der Mauer, der das missverstand.

»Komm, wir setzen uns kurz hin.« Tyler zeigte auf eine Bank in der Nähe der öffentlichen Toiletten. Wir ließen uns nieder und er sagte: »Du bist so still.«

»Was hältst du davon?« Ich zeigte zu dem Mann auf der Mauer, der von hier aus zum Glück nicht mehr zu hören war. »Findest du ihn verrückt?«

»Wie meinst du das? Ob ich an Gott glaube und so?«

»Kann sein.«

Er ließ sich an die Rückenlehne sinken, verschränkte die Arme hinter dem Kopf und sah hinaus aufs Wasser. »Ich glaube, zu viele Leute versuchen, Dinge zu fassen, die sie nicht verstehen. Schau dir den Ozean an. Wir wissen beinahe nichts über ihn. Was lebt in seinen tiefsten Tiefen? Wie kann sich dieser Typ da hinstellen und uns erklären, was Gott denkt? Der erzählt doch bloß, was er glaubt, dass

Gott denkt.« Tyler schwieg ein, zwei Sekunden lang. »Gott ist mehr als der Ozean.«

»Wow«, sagte ich, nachdem ich sicher war, dass er alles gesagt hatte, was er sagen wollte. »Wie tiefgründig.« Ich grinste ihn an. »Kapierst du? Tiefgründig.«

»Aha, jetzt macht du also Wortspiele?«

»Ich kann witzig sein.«

Er sah mich mit hochgezogenen Augenbrauen an. »Wieso fragst du das überhaupt?«

»Weiß nicht. Diese Gegend. Das mit Micah. Da frage ich mich, warum Gott das passieren lässt. Man sollte doch meinen, wenn es Gott gäbe, würde er diese ganzen miesen Sachen abschaffen. Du weißt schon, Unheil und Obdachlosigkeit, Hunger und Drogen und das Leiden ganz allgemein.«

»Du hast schlechtes Essen vergessen.«

»Und Tage mit beschissenen Haaren und Smog.«

»Oder Fußpilz und abgebrochene Nägel.«

»Eklig, aber stimmt schon. Er könnte alles perfekt machen.« Sobald ich das ausgesprochen hatte, wurde mir klar, dass ich absolut keine Ahnung hatte, wie so eine perfekte Welt aussehen würde.

Obwohl wir nicht besonders nah am Wasser waren, drang das Rauschen eines großen Brechers durch das Getöse auf der Promenade.

»Wo ist Dillon hin?«

»Hat gesagt, er hätte noch was zu erledigen. Wir treffen ihn später wieder.«

»Ist schon nett von ihm, dass er uns hilft.«

»Ja, Dillon ist okay.«

»Meinst du, Micah ist noch hier?«

»Vielleicht. Was glaubst du? Was sagt deine weibliche Intuition?«

Ich lächelte ihn an. »Kann ich nicht sagen.«

Bei den Duschen unten am Strand hielt eine Frau ihr kleines Kind wie einen Football unter den Arm geklemmt und wusch ihm den Sand vom nackten Körper. Ich hasste Sand. Er drang in alles ein.

Ein Mann mit einer roten Baskenmütze baute alle möglichen Sachen vor uns auf: Er zog verschiedene Arten von Besen aus einer Mülltonne und lehnte sie an die Mauer. Dann ließ er die neugierigen Zuschauer einen Halbkreis um sich bilden. Er warf noch mehr Sand auf den Boden und schob ihn mit einem der Besen hin und her.

Nach ein paar Sekunden begriff ich, dass er ein Bild machte. Er tauschte den großen Besen gegen einen kleineren, um die Blütenblätter der Blume auszuarbeiten, deren Umrisse er in den losen Sand skizziert hatte. Die Borsten zogen lange, dünne Linien, unter denen immer wieder das Pflaster durchschien. Er beugte sich vor, wie ein Golfer, der sich auf den nächsten Schlag vorbereitet. Keiner aus der Menge der Umstehenden sagte etwas, alle warteten gespannt, was er als Nächstes tun würde. Er ging zur Mauer und holte einen anderen Besen, mit dem er einen Stängel und ein einzelnes Blatt gestaltete.

Tyler beugte sich so dicht zu mir, dass sein Gesicht beinahe meines berührte. »Echt schräg«, flüsterte er.

Ich zuckte zusammen, antwortete aber: »Das ist Kunst«, und versuchte zu ignorieren, wie nah bei mir er war und wie sehr mein Körper auf einmal von seinem angezogen wurde.

»Der Typ malt eine Blume in den Sand.« Tyler blieb, wo er war. »Das ist doch bescheuert.«

»Na ja, er hat nicht so viel Talent wie du, aber vielleicht ist er was Neuem auf der Spur: Straßensandkunst.«

Der Mann ging wieder zur Mauer und betrachtete seine Besen. Er zögerte und schien unsicher, was er als Nächstes tun sollte. Schließlich nahm er den kleinsten Besen.

»Sandburgen sind cooler.«

»Aber mehr Arbeit«, gab ich zurück.

»Dafür halten sie auch länger. Meine Mom und ich, wir haben immer Tropfsandburgen gebaut. Du weißt schon, wo du so lange gräbst, bis du auf Wasser stößt, und dann nimmst du eine Handvoll nassen Sand und lässt ihn zwischen den Fingerspitzen durch, dass kleine Klumpen runterrieseln, immer aufeinander.«

»Ja, kann ich mich auch dran erinnern. Ich hab immer versucht, auf die Art möglichst hohe Türme hinzukriegen.« Ich machte eine Kopfbewegung zu dem Straßenkünstler hin. »Er malt dafür eine schöne Blume.«

»Kaum dass er weg ist, wird sie kaputt gemacht. Die Leute laufen einfach drüber.«

»Nicht alles muss dauerhaft sein.« Wir sahen zu, wie sich die Blume auf dem Gehsteig langsam in einen ganzen Strauß verwandelte. Eine junge Frau telefonierte im Vorbeigehen und war zu vertieft, um zu merken, was hier gerade passierte. Alle schnappten gleichzeitig nach Luft, als sie auf ein Blatt trat.

»Tut mir leid!«, rief sie.

»Glaubst du, ich habe Talent?«, fragte Tyler.

»Ich *weiß*, dass du Talent hast.«

»Wenn du das sagst, dann heißt das wirklich was«, antwortete er leise und schaute dem Straßenkünstler weiter bei der Arbeit zu.

Ich dachte darüber nach und überlegte, was er damit wohl ausdrücken wollte. »Du hast Talent!«

Mit einem letzten Besenwirbel vollendete der Künstler sein Werk und verbeugte sich vor den klatschenden Zuschauern. Ein

Junge, der neben ihm gestanden hatte, ging mit einem leeren Hut herum.

»Komm«, sagte Tyler.

Bevor wir gingen, kramte ich noch ein paar Münzen aus meinem Rucksack und ließ sie in den Hut fallen.

»Willst du irgendwas?«, fragte Tyler und deutete auf einen Stand, bei dem es Snacks und Eis gab.

»Ja, ein Waffeleis.«

Tyler und ich stellten uns in die Schlange, direkt hinter ein junges Paar, das eng umschlungen dastand. Seine Hand steckte in der hinteren Tasche ihrer kurzen Hose, und er beugte sich nach unten, um sie auf den Kopf zu küssen.

Ich konnte mich an eine Zeit erinnern, in der Keith und ich genauso glücklich gewirkt hatten – Händchen haltend in der Schule, zu zweit im Kino oder mit Freunden zusammen –, damals, als noch alles einfach und klar gewesen war und ich noch in seliger Ahnungslosigkeit schwebte, was seine Geschichten mit anderen Mädchen anging. Inzwischen sprachen wir überhaupt nicht mehr miteinander. Am Anfang war das seltsam gewesen, denn früher hatten wir jeden Tag voneinander gehört, hatten uns unterhalten oder SMS geschrieben. Was er getan hatte, machte es natürlich leichter, mit der Trennung klarzukommen, trotzdem tat es mir immer noch weh, dass jemand, der mir einmal so vertraut gewesen war, plötzlich ein Fremder geworden war. Es machte mir Angst und ließ mich zweifeln, ob ich noch mal jemandem so nah kommen wollte.

Die beiden vor uns bestellten eine Waffel für zwei. Es würgte mich fast. Tyler fragte, welche Sorte ich wollte.

»Vanille.«

»Vanille? Keine Schokolade?«, fragte er zurück.

»Nein, Vanille passt.«

»Okay. Einmal einfach nur Vanille«, sagte er zu der Frau hinter der Theke. »Und für mich dann Erdbeer und Schokolade.«

»He, du hast ja einen echt wilden Geschmack.«

»Du würdest staunen«, antwortete er und gab der Frau einen Geldschein. Er reichte mir meine Waffel und nahm dann erst seine. Dann fragte er die Frau, ob sie Micah gesehen hätte. Hatte sie nicht.

»Danke.« Ich leckte an meinem Eis. Es war kalt an der Zunge und richtig lecker. »Du hättest nicht für mich zahlen müssen. Ich meine, das hier ist ja kein Date oder so.« Kaum war der Satz gesagt, hätte ich mich dafür ohrfeigen können. Schon wieder dieser Ausdruck!

»Wer sagt denn, dass ich für dich zahlen würde, wenn's ein Date wäre?«, sagte er. Wir liefen auf eine große Rasenfläche zu, wo sich die Leute auf Decken oder Liegestühlen rekelten und ein paar Jungs ein Frisbee hin und her warfen.

»Du würdest also bei einem Date das Mädchen nicht einladen?«, fragte ich ihn, als wir dort vorbeischlenderten.

»Vielleicht nicht. Frauen sind heute emanzipiert. So zu tun, als könnten sie nicht selbst für sich aufkommen, wäre doch keine Gleichberechtigung.« Er leckte an der Schokoladenseite seiner Waffel und konnte gerade noch verhindern, dass das geschmolzene Eis am Rand runterlief.

»Kommt drauf an, ob du sie noch mal treffen willst.«

»Im Ernst jetzt, würdest du mit einem Typen, der dich nicht einlädt, nicht mehr ausgehen wollen?« Er wirkte ehrlich überrascht.

»Ich weiß nicht.« Keith hatte fast immer für mich mitbezahlt, aber meistens machten wir sowieso Sachen, die nicht groß ins Geld gingen. »Mir würde es schon was ausmachen. Das ist doch eine unausgesprochene Regel, dass der Junge das Mädchen einlädt, zumindest bei der ersten Verabredung. Wenn sie danach öfter zusammen weggehen, muss er meinetwegen nicht immer zahlen. Dann könnte es ruhig auch mal das Mädchen machen oder sie teilen sich die Rechnung.«

»Ich finde, es ist ein guter Test.«

»Ein Test?«

»Dann sehe ich, ob sie wirklich mich mag oder nur mein Geld. Wenn ich beim ersten Mal nicht zahle, erwartet sie's nicht, und wenn ich es dann doch mache, tue ich's, weil ich wirklich will, und nicht, weil ich mich verpflichtet fühle.«

»Was ist denn das für eine blöde Ausrede?«

»Was soll daran fair sein, dass immer der Junge bezahlen muss? Heute arbeiten die Frauen genauso wie die Männer. Mädchen braten Hamburger Seite an Seite mit den Jungs. Da sollten sie ihr Geld doch genauso ausgeben können wie die Typen.«

»Und wie kommst du so zurecht mit diesem hübschen kleinen System?«

»Was meinst du damit?«

»Wie viele Mädchen wollten danach noch mal mit dir weg?« Ich streckte die Hand aus und knuffte ihn in die Rippen.

»Genug.« Tyler wich mir aus und vertilgte den Rest von seinem Eis mit einem großen Happen.

»Hmm«, machte ich. Mein Eis hatte ich erst zur Hälfte gegessen.

»Hmm?«, gab er zurück. »Du glaubst mir wohl nicht?«

»Wenn du sagst, es funktioniert, dann funktioniert's. Ich kann dir das Gegenteil nicht beweisen, aber mir kommt's vor, als ob du der Frage ausweichst. Ich hab dich gefragt, mit wie vielen Mädchen du nach dem ersten Date noch mal aus warst. Du hast mir keine Zahl genannt.« Unsere kleine Pseudo-Auseinandersetzung machte mir richtig Spaß. »Was ist denn genug? Zwei? Fünf? Eine?«

»Ein paar.«

»Wieder nur so was Vages.«

»Wie viele Dates hattest du denn im letzten Jahr?«, fragte er zurück.

»Weiß ich nicht«, sagte ich, was die reine Wahrheit war. Zählte es als Date, mit jemandem auszugehen, mit dem man ein ganzes Jahr zusammen war? War es eins, wenn wir bei ihm daheim rumhingen und zusammen fernsahen? Oder mit dem Auto in die Waschanlage fuhren? Und was war mit Erledigungen für meine Mom?

»Siehst du!« Er sagte es triumphierend, als hätte er gerade richtig gut gepunktet.

»Man verliert leicht den Überblick, wenn man fest mit jemandem zusammen ist.« Ich bereute diesen Satz, kaum dass ich ihn gesagt hatte, denn eigentlich hatte ich das Thema Keith vermeiden wollen. Ich hatte es den ganzen Sommer über hingekriegt, ihn aus meinen Gedanken zu verbannen, aber aus irgendeinem Grund kam er mir heute dauernd in den Sinn, und jetzt tauchte er auch noch hier zwischen uns auf. Das war wie ein riesiger Staubsauger, der unserem gut gelaunten Schlagabtausch auf einmal alle Luft nahm.

»Ja, stimmt. War ziemlich scheiße, was er da gemacht hat.«

Ich hatte keinen Grund, überrascht zu sein. Natürlich wussten alle in der Schule, was Keith über mich in die Welt gesetzt hatte. Ich fragte mich, ob Tyler davon wohl etwas glaubte. Ich hatte keine Lust, näher darauf einzusteigen und ihm irgendwas erklären zu müssen.

»Na ja, also …«

»Micah hat nie so richtig begriffen, was du an Keith gefunden hast. Er meinte, das wäre genau die Art von Kerl, dem er am liebsten mal so richtig in die Fresse hauen würde.«

Damit waren wir wieder bei Micah. Kurz hatte ich vergessen,

warum wir überhaupt hier waren. Es war, als würde ich einfach nur zum Spaß mit einem süßen Jungen am Strand entlangspazieren, der mir gerade ein Eis spendiert hatte.

»Wie gut, dass er sich darüber keine Gedanken mehr machen muss«, sagte ich und schmiss den Rest meiner Waffel in den Müll.

Kapitel 16

»Rachel.«

Ich hatte die Augen geschlossen gehalten.

»Rachel«, hatte Micah noch mal geflüstert.

Ich wollte ihn nicht ansehen. Seit er zurück war, hatte ich darauf gewartet, dass zwischen uns irgendwas passierte. Er saß neben meinem Bett auf dem Boden, das spürte ich. Ich stellte mir vor, wie er seine Knie dicht an die Brust zog.

»Du brauchst nicht aufzuwachen.« Er wartete. »Ich kann nicht schlafen.«

Ich rührte mich nicht.

»Ist total seltsam, wieder hier zu sein. Alle schleichen auf Zehenspitzen um mich rum.«

Ich hielt fast den Atem an.

»Das ist nicht nötig. Du kannst ruhig mit mir reden, ganz normal.«

Als ob wir das in letzter Zeit überhaupt noch getan hätten.

»Ich bin durchgedreht da drin. Diese Leute. Die sind total am Arsch. Schon klar, ich hab selbst auch Probleme, aber ich komm jetzt damit zurecht. Ich musste nur mal für eine Weile aus allem raus.«

Er redete nicht weiter. Ich hörte, wie er aufstand, aber aus dem Zimmer ging er nicht. Ich riskierte einen Blick auf den Wecker: 3.42 Uhr.

»Ich weiß, dass du angepisst bist«, sagte er quer durch den Raum. Er stand jetzt am Fenster und schaute nach draußen. Seine Silhouette warf einen Schatten auf den Holzboden.

»Ich bin nicht angepisst«, wisperte ich.

»Bist du doch.«

»Was soll's.«

Er schwieg. Ich wartete, was immer unbehaglicher wurde.

Schließlich sagte Micah: »Schau dir den Mond an, der ist so was von voll.«

Irgendwas in mir sehnte sich danach, wieder mit ihm verbunden zu sein. Ich wünschte mir, alles wäre wie früher, also schlug ich die Decke zurück und ging zu ihm ans Fenster.

Der Vollmond wirkte riesig und viel zu nah. Er tauchte den nächtlichen Garten in ein seltsames Licht, fast wie das der Sonne, nur ohne die blendende Helligkeit. Auf allem lag ein weicher, bläulicher Schein.

»Warum kannst du nicht schlafen?«

»Hab zu viel im Kopf.«

»Zum Beispiel?«

»Alles Mögliche.« Jetzt flossen die Worte aus ihm heraus. »Die Band. Ideen für neue Songs. Die Schule. Ob ich zurückgehen und meinen Abschluss machen soll. Wie ich hier zu Hause festsitze. Die Zukunft.«

Ich legte eine Hand auf die Scheibe. Sie war überraschend kalt. Dann tat ich etwas, das ich seit Kindertagen nicht mehr gemacht hatte: Ich bewegte die Lippen zum Glas und hauchte dagegen. Dann malte ich mit dem Finger meine Initialen auf die angelaufene

Scheibe: RS. Micah machte es mir nach und schrieb MS auf die Scheibe, ein Stück weiter oben.

»Hast du Angst davor, wieder in die Schule zu gehen?«

Er sog Luft ein. »Nein. Das ist meine kleinste Sorge.« Dann trat er vom Fenster zurück. »Also alles okay mit uns, stimmt's?«

Ich zuckte mit den Achseln. »Stimmt.«

»Weißt du …«, sagte er zögerlich. »Ich bin immer noch dein großer Bruder. Falls du mich mal irgendwann brauchst.«

Ich nickte und musste an die Sache mit Keith denken. Wenn Micah in der Zeit ansprechbar gewesen wäre, wäre Keith vielleicht nicht ungestraft davongekommen.

»Ich leg mich mal lieber wieder hin und guck, ob ich nicht doch schlafen kann«, sagte er, als keine Antwort von mir kam.

»Versuch's doch mal mit Schreiben«, schlug ich vor.

Er senkte den Kopf. »Glaub nicht, meine Inspiration ist hin.«

»Die kommt wieder.«

»Kann sein.«

Er schloss die Tür hinter sich. Ich hörte, wie er in sein Zimmer ging und auch dort die Tür zumachte. Dann drehte ich mich wieder zum Fenster. Unsere Initialen waren schon ganz verlaufen. Am Morgen wären sie verschwunden. Nichts außer ein paar Tapsern und verschmierten Stellen, wie sie sonst nur die Finger von kleinen Kindern machten, würde noch daran erinnern, dass Micah und ich zusammen hier gestanden hatten.

Kapitel 17

Die Nachmittagssonne sank schon in Richtung Horizont. Uns lief die Zeit davon.

»Vielleicht solltest du Jones anrufen«, sagte ich, blieb stehen und lehnte mich ans Geländer vor einem Klamottenladen.

»Hör ich da raus, dass du dich geschlagen gibst?«, fragte Tyler.

»Echt, das ist hier doch wie in den Wo-ist-Walter-Wimmelbüchern. Selbst wenn Micah hier ist, braucht's ein Wunder, um ihn zu finden.«

»Glaubst du denn nicht an Wunder?« Tyler steckte sich eine Zigarette an. Er musste inzwischen schon die halbe Schachtel geraucht haben.

Ich zuckte mit den Achseln. »Mein Leben war bis jetzt nicht gerade mit Wundern gesegnet.«

»Stimmt, die sind selten.« Er blies einen Rauchring in die Luft.

»Hast du welche erlebt?«

»Nur eins.«

Er nahm sein Handy und tippte auf eine Nummer.

»Willst du's mir nicht erzählen?«

»Wer weiß, ob du würdig bist«, witzelte er.

Ich tat ihm nicht den Gefallen, darauf zu antworten.

Die Ladentür ging auf und ich trat beiseite, um ein paar große, dünne Mädchen in knappen Hotpants durchzulassen. Ihre langen Haare waren mit dem Glätteisen in Form gebracht und schwangen im Laufen perfekt mit. Jede trug eine Einkaufstüte. Ich merkte, dass Tyler meinem Blick folgte. *Nie im Leben könnte ich so aussehen*, dachte ich. *Nicht mal, wenn ich mich zu Tode hungere.*

»Er geht nicht ran.« Tyler runzelte die Stirn. »Jones«, sagte er ins Handy. »Hier ist Tyler. Ruf zurück, wenn du das hörst.« Er legte auf. »Mist, das war's. Der Akku ist leer.«

»Gibt ja noch öffentliche Telefone.«

»Echt?«

»Fragt sich bloß, wo.« Beim Umschauen wurde mir klar, dass ich keine Ahnung hatte, wo man eines finden könnte. Außerdem war mein ganzes Kleingeld im Hut des Straßenkünstlers gelandet. Wahrscheinlich konnte man auch ein R-Gespräch machen, aber mir war absolut unklar, wie das funktionierte.

So langsam machte ich schlapp. Die vielen Leute um mich herum wirkten wie verschwommen. Wahrscheinlich sollten wir in dem Tattoo-Laden ein paar Schritte weiter nach Micah fragen, aber ich wusste nicht, ob ich das schaffen würde. Meine Schwäche machte mir ein schlechtes Gewissen. Ich hatte noch nicht mal vierundzwanzig Stunden lang nach Micah gesucht und war emotional trotzdem schon völlig am Ende.

»Ich bin müde«, jammerte ich und gab meiner Erschöpfung nach.

»Ich hab eine Idee«, meinte Tyler.

»Was denn?«

»Komm mit.« Er schnappte mich an der Hand und zog mich mit sich.

Ich wartete in der Schlange, während Tyler die Karten kaufte. Wieder hatte er darauf bestanden zu bezahlen, und dieses Mal kam es mir wirklich wie bei einem Date vor.

»Danke«, sagte ich, als er mir die Karte gab.

Tyler stand hinter mir, seine Hände lagen rechts und links von mir auf dem Geländer. Ich widerstand der Versuchung, mich an ihn zu lehnen, wie Paare das oft machten, wenn sie im Vergnügungspark Schlange standen.

Zwei kleine Mädchen auf der Achterbahn stießen immer wieder schrille Schreie aus, aber dazwischen lachten sie. Ich konnte mich nicht erinnern, wann ich zum letzten Mal auf diese Art geschrien hatte.

»Hat Micah jemals mit dir geredet?«, fragte ich. »Über seine Probleme und was er so denkt, meine ich.« Von allen Freunden, die Micah hatte, schien Tyler ihm am nächsten zu sein.

Tyler beugte sich vor. »Dein Bruder und ich haben uns länger gekannt wie ... Moment, länger *als* ...«

»Hey, lass das!« Ich hasste es, wenn Leute Theater machten, bloß weil ich in ein paar Elitekursen war.

Tyler lachte. »Okay, okay, ich wollte dich nur ein bisschen hochnehmen. Egal, Micah und ich, wir kennen uns jedenfalls schon lange und da war wirklich was zwischen uns. Weißt du, ich glaube, Micah hat mich echt verstanden. Er fand meine Entwürfe gut. Wir haben geredet, richtig miteinander geredet, nicht nur solchen Quatsch, wie sexy ein Mädchen ist oder so. Wir haben Pläne gemacht. Wir wollten nicht einfach da bleiben, wo wir waren, und uns hocharbeiten, bis wir einen guten Job ergattert hätten, und dann heiraten und ein paar Kinder machen. Wir wollten, na ja, wie soll ich sagen, Sachen auf unsere Art machen, verändern, wie es läuft.« Tyler unterbrach sich, als hätte er schon zu viel von sich verraten.

»Wie wolltet ihr das hinkriegen?«

Tyler zuckte mit den Achseln. »Weiß nicht. Durch Musik, durch Kunst, so was in der Art.«

»Klingt gut.«

»Im letzten Jahr ist Micah immer mehr weggedriftet und war ziemlich paranoid. Mir war klar, dass es an den Drogen lag. Ich habe ihn darauf angesprochen. Sich ab und zu mal einen Joint reinziehen ist eine Sache, aber er hat es absolut übertrieben. Er hat jede Woche was eingeschmissen, und nicht nur einmal. Er ist zugedröhnt in den Unterricht gekommen. Oder er hat einfach blaugemacht. Ich hab kein Problem damit, wenn einer ab und zu mal was ausfallen lässt, aber Micah war kaum noch da. Wenn ich versucht habe, mit ihm zu reden, hat er mir erklärt, er braucht nicht noch einen, der ihm die Hölle heißmacht. Er hätte es im Griff.«

Die Schlange bewegte sich vorwärts. Der nächste Wagen würde unserer sein.

»Und dann hat er mich immer wieder mitten in der Nacht angerufen. Manchmal bin ich drangegangen, aber meistens hat er mir die Mailbox vollgequatscht mit irgendwelchem verrückten Zeug. Irgendwer wäre hinter ihm und seiner Musik her, die Regierung oder so. Echt durchgeknallt. Er hat an der Band gezweifelt und überhaupt alles infrage gestellt. Mir hat er vorgeworfen, ich wollte ihm die Band ausspannen und allen Ruhm für mich haben. Bei einer der letzten Proben mit ihm kam er zu spät und war zugedröhnt. Wir haben beim Warten ein bisschen gejammt, einfach vor uns hin gespielt. Da ist er reingekommen und hat rumgebrüllt und ist sogar auf mich losgegangen. Ich musste ihn auf den Boden drücken und festhalten. Eine blutige Lippe hat er mir geschlagen, der Dreckskerl.« Tyler nahm die Hände an den Mund, als wäre der immer noch geschwollen.

»Manchmal hab ich ihn erwischt, wie er einfach nur mit der Gitarre dagehockt und vor sich hin gestarrt hat. Nicht rumgeklimpert oder so, sondern einfach nur starr geradeaus geguckt. Wie wenn er gar nicht da wäre. Oder nicht mehr Micah.«

»Micah ist schon lange nicht mehr Micah gewesen«, sagte ich. Ich kannte den Blick, den Tyler da beschrieb. Auf dem Bild, das ich mit mir herumtrug, guckte er auch so: tot.

»Einmal hab ich versucht, mit eurem Vater zu reden, aber irgendwie kam das nicht richtig rüber.«

»Wie kommst du denn darauf?« Das Gespräch mit Tyler hatte meinen Eltern erst richtig die Augen geöffnet, wie schlimm es um meinen Bruder stand.

»Sagen wir mal so: Er war da gerade auf dem Trip, irgendwen zu finden, der an allem schuld ist.«

»Meine Eltern machen dir keinen Vorwurf. Sie waren wütend und verletzt. Nach dem Gespräch mit dir haben sie dieses Programm für Micah aufgetan, auch wenn das letztlich nichts gebracht hat.«

»Die meisten Leute müssen öfter auf Entzug, bevor sich dauerhaft was ändert. Mein Dad hat drei Anläufe gebraucht.«

Ich wusste nicht, dass Tylers Vater in einer Entzugsklinik gewesen war. Micah hatte nichts in der Richtung erwähnt und ich hatte mich bis heute nie über was anderes mit Tyler unterhalten als darüber, wie der letzte Auftritt der Band gewesen war oder welche Filme wir in letzter Zeit gesehen hatten. Ich wartete darauf, dass er weiterredete. Der Schmerz hinter seinen Sätzen war deutlich zu spüren.

»Er war Trinker. Das volle Programm, hat sich am Wochenende die Kante gegeben und meine Mom und mich zusammengebrüllt. An dem Tag, an dem er ihren Lieblingsstuhl kurz und klein geschlagen hatte, hat er sich selbst einweisen lassen.«

»Wie alt warst du da?«

»Beim ersten Mal? Acht oder so. Aber richtig aufgewacht ist mein Dad erst vor ein paar Jahren, als meine Mom gesagt hat, sie verlässt ihn. Sie hatte sogar schon einen Koffer für mich gepackt. Jetzt ist er seit fast drei Jahren trocken.«

»Weiß Micah das?«

»Ja, ihm hab ich's als Einzigem erzählt.«

Micah war ein guter Zuhörer und konnte Geheimnisse für sich behalten. Durch mich hatte er jede Menge Übung darin.

»Trinkst du deshalb auf Partys nie was?« Wenn Micah und er abends zusammen weg waren, wurde Tyler immer zum Fahrer erklärt.

»Volltreffer.« Er winkte mich weiter und legte mir die Hand auf die Schultern, um mich zu führen. »Wir sind dran.« Ich wählte das mittlere Sitzpaar im Wagen, das kam mir am sichersten vor.

»Bist du schon mal Big Dipper gefahren?«

Er schüttelte den Kopf.

»Ich auch nicht. Aufs erste Mal!« Wir klatschten uns ab.

Der Wagen bewegte sich langsam den ersten Anstieg hoch. Ich hörte nichts als das Klacken und Knarren der alten Holzachterbahn. Von ganz oben hatte man einen fantastischen Blick über Mission Beach, aber nur für den Bruchteil einer Sekunde, denn dann rasten wir schon bergab. Ich stieß einen Schrei aus. Die ganze Anspannung des Tages rauszulassen fühlte sich unglaublich gut an. Wir rasten Steigungen hoch und wieder runter. Loopings gab es keine, trotzdem machte es Spaß. Als der Wagen am Ende der Fahrt wieder zum Stehen kam, stolperte ich beim Aussteigen und musste so lachen, dass mir die Luft wegblieb.

Tyler schaute mich an. Ich sagte: »Autoscooter!«, und rannte auf das Schild zu. Er war als Erster da.

Tyler zog mich total ab. Ich schob das auf die kleinen Kinder, die mir dauernd in den Weg fuhren. Tyler manövrierte ohne Probleme um sie herum und erwischte mich dauernd von hinten. Vielleicht war ich wirklich eine schlechte Fahrerin.

Hinterher zerrte ich Tyler in einen Henna-Shop. Die Wände und die Decke waren voll mit den verschiedensten Motiven, aber ich wusste schon, was ich wollte. Ich deutete auf einen kleinen Schmetterling. Mädchenhaft und nicht besonders originell, schon klar, aber ich liebte nun mal Schmetterlinge.

Ich saß in einem Stuhl, während eine Frau mir einen Schmetterling in Blau und Schwarz über den Fußknöchel malte. Es kitzelte ein bisschen, tat aber nicht weh wie bei einem richtigen Tattoo. Tyler lehnte an der Wand und sah zu, aber nur kurz. Dann räusperte er sich und ging nach draußen.

In Bio hatten wir mal einen Dokumentarfilm gesehen, in dem gezeigt wurde, wie sich eine Raupe im Kokon vollkommen auflöste, bevor sie zu einem Schmetterling wurde. Die Raupe verschwand im Zeitlupentempo, Säure fraß sie auf, wie in einem Raubtiermagen. Das Verrückte war, dass die Sache für Raupen ganz normal war: Andauernd machten sich Raupen einen Kokon und verwandelten sich, um das zu werden, was sie in Wirklichkeit waren.

»Wie findest du's?«, fragte ich Tyler, als ich ihn wiedertraf. Ich drehte mein Bein so, dass er das Henna-Tattoo sehen konnte.

»Hübsch«, sagte er. »Du solltest dir ein echtes machen lassen. Aber ich warne dich, das macht süchtig.«

»Das wäre für immer. Was, wenn ich's mir anders überlege? Das hier hält so an die vier Wochen, wenn ich Glück habe.« Auf Tylers Arm blitzte der Rand seines Tattoos unter dem T-Shirt vor. Ich streckte die Hand aus und rollte den Ärmel hoch, um es besser sehen zu können. Die Adlerflügel spannten sich quer über den oberen Bizeps. Das traditionelle Azteken-Symbol war in klaren schwarzen Umrisslinien gezeichnet, es wirkte sauber und hatte keine Farben.

»Warum hast du gerade das ausgesucht?« Als ich den Adler ganz oben berührte, merkte ich, wie sein Muskel zuckte.

»Der Adler steht für Mut und Kraft. Die Aztekenkrieger haben ihn sich auf die Haut gemalt, bevor sie in den Kampf gezogen sind.« Er grinste reumütig. »Gibt nicht viel zu tun, wenn du den ganzen Sommer über in Mexiko festhängst. Außerdem konnte ich meine Mom damit auf die Palme bringen, das hat es noch attraktiver gemacht.«

Ich dachte an die Männer, die sich vor dem Kampf den Körper bemalten, und wie Tyler und Micah mit dazugehören könnten. Tyler spannte den Muskel an und der Vogel begann leicht zu tanzen. Ich musste lachen.

Nach kurzem Zögern sagte ich: »Darf ich dich was fragen, ohne dass du sauer wirst?«

»Klar.«

»Warum kiffst du? Mit dieser Familiengeschichte, meine ich. Ist vielleicht keine so gute Idee.«

»Im ersten Highschooljahr hab ich richtig viel geraucht. Wenn man's partout psychologisch deuten will, könnte man sagen, das war meine Bewältigungsstrategie. Es hat alles ein bisschen abgesoftet. Eigentlich war ich die ganze Zeit angepisst. Statt was dagegen zu tun, hab ich gekifft. Aber dann ging es mit meinem Dad langsam bergauf und er hat gelernt, sich mit dem ganzen Mist auseinanderzusetzen. Es gab da diese Schritte, die er abarbeiten musste. Bei einem ging es darum, mich um Verzeihung zu bitten für das, was er mir zugemutet hat. Da hat er mir gegenüber am Küchentisch gesessen und geweint. Ich hatte ihn noch nie weinen sehen. Und da dachte ich mir, der meint es ernst. In dem Moment wollte ich ihn nicht mehr hassen. Ich wollte ihm glauben. Manchmal reicht das schon. Also habe ich ihm verziehen. Er ist aufgestanden und hat mich umarmt, nicht so dieses übliche Schultergeklopfe, sondern eine richtig feste Umarmung. Er hat gar nicht mehr aufgehört mit Weinen und sich dauernd bedankt, dass ich ihm noch mal eine Chance gebe.«

Meine Augen wurden feucht, als ich mir Tyler und seinen Dad vorstellte. Unwillkürlich dachte ich an Micah und hoffte, dass es eines Tages zwischen uns genauso sein würde. Falls Tyler das spürte, ließ er sich nichts anmerken.

»Danke, dass du mir das erzählt hast. Man kennt Leute nie richtig. Man weiß nicht, wo sie stehen und was sie erlebt haben.«

»Ich wollte nicht, dass du mich für einen Dauerkiffer hältst oder so.«

Ich warf ihm einen Blick von der Seite zu.

»Ich bin bestimmt kein Heiliger, das will ich nicht behaupten«, fuhr er fort. »Aber inzwischen rauche ich nur noch normale Zigaretten, wenn ich nervös bin oder Stress habe.«

»Heute hast du anscheinend ganz schön viel Stress.«

Tyler lächelte mich an und ich entdeckte goldene Flecken im Grün seiner Augen.

Dann löste ich mich von seinem Blick und wandte mich einem Mann zu, der Erdnüsse und Zuckerwatte verkaufte. Ich war nicht bereit für das, was Tylers Augen mir sagten. Wir waren wegen einer Mission hier und ich wollte nicht auf einen romantischen Nebenschauplatz abdriften. Außerdem war das Tyler. Micahs Freund Tyler. Wenn zwischen uns was lief, konnte das ziemlich kompliziert und chaotisch werden. Und noch mehr Komplikationen und Chaos konnte ich in meinem Leben echt nicht gebrauchen.

Im Augenwinkel sah ich einen Gitarrenkoffer aufblitzen. Braune Zottelhaare. Skinny-Jeans und ein schwarzes T-Shirt. Ich warf den Kopf herum, aber der Typ war schon in der Menschenmenge abgetaucht. Ich schob mich an die Stelle, wo ich ihn zuletzt gesehen hatte.

»Rachel? Warte! Was ist los?«, rief Tyler hinter mir her, aber ich blieb nicht stehen.

Ich kämpfte mich durch Unmengen von Leuten.

»Micah!«, brüllte ich.

Weiter vorne sah ich den Gitarrenkoffer um eine Ecke verschwinden. Ich rannte hin, aber bis ich die Stelle erreichte, war der Typ weg. Ich hielt eine Frau auf, die aus der Gegenrichtung kam.

»Haben Sie einen mit einer Gitarre gesehen?«

Sie schüttelte den Kopf. Ich fragte jemand anderen und dann noch einen. Keinem war ein Junge mit einem Gitarrenkoffer aufgefallen. Vielleicht hatte ich ihn mir nur eingebildet. Vielleicht war ich am Durchdrehen. Aber auch nur vielleicht.

Ein Stück weiter sah ich die Promenade und wusste, dass er dort sein musste. Ich rannte wieder los, suchte die Gegend ab. Dann hörte ich ihn. Ich lief den Gitarrenklängen entgegen, hörte innerlich schon seine Stimme. Er saß auf der Mauer an der Promenade und schlug Akkorde auf der Gitarre. Dann machte er den Mund auf und begann so schön zu singen, dass ich weinen musste.

»Rachel?«, fragte Tyler, der mich jetzt erreicht hatte.

Ich drehte mich zu ihm und er hielt mich im Arm, während wir dem Jungen auf der Mauer zuhörten. Einem Jungen, den ich nicht kannte. Seine Stimme machte mich traurig, denn sie war viel schöner, als die von Micah es jemals gewesen war.

Kapitel 18

In einer Nacht kurz nach Micahs Verschwinden konnte ich partout nicht schlafen. Jedes Mal, wenn mein Blick beim Mich-Herumwälzen auf die Uhr fiel, waren erst fünf Minuten vorbei. Um 1.35 Uhr hatte ich keine Lust mehr, an die Decke zu starren, und beschloss, etwas zu essen, vielleicht würde das helfen.

Schon auf der Treppe sah ich Licht in der Küche brennen. Meine Eltern ließen meistens irgendwo Licht an, zur Abschreckung von Einbrechern, aber diesmal hockte Mom am Küchentisch, als ich um die Ecke kam. Ihre sonst perfekt sitzenden Haare hatte sie zu einem unordentlichen Pferdeschwanz zurückgebunden, in dem das Grau sichtbar wurde. Sie trug immer noch die Sachen, die sie tagsüber zur Arbeit angehabt hatte. Inzwischen waren sie zerknittert und unansehnlich.

Vor ihr auf dem Tisch lagen Fotoalben. In einem davon blätterte sie, den Kopf in die Hand gestützt.

»Hallo, Mom«, sagte ich, damit sie sich nicht erschreckte.

»Rachel?« Verwirrt betrachtete sie mich, als wüsste sie nicht recht, wo sie war.

»Ja.« Ich holte mir eine Schale aus dem Küchenschrank.

»Schon spät?« Sie sagte es wie eine Frage.

»Ja«, antwortete ich. »Nach eins.«

»Ach?« Sie wandte sich wieder dem Album zu, in dem eine Seite mit Bildern von unserem Grand-Canyon-Urlaub aufgeschlagen war. Damals war ich noch in der Grundschule gewesen.

Ich hatte meine Eltern angebettelt, doch mit uns zum Grand Canyon zu fahren, nachdem ich ein altes Buch von meiner Mom gelesen hatte. Es hieß *Burri: Die Geschichte eines Wildesels* und handelte von einem verwaisten Esel, der im Canyon herumstreift, und den Leuten, die er dabei trifft. Wirklich dort zu sein war aber enttäuschend, weil wir nur am Rand einer Felswand standen und in die Gegend schauten. Dad hatte Höhenangst und wollte nicht, dass wir bis vor an die Kante gingen. Und wir durften auch nicht auf einem Esel den schmalen Pfad bis nach unten reiten oder selbst in den Canyon klettern.

Auf dem Familienfoto im Album standen wir ans schützende Geländer gelehnt da, alle mit einem Lachen im Gesicht außer meinem Vater. Der linste nervös über die Schulter nach hinten, sodass sein Gesicht nur im Profil zu sehen war.

Ich machte eine andere Schranktür auf und fand eine Schachtel mit Knusper-Müsli. »Hast du Hunger, Mom?«

»Nein.« Sie blätterte weiter und ihr Blick blieb immer wieder an bestimmten Fotos hängen. Mit der freien Hand berührte sie jedes Gesicht auf der Seite. Ich lehnte mich an die Küchentheke, aß mein Müsli und schaute ihr zu. Ziemlich schnell begriff ich das Muster. Auf allen Bildern, die sie näher betrachtete, war Micah drauf.

Ich setzte mich zu ihr an den Tisch und schlug ein anderes Album auf, eins mit Babybildern von mir. Ich muss damals ungefähr ein Jahr alt gewesen sein, also war Micah zwei oder so. Auf der ersten Seite hielt mich Mom Richtung Kamera, meine Knubbelbeine guckten unter einem weißen Sommerkleidchen vor. Wie es aussah, quiekte ich vor Vergnügen. Micah stand neben Mom, das Gesicht eng an ihr Bein geschmiegt. Mom hatte die Haare zu Zöpfen zusammengebunden. Sie sah so jung aus. So sorglos.

»Rachel?« Mom sagte meinen Namen, als hätte sie jetzt erst gemerkt, dass ich neben ihr saß. »Wieso bist du auf? Ist doch schon spät.«

»Ich konnte nicht schlafen. Und ich hab Licht gesehen …« Ich ließ den Satz in der Luft hängen, denn damit schien mir alles gesagt. Seit Micah weg war, redeten wir nicht mehr viel. Manchmal kam es mir so vor, als hätte sich auch ein Teil von Mom verabschiedet.

Sie sah von einem Foto hoch, auf dem der zwölfjährige Micah neben seinem Surfbrett stand. Ich konnte mich noch erinnern, wie ich die Aufnahme gemacht hatte. »Du bist schon immer die Brave gewesen, stimmt's?« Sie legte ihre Hand auf meine. »Mein braves Mädchen.« Dann wandte sie sich wieder dem Foto von Micah zu. »Da war noch alles gut mit ihm, oder was denkst du?« Sie hielt inne. »Ich schaue mir immer wieder diese Bilder an und frage mich, wann wir ihn verloren haben. Aber ich sehe bloß das Gesicht von meinem Liebling. Ich sehe immer nur Micah.«

Ich hätte ihr so gern alles erzählt, was ich über Micah wusste, und ihr gestanden, dass er schon lange auf Drogen gewesen war und ich immer den Mund gehalten hatte. Ich wollte ihr von Keith erzählen. Und wie ich mir gewünscht hatte, Micah würde verschwinden, sogar dafür gebetet hatte, weil ich ihn hasste und nicht ertragen konnte, dass er nicht mehr der Bruder war, den ich kannte. Ich wollte ihr klarmachen, dass ich nicht immer ihr braves Mädchen war.

Doch gerade als ich den Mund aufmachte, sagte sie: »Hör mal, ich weiß, es ist unfair, dass dich das alles so belastet. Du bist so stark gewesen, das finde ich toll.«

Mir stiegen Tränen in die Augen. Sie tätschelte mir die Hand. »Schsch. Ich weiß doch, wie sehr du dich um Micah sorgst. Das tun wir alle. Dein Dad …« Sie konnte nicht weitersprechen. »Wir müssen das Beste hoffen. Er kommt schon wieder in Ordung. Wart nur ab, alles wird wieder gut.«

Ich zog meine Hand weg. »Ja, wird schon werden.« Das, was ich eigentlich sagen wollte, schob ich beiseite, Sachen wie *Ich bin aber noch da* und *Ich brauch dich doch genauso.* Stattdessen erklärte ich: »Bestimmt ist es nur eine Frage von Tagen, bis er wieder zurückkommt.«

Mom hatte den Blick wieder fest auf die alten Bilder gerichtet, abgetaucht in die Erinnerung an einen Micah, den es schon lange nicht mehr gab.

»Eine Frage von Tagen«, wiederholte sie.

Ich nahm einen Löffel voll Müsli, um meine Lüge besser runterschlucken zu können.

Kapitel 19

Tyler und ich fanden Dillon und seinen Wagen auf einem Parkplatz bei einer kleinen Grünfläche. Er hockte zusammengekauert auf dem Rücksitz, den Cowboyhut tief im Gesicht und die Arme um die Brust geschlungen. Er sah so friedlich aus. Ich fand es verrückt, dass er schlafen konnte, wo hier so viele Leute vorbeikamen. Immerhin hatte er das Dach inzwischen zugemacht.

»Ach, schau mal, Süße, er schläft«, sagte Tyler lauthals neben dem Auto.

Dillon rührte sich, schob den Hut hoch und betrachtete uns mit zusammengekniffenen Augen. »Ihr vertragt euch also wieder, ihr Turteltäubchen?«

Ich wurde rot. »Für mich ist jedenfalls alles okay, danke. Wo ist dein Surfbrett?«

»Hab's nach Hause gebracht. Ich will nicht, dass es mir einer aus dem Auto klaut. Hat mich hundert Steine gekostet, das Ding wieder flottzukriegen, aber das ist schon okay, ohne Reeves und Spencer hätt ich's nämlich wegschmeißen können.« Er kletterte nach vorne hinters Lenkrad.

»Warum hast du dir nicht einfach ein neues gekauft?«, fragte ich.

»Das Board und ich, wir haben viel zusammen erlebt. Da tut's ein neues absolut nicht.«

Tyler öffnete die Beifahrertür, um mich einsteigen zu lassen.

»Wo fahren wir denn hin?«

»Ich hab mich bisschen umgehört, paar Leute angerufen, eine Adresse aufgetan.«

Bei dem Gedanken an eine Adresse begann mein Herz zu pochen. Eine Adresse, das bedeutete, dass es einen Ort gab, ein Zuhause oder zumindest einen Platz, wo er geschlafen hatte.

»Ja, ich hab spitzgekriegt, dass Micah so seine Geheimnisse hatte. Da gab's 'ne Lady, die ihn ausgehalten hat.«

»Micah hatte eine Freundin?«, fragte Tyler.

»Genau. Sie heißt Finn und ist Tattookünstlerin in einem Laden in der Nähe. Wir fahren jetzt zu ihr nach Hause.«

Eine Viertelstunde später parkte Dillon den Wagen am Straßenrand und durch einen schmalen Durchgang kamen wir zu dem Haus, in dem Finn wohnte. Dillon läutete im ersten Stock. Ich legte die Hand auf einen Holzpfosten und pulte an der abblätternden braunen Farbe. Tyler schenkte mir ein ermutigendes Lächeln, doch sein Blick wirkte verhalten. Er legte mir die Hand auf die Schulter und drückte sie ein bisschen. Die Geste tröstete mich nicht wirklich, aber ich nickte, als hätte sie es doch getan.

Dillon drückte noch mal auf die Klingel. Die Haustür konnte jeden Moment aufgehen. Vielleicht stand ich Micah schon in ein paar Sekunden gegenüber. Was würde ich dann sagen? Ich hätte das vorher mal durchspielen sollen.

Wie wäre es mit: »Du Arschloch!« Nein, zu extrem. Und unpassend für mich, eher so, wie ich mir die Szene in einem Film vorstellen könnte.

Oder: »Du egoistischer Idiot!« Schon besser, aber dann würde er mir vielleicht die Tür vor der Nase zuknallen. Am besten war wohl, wenn ich einfach »Hey!« sagte und dann weitersah.

Auf der anderen Seite schob jemand einen Riegel zurück und schloss auf. Die Tür ging einen Spalt weit auf und ein einzelnes Auge spähte nach draußen. Meine Hoffnung sank: Das Auge war blau. Der Türspalt wurde etwas weiter geöffnet und ich konnte sehen, dass zu dem Auge blonde Haare gehörten. Das Auge musterte uns, an meinem Gesicht blieb es hängen.

»Finn?«, fragte Dillon.

Sie nickte und machte die Tür auf. »Er ist nicht da.« Dann drehte sie sich von uns weg und lief die Treppe hoch. Dillon, Tyler und ich tauschten fragende Blicke, aber ich traf für uns alle die Entscheidung, ihr zu folgen.

Beim Betreten von Finns Wohnung hatte ich das Gefühl, in eine andere Welt zu wechseln. Lange Stoffbahnen in Rot und Violett hingen von der Decke und waren an den Wänden drapiert. Es gab keine Sofas, nur große, bunte Kissen und Sitzsäcke. Auf sämtlichen Tischen und Oberflächen waren Kerzen in allen Größen und Formen festgeschmolzen.

Finn lief zum Herd. »Tee?« Sie goss heißes Wasser in einen Becher mit einem Teebeutel.

»Klar«, sagte ich. »Und ihr, Jungs?«

Sie nickten. Ich musste grinsen und fragte mich, ob sie im Leben überhaupt schon mal Tee getrunken hatten.

»Du bist also Rachel. Du siehst genau so aus, wie er dich beschrieben hat.«

Sie füllte noch drei Becher mit Wasser und stellte sie auf eine Theke, die den Küchenbereich vom restlichen Raum abgrenzte. Dann ließ sie sich auf der anderen Seite der Theke in einen grünen

Sitzsack fallen und kreuzte die Beine vor sich. Sie trug ein schwarzes Trägertop und dazu passende Leggings. Ein Teil ihrer blonden Haare war oben auf ihrem Kopf zusammengebunden, der andere fiel ihr lose über die Schultern. Ein dorniger Rosenzweig rankte sich von ihrem rechten Handgelenk bis hoch zu ihrem Schlüsselbein.

»Darf ich mal?« Sie deutete auf Tylers Arm, wo sein Tattoo unter dem Ärmel vorschaute.

Tyler zog den Ärmel zurück und hielt ihr den Oberarm hin.

»Gute Arbeit. Die, die ich so zu Gesicht kriege, sind meistens ziemlich kitschig.« Sie pustete auf ihren Tee und nahm einen Schluck. »Weißt du, was der Adler bedeutet?«

»Ja«, sagte er, ohne es irgendwie auszuführen.

Dillon zog sein Shirt hoch und drehte sich vor uns, um eines seiner Tattoos vorzuführen – sein Name, der sich in Kursivschrift um seine Taille wand. »Das stammt aus der Zeit, als ich dachte, ich wär 'n Gangsta und echt hart drauf. Aber das hier« – er streifte einen Ärmel hoch und zeigte uns einen großen Totenschädel, der mich an *Fluch der Karibik* in Disneyland erinnerte. »Das passiert, wenn du dich volllaufen lässt und erst am nächsten Morgen auf der Couch von einem Kumpel wieder zu dir kommst.«

Finn grinste. »So was mach ich auch ab und zu.«

»Vielleicht stammt es ja von dir.«

»Nicht mein Stil. Ich hätte noch einen gelben Smiley dazugesetzt.«

Ich setzte mich auf ein oranges Kissen und musterte Finn über den Rand meines Teebechers hinweg.

Sie musste ein paar Jahre älter sein als Micah, eher in Dillons Alter. Sie war dünn, zu dünn. Dünn wie die Mädchen in Micahs Entzugsklinik. Aber sie war schön, auf eine natürliche Art, ganz ohne Make-up. Sie trug nicht mal Mascara. Sie war genau der Typ

Mädchen, den Micah gut fand. Da fiel es mir wieder ein. »Micah ist also nicht hier?«, fragte ich.

»Er ist vor ein paar Wochen weg.«

Hätte ich doch bloß nicht so lange gewartet!

»Hast du eine Vorstellung, wo er hin ist?«, fragte Tyler.

»Nein.« Sie stellte ihren Becher auf den Boden. »Sein Zeug hat er größtenteils mitgenommen, aber ein paar Sachen sind noch hier.« Sie zeigte auf ein Zimmer. »In der hinteren Schlafzimmerecke, falls du dir's angucken willst.«

Ich stand auf und ging rüber. Eine breite Doppelmatratze lag auf dem Boden, daneben stand eine rote Lampe. In einer Ecke gab es eine hohe braune Kommode mit einer Vase voller welker Rosen. Daneben lag ein schwarzer Müllsack. Ich setzte mich auf das Bett, nahm den Sack und schüttete seinen Inhalt auf den Boden: eine Jeans, drei Socken, ein Gitarrenplektron, eine schwarze Kappe, eine zerbrochene Sonnenbrille und eine Ausgabe von *Der Hobbit*. Von all meinen Büchern hatte er ausgerechnet das hier mitgehen lassen. Ich hatte es nicht mal gemerkt. Ich betrachtete den Inhalt des Müllsacks so genau, als wäre jeder Gegenstand ein Indiz, das Micah für mich hinterlegt hatte, damit ich ihn fand. Warum sonst hätte er das Buch dagelassen?

Ich kramte in den Taschen der Jeans. In einer der Vordertaschen war eine zerknitterte Dollarnote und die Quittung von einem China-Imbiss. Hinten zog ich einen kleinen weißen Zettel heraus, auf den mit Bleistift eine Telefonnummer gekritzelt war. Ich stopfte ihn zusammen mit der Dollarnote in meine eigene Hosentasche.

Dann stand ich auf und sah mich noch mal genau um. Obwohl das Fenster ein Stück weit offen stand, roch es hier drin unangenehm süßlich, aber in der Luft lag auch ein Hauch von Micah. Die Blumen waren verwelkt und standen in trübbraunem Wasser. Ich fragte mich, ob sie ein Geschenk von Micah an Finn gewesen waren. Hatte sie die Blumen deshalb immer noch dastehen?

In einem kleinen Bücherregal entdeckte ich Zeitschriften und Kunstbände. Ich zog wahllos einen heraus und staunte, als ich *The Secret* danebenliegen sah. Vielleicht hatte ich, was Micah anging, nicht genug auf die Kraft des positiven Denkens vertraut. Wenn ich mir ganz genau ausmalte, wie wir ihn fanden, würden wir das bestimmt tun.

Ich seufzte. Hier war nichts. Nichts, das mich zu Micah führen würde.

Ich versuchte ihn mir in diesem Raum vorzustellen. Sein Verstärker musste an der gleichen Steckdose gehangen haben wie die Lampe. Sicher hatte er öfter hier auf dem Bett gesessen und Gitarre gespielt. Ich sah ihn fast vor mir, vornübergebeugt und ganz konzentriert.

Ich schloss die Augen, um mir seine Stimme in Erinnerung zu rufen, aber da war nur der stille Raum und das Gemurmel der anderen drüben im Wohnzimmer. Ich konnte Micah nicht hören. Eine Erkenntnis, vor der ich mich gefürchtet hatte und der ich lange ausgewichen war, kam bei mir an: Ich hatte vergessen, wie seine Stimme klang.

Hinter mir räusperte sich Tyler. »Hast du was gefunden?«

Ich zeigte auf den Kram, der vor mir am Boden lag.

»Tja. Nicht wirklich ergiebig.«

»Nein.« Ich spürte, wie mich die Verzweiflung packte, und mit ihr kamen die vertrauten Schuldgefühle hoch. »Tyler, ich hab's verbockt. Wenn ich gleich was gemacht hätte, wenn ich gleich hergefahren wäre, als die Mail kam, müsste ich jetzt nicht dieses leere Zimmer anglotzen. Micah wäre hier gewesen.«

»Kann gut sein, ja.«

Überrascht schaute ich ihn an.

»Du hast gesagt, ich soll nichts schönreden.« Tyler kam rüber zum Bett und hob das Plektron auf. »Kann aber auch gut sein, dass er *nicht* da gewesen wäre. Das Leben lässt sich mit *vielleicht* oder *was wäre wenn* nun mal nicht fassen.«

So wie Tyler das sagte, leuchtete es mir ein, auch wenn es schwer anzunehmen war. »Was hältst du von Finn?«

»Sie ist genau sein Typ. Dünn, hübsch.«

Ich nickte. »Sie nimmt Drogen.« Eigentlich hatte ich es als Frage formulieren wollen.

»Denk ich auch. Bestimmt haben die zwei sich auf die Art kennengelernt.« Er machte eine Pause. »Komm jetzt, wir müssen sie vor Dillon retten. Der schmeißt sich total an sie ran.«

»Hast du gefunden, was du gesucht hast?«, fragte Finn, als wir zurück ins große Zimmer kamen.

»Nicht wirklich. Wie lange kennst du Micah schon?« Diesmal suchte ich mir einen fetten schwarzen Sitzsack aus.

Dillon meldete sich. »Zeit für 'ne Zigarette«, sagte er und stand auf. »Tyler?«

Tyler sah mich an, um sich zu vergewissern, ob das in Ordnung für mich war.

Ich nickte.

»Klingt gut«, sagte er.

»Wir gehen raus«, erklärte Dillon. »Dann seid ihr zwei Hübschen unter euch und könnt Mädelssachen reden.« Er verbeugte sich vor Finn: »War mir ein Vergnügen.«

»Hast du noch eine übrig?«

»Klar.« Dillon gab ihr eine Zigarette aus seiner Schachtel.

»Wir sind gleich draußen vor der Tür«, sagte Tyler und ging Dillon hinterher.

Finn holte Streichhölzer aus einer Küchenschublade. »Ich erzähl's dir im Schnelldurchlauf, okay?« Sie steckte die Zigarette an. »Wir kennen uns vom Strand her. Er hat Gitarre gespielt. Ich hab mich hingesetzt und ein paar von seinen Songs angehört, hatte sonst nicht groß was zu tun und fand ihn gut, echt gut. Dann bin ich mit ihm was essen gegangen, hab ihn eingeladen. Und am Abend haben wir noch bisschen Party gemacht. In der Woche drauf ist er hier eingezogen. War alles cool. Er war auch cool, aber nach 'ner Weile wurde alles irgendwie komisch. Den einen Abend, da hat er mich angerufen und dermaßen schnell geredet, dass ich ihn kaum verstehen konnte. Er meinte, die Bullen wären hinter ihm her. Ich hab ihn gefragt, wo er ist, aber das wusste er nicht. Er hat nur dauernd wiederholt, er hätte sich das Handy von jemand geliehen.«

Sie rauchte schnell und mit tiefen Zügen.

»Nachts ist er dann immer im Zimmer rumgerannt und hat mit sich selbst geredet, statt zu schlafen. Er hat behauptet, jemand würde unser Telefon abhören. Hier in der Wohnung hat er höchstens noch im Flüsterton mit mir geredet wegen den Wanzen überall. Ich hab mir Sorgen gemacht. Er wollte absolut nicht, dass ich bei euch zu Hause anrufe.«

»Also hast du diese Mail geschickt.«

»Ich hab die Mail geschickt, ja.«

»Du hast wörtlich geschrieben, er hätte ›wirklich üblen Ärger am Hals‹. Was hast du damit gemeint? Die Drogen?«

»Er hat einfach zu viel genommen. Ich hab's ihm immer gesagt. Und dann das Dealen. Ich fand das sowieso nicht gut, aber er hatte diesen Typen getroffen, der ihn da reingezogen hat, schon bevor wir zusammengekommen sind. Er hat gesagt, die Bullen hätten es rausgekriegt und würden die Wohnung überwachen.«

Mir fiel es schwer zu glauben, dass Micah mit der Polizei und mit

Drogendeals zu tun haben sollte, obwohl die Surfer-Typen in dem Laden das ja auch schon gesagt hatten. War er wirklich derart blöd? So weit abgeruscht? »Hast du ihm geglaubt?«

»Weiß nicht. Kann schon stimmen. Alle möglichen Leute sind hier ein und aus gegangen – Geschäftsleute, Surfer, Mütter, Teenies. Vielleicht wollten die ihn ausspionieren, um an die dicken Fische ranzukommen.«

»Dillon hat gesagt, er hätte sich von dir aushalten lassen.«

Finn lachte. »Quatsch.«

»Also ist er von hier weg, weil er dachte, die Polizei ist hinter ihm her?«

»Keine Ahnung. Er hat schließlich keinen Abschiedsbrief geschrieben.«

»Hast du eine Idee, wohin er gegangen sein könnte?«

»Er kann überall sein. In Ocean Beach haben ihn ein paar alte Freunde gesehen. Mann, der kann immer noch in San Diego sein. Ab und zu hat er auch über L. A. geredet – da wollte er hin wegen seiner Musik.«

Mir wurde flau. Los Angeles war gigantisch. Wenn Micah dort wäre, könnte ihn keiner finden. Dann bliebe er für immer verschwunden.

Finn drückte die Zigarette aus, in einem Aschenbecher in Schildkrötenform. Sie stand auf und ging ins Bad. Anscheinend war sie fertig mit ihrer Geschichte. Ich wollte aber, dass sie weiterredete und mir mehr über ihre Zeit mit Micah erzählte. Vielleicht war sie die letzte Verbindung, die ich überhaupt noch zu meinem Bruder hatte.

»Woher kommst du?«, fragte ich Finn, als sie wieder auftauchte. Ich wollte mehr über sie wissen, wollte verstehen, warum Micah gerade mit ihr zusammen gewesen war.

»Aus Ohio.«

»Und wie bist du hergekommen?«

»Mit dem Bus.« Sie schraubte eine Nagellackflasche auf und begann sich die Nägel zu lackieren, in einem dunklen Grün.

»Wolltest du schon immer was mit Kunst machen?«

»Ich hab schon als kleines Kind immer einen Skizzenblock dabeigehabt.« Sie blickte nicht von ihren Nägeln auf.

»Ich wollte Tänzerin werden«, sagte ich, um ihr ein bisschen näherzukommen. »Ich hab die Tür von meinem Zimmer zugemacht und geübt.«

»Was ist dann passiert?«

»Ich war nicht gut genug oder vielleicht hat mir einfach das Selbstvertrauen gefehlt.«

»Was von beidem?«

Ich gab ihr eine ehrliche Antwort. »Kein Selbstvertrauen.«

Eine Weile lang saß ich nur da und schaute sie an. Ich wusste nicht, was ich sonst noch sagen könnte, und für sie war das Gespräch offenbar zu Ende.

»Tja«, sagte ich irgendwann. »Danke für … dass du dir die Zeit genommen hast.« Ich stand auf, um zu gehen.

»Rachel«, sagte sie.

Ich sah sie an. Sie hatte Tränen in den Augen.

»Tut mir leid, dass ich so ein Miststück bin. Dein Bruder … Mann, was für ein Arschloch. Der hätte sich doch wenigstens verabschieden können, oder? *Tschüss* ist schließlich leichter gesagt als *Ich liebe dich*, stimmt's?« Sie wedelte mit der Hand herum, um den Lack zu trocknen. »Gib nicht auf, okay? Er hat's echt voll versaut, klar, aber er hat – ich meine, er macht selbst auch viel durch, weißt du?«

Ich schaute weg. Ich wollte nicht hören, wie Micah litt. Er hatte die Wahl gehabt. Meine Eltern, die nicht mehr schlafen konnten und nur noch in den Fernseher starrten, statt miteinander zu reden, die keine Freunde mehr trafen und keine Verwandten mehr sehen wollten, hatten keine Wahl gehabt. Ich hatte keine Wahl gehabt. Wir waren die, die litten.

»Wenn du ganz unten bist, so wie Micah, dann weißt du irgendwann nicht mehr, wie du wieder aufstehen sollst. Und selbst wenn du irgendwann an den Punkt kommst, dass du gern jemand anrufen würdest oder zurück nach Hause willst, dann ist da so eine wahnsinnige Scham, die's dir furchtbar schwer macht.«

Es klang, als ob diese Scham ihre eigene wäre. Ich fragte mich, ob sie nicht mehr über sich selbst redete als über Micah.

»Er hat immer davon gesprochen, wie schlau du bist und wie gut du alles machst. Dass du in den Elitekursen bist und alle dich schätzen. Er war stolz auf dich. Ich denk mal, er hat sich gewünscht, er könnte mehr so sein wie du.«

Mir war klar, dass sie ziemlich dick auftrug, aber ich wollte das gern glauben. Ich wollte wissen, dass irgendwo noch etwas existierte von dem Micah, wie er früher gewesen war.

»Du kannst es mir abnehmen oder nicht, aber Micah hat dich wirklich lieb gehabt. Dass er dich einfach so verlassen hat, war am schlimmsten für ihn.«

»Na ja«, sagte ich. Durchs Fenster konnte ich sehen, wie sich draußen das Licht veränderte. »Bald geht die Sonne unter.«

»Er hat mir sogar von deinem Ex erzählt.«

Ich sah sie scharf an. »Keith?«

»Genau. Micah hat gesagt, er hätte dich betrogen und dann auch versucht, deinen Ruf zu ruinieren. Anscheinend hat er den Kerl ziemlich übel verprügelt. Micah hat ihm erklärt, er bringt ihn um, wenn er noch mal in deine Nähe kommt.«

Ich konnte nichts dagegen tun, mir kamen die Tränen. Das erklärte natürlich, warum Keith bald nach unserer Trennung eine Woche lang nicht in der Schule gewesen war (er hatte allen erzählt, er hätte die Grippe gehabt) und warum er nach seiner Rückkehr jeden Kontakt mit mir vermieden hatte. Das war Micah gewesen. Ich hatte ihm immer noch viel bedeutet.

»Ich dachte nur, das solltest du wissen.«

»Danke«, sagte ich und lächelte.

»Das ist alles so schwer«, sagte sie.

»Was denn?«

»Wenn du jemanden liebst. So schwer, ihn gehen zu lassen.«

»Ja«, sagte ich und verließ die Wohnung.

Kapitel 20

Micah war genau elf Monate und sieben Tage älter als ich, also war er mir in der Schule genau ein Jahr voraus. Ich hatte daher immer die Ehre, mit ihm verglichen zu werden, denn er war vor mir da gewesen.

Jeder erste Schultag begann mit dem Verlesen der Namensliste. »Rachel Stevens?« Der Lehrer hielt dann inne und blickte hoch.

Ich hob jedes Mal die Hand und sagte: »Hier.«

»Ich wusste nicht, dass Micah eine Schwester hat.« Pause.

»Ja.«

Danach konnte es in zwei Richtungen weitergehen. Entweder gab es hochgezogene Augenbrauen und missbilligend verzogene Lippen. Oder es kam ein breites Lächeln, gefolgt von einem herzlichen Willkommensgruß.

In den vielen Jahren von der Grundschule über die Mittelschule bis zur Highschool war ich für alle Micahs jüngere Schwester. Ich fragte mich oft, wie es gewesen wäre, wenn ich die Ältere gewesen wäre. Ob er dann als Rachels jüngerer Bruder gegolten hätte? Wohl kaum.

Wir spielten unsere Rollen scheinbar mit Leichtigkeit. Ich war die Einserschülerin. Ich belegte College-Vorbereitungskurse und war in Eliteklassen. Ich machte beim Schülerrat mit. Ich war im Laufteam und spielte Volleyball. Micah dagegen war als Schüler nur Durchschnitt. Er war in keinem Sportteam der Schule dabei und engagierte sich auch sonst nicht groß. Er war der Kopf einer Band, entdeckte in der Neunten seine rebellische Seite und bereute nie irgendwas. Er machte keinen Ärger, brachte sich aber auch nirgends ein und hatte insgesamt eine ziemlich lässige Lebenseinstellung. Bis er mit Crystal Meth in Berührung kam. Diesem Zeug widmete er sich mit einer Leidenschaft, die ich noch nie an ihm erlebt hatte.

Als Micah aus der Entzugsklinik zurückkam, wurde es still in unserem Haus. Vor lauter Anspannung, was Micah jetzt wohl tun würde, schienen alle die Luft anzuhalten.

Laut einem Buch, das meine Eltern gelesen hatten, wurden über fünfzig Prozent der Abhängigen wieder rückfällig. Die Quote für Meth-Süchtige war noch schlechter. Manche Programme erklärten den Rückfall sogar schon von vorn herein zu einem Bestandteil des Heilungsprozesses.

Beim ersten Abendessen nach Micahs Rückkehr redete Mom schnell und viel, als würde ihr jede Pause im Gespräch Angst machen. Sie sprach übers Wetter, das für diese Jahreszeit sehr mild war. Sie fragte mich, wie es in der Schule lief. Okay, sagte ich. Daraufhin schaute sie mich mit großen, flehenden Augen an. Ich senkte den Blick auf meinen Teller mit dem blutigen Steak. Sie fragte Dad nach seinem Tag. Sie tat alles, um nicht über Micahs Entzug und seine Drogensucht zu sprechen, aber das nützte nichts. Für mich ging es bei allem, was sie von sich gab, nur um Micah. Sie hätte genauso sagen können: »Blablabla, Micah, bla, Entzugsklinik, Drogen, blabla, hat sein Leben versaut.«

»Hat gut geschmeckt, Mom«, erklärte Micah, nachdem er aufgegessen hatte. »Viel besser als das Essen im Entzug. Danke.«

Als er das Wort aussprach, spürte ich, wie die Spannung im Haus abebbte, der Druck wurde ein bisschen weniger, wie bei einem zu stark aufgeblasenen Ballon, aus dem man Luft lässt.

»Gern geschehen«, sagte sie und warf meinem Vater einen ihrer »versteckten« bedeutungsvollen Blicke zu.

Micah stand auf und brachte Teller und Glas zur Spüle. Er ließ Wasser über den Teller laufen – zum Runterkratzen war nichts mehr da – und stellte ihn in den Geschirrspüler. Dann trank er, an der Spüle stehend, sein Wasser aus und räumte auch das Glas zum schmutzigen Geschirr.

»Ich glaub, ich geh jetzt erst mal ein bisschen chillen.«

Aus dem Augenwinkel sah ich, wie nervös Mom reagierte.

»Chillen?«, fragte Dad mit einer gewissen Schärfe.

Micah, schon auf dem Weg zur Treppe, blieb stehen. Er wirkte ganz ruhig. Falls er wütend war, zeigte er es nicht. Ich an seiner Stelle wäre wohl ausgerastet. »Ja, ich bin müde. Wir sehen uns morgen.« Er legte die Hand aufs Treppengeländer. »Dann können wir auch über diesen Job reden, von dem du erzählt hast, oder?«

Dad sagte: »Klar. Machen wir später.«

»Gute Nacht, Schatz.« Die Unruhe in Moms Stimme war nicht zu überhören.

Ich aß meinen Teller leer und räumte genau wie Micah das schmutzige Geschirr weg. Als ich meine Essensreste in den Abfallzerkleinerer kratzte, wurde mir übel von den roten und grauen Fleischfetzen. Mom kam zu mir an die Spüle, aber Dad blieb am Tisch sitzen. Ich ließ mich auf die dunkle Ledercouch fallen und stellte den Fernseher an, mit leisem Ton, um Dad nicht zu nerven.

Ich vertiefte mich in eine Familienkomödie von der Sorte, bei der immer wieder Konservengelächter eingespielt wird, und folgte der Episode, als wäre sie ein wissenschaftliches Experiment. Alle üblichen Verdächtigen tauchten auf. Der liebende, aber ignorante Vater. Abgehakt. Die berufstätige Mutter, die alles zu schaffen versuchte. Abgehakt. Der nervige kleine Bruder. Abgehakt.

Der Hauptkonflikt in der Folge bestand darin, dass die Tochter auf eine Party wollte. Ihre Eltern sagten Nein. Sie ging trotzdem. Unter Druck petzte der kleine Bruder. Am Ende der halbstündigen Sendung war alles wieder in Butter. Die Tochter ärgerte sich zwar über den Hausarrest, sah aber ein, dass ihre Eltern es nur gut mit ihr meinten und sie beschützen wollten.

Die letzte Szene zeigte die ganze Familie in der Küche, alle standen um einen Kirschkuchen herum, den die Mutter gebacken hatte. Da war keine Anspannung, nichts musste mehr ausdiskutiert werden, niemand war mehr verletzt oder gekränkt. Ich machte den Fernseher aus mit dem Gefühl, eine halbe Stunde meines Lebens komplett verschwendet zu haben.

Bevor ich mich an diesem Abend schlafen legte, wusch ich mein Gesicht, putzte mir die Zähne und las in einem Buch, bis ich so richtig schön müde war. Ich sagte Micahs Zwölf Schritte auf. Aber statt meinen kleinen Ventilator anzustellen, lehnte ich mich im Bett zurück und lauschte. Durch die dünne Wand, die unsere Zimmer voneinander trennte, versuchte ich mir meinen Bruder vorzustellen. Ich atmete kaum.

Fernsehgeräusche drangen von unten die Treppe hoch. Aus Micahs Zimmer hörte ich nichts. Kein Hin- und Herlaufen. Kein Poltern. Nur Stille.

Ich drehte mich zum Nachttisch und schaltete den Ventilator auf die mittlere Stufe. Während er vor sich hin surrte, starrte ich zur Decke und dachte: *Alles wird gut, alles wird gut.* Dann dämmerte ich allmählich weg.

Kapitel 21

Durch die Geräuschkulisse aus tragbaren Boxen, Gitarrenklängen und Stimmen hörte man das Feuer knistern. Flackernd wechselte es die Farbe, war mal orange wie der Sonnenuntergang, dann wieder gelb wie der Sonnenaufgang. Die Gerüche von Bier, Asche und etwas Würzig-Süßem verbanden sich zum üblichen Party-Aroma. Ich war nicht nah genug an der Feuerstelle, um Wärme abzubekommen, hatte aber mein Sweatshirt. Ich zog mir die Kapuze über den Kopf. Nach Einbruch der Dunkelheit war es rasch kälter geworden. Tyler tat mir leid; er musste in seinem T-Shirt und der Jeans frieren, auch wenn er sich natürlich alle Mühe gab, das nicht zu zeigen.

Nach dem Besuch bei Finn hatte Dillon gemeint, wir müssten ein bisschen runterkommen. Die Anspannung würde ihn fertigmachen. Wir holten Hamburger und hörten uns noch mal hier und da nach Micah um. Dann war die Sonne untergegangen und Dillon hatte uns zu einer Party am Strand mitgenommen, auf der sich an die hundert Kiffer und Surfer tummelten, verstreut um drei Feuerstellen.

In der Theorie hatte sich das gut angehört, aber jetzt, wo ich da war, wollte ich wieder weg. Ich kannte niemanden und fühlte mich schüchtern, wie immer auf Partys. Meistens war ich diejenige, die die anderen hinterher heimfahren sollte. Aber auch abgesehen davon wusste ich nie, was ich sagen sollte. Auf dieser Party war es genauso.

Ich konnte die Leute um mich herum kaum richtig erkennen. Die Mondsichel, die Sterne und die Flammen beleuchteten die Gesichter nur schwach, trotzdem suchte ich in den verzerrten Zügen nach Micah. Obwohl sich der Besuch bei Finn als Sackgasse herausgestellt hatte und wir mit unserer Suche nicht weitergekommen waren, spürte ich Hoffnung. Er war immer noch irgendwo da draußen. Finn hatte mir ein bisschen was von meinem Bruder zurückgegeben. Wer weiß, vielleicht würde er zufällig aufkreuzen und mich im Vorbeigehen streifen, wenn ich mich nicht vom Fleck rührte. Vielleicht musste ich nur aufhören zu suchen.

Tyler schlang die Arme um die Brust.

»Sollen wir näher ans Feuer?«, fragte ich ihn.

»Klar, wenn du willst.«

Wir liefen zur nächstgelegenen Feuerstelle. Ein großes Mädchen mit langen Beinen lächelte Tyler an und sagte etwas zu ihm. Die Flammen ließen Schatten in ihrem Gesicht tanzen. Sie war betrunken, das merkte ich gleich. Tyler unterhielt sich ganz lässig mit ihr, schaute aber dauernd in meine Richtung. Genervt ließ ich die beiden stehen.

Die Leute standen eng beieinander, quatschten und rauchten Nelkenzigaretten, Gras und normalen Tabak. Wenn ich ihnen ins Gesicht schaute, nickten die meisten mir zu, als würden sie mich kennen. Ein paar Mädchen in Shorts und Bikinitops tanzten und lachten. Paare knutschten wild herum, ohne sich darum zu kümmern, wer ihnen zuguckte.

Ich sah Dillon mit ein paar anderen Typen bei einem der Feuer sitzen. Sie tranken irgendwas aus roten Plastikbechern. Dillon gab anscheinend eine Geschichte zum Besten. Er war wirklich kein schlechter Kerl. Weiter weg vom Feuer wurden meine Hände schnell kalt, also schob ich sie in die Hosentaschen, wo meine Finger einen kleinen Zettel berührten. Ich zog ihn heraus und sah, dass es die Nummer war, die ich in Micahs Jeans gefunden hatte. Sofort war ich angespannt. So einfach konnte es nicht sein.

Tyler schob sich im Dunkeln zu mir durch.

»Wo ist denn deine Freundin?«, fragte ich spitz.

»Welche Freundin denn?«, fragte er grinsend zurück.

»Dillon ist jedenfalls da drüben.« Ich zeigte in die Richtung und stopfte die Telefonnummer zurück in meine Hosentasche. Nein, so einfach konnte es nicht sein.

Wir sahen zu, wie sich um Dillon herum alle bogen vor Lachen. »Der macht mal wieder Stimmung.«

Dillon schaute herüber, winkte uns zu sich und stellte uns der Runde vor.

»Tyler ist auch Musiker«, sagte er zu einem Typen namens John, der im Sand hockte und auf seiner Gitarre herumzupfte.

»Was für ein Instrument denn?«

»Hauptsächlich Bass.«

»Und Gitarre, und singen tut er auch.«

John hielt Tyler seine Gitarre hin.

»Lass mal, Mann. Schon in Ordnung.«

»Jetzt mach«, sagte Dillon. »Spiel was.«

Tyler grinste mir zu und nahm die Gitarre von John. Er schlug die Akkorde von einem Song an, den Micah vor zwei Jahren geschrieben hatte. Er hieß *Stalker Girl*, nach einem Mädchen, das Micah eine Zeit lang von Auftritt zu Auftritt gefolgt war. Sarkastisch, mit einer starken Hookline und so unverkennbar, dass er zum Markenzeichen der Band geworden war. Ich hatte ihn oft gehört, aber immer mit Micah als Sänger und in voller Band-Besetzung. Tyler sang nie solo. Er machte schon mal Background-Vocals, aber dabei hörte man ihn nicht besonders gut.

Gleich bei der ersten Zeile – *she's standing in the corner, lips pouted in my direction* – war ich fassungslos. Tyler sang richtig gut, vielleicht sogar besser als Micah.

Jemand hielt mir einen Joint hin und ich gab ihn weiter. Schon allein die Marihuanawolken hatten mich benebelt, ich brauchte nicht noch mehr.

Akustisch gespielt wirkte der Song total anders, als ich ihn in Erinnerung hatte. Tyler schien kein Problem mit dem Singen zu haben. Wobei ich natürlich nicht wissen konnte, wie es in ihm aussah. Alle klatschten, als er fertig war.

»Mach weiter«, sagte John.

Tyler begann *Love Me Do* von den Beatles zu spielen. Da passierte etwas Seltsames. Es war einer von diesen magischen Momenten, in denen einfach alles passt. Wie wenn du im Auto unterwegs bist und dann kommt im Radio ein Lied, das alles verändert. Es versetzt dich sonst wohin, obwohl du bloß im Stau stehst oder unterwegs zur Schule bist.

Als Tyler zum zweiten Mal den Refrain anstimmte, sangen wir auf einmal alle mit. Und auch wenn das nicht unbedingt weltbewegend gut klang, war es doch ziemlich großartig. Leute scharten sich um uns. Eine zweite Gitarre tauchte auf und die Zuhörer riefen laut ihre Wünsche. Nach ein paar Songs gab Tyler John die Gitarre zurück und wir lösten uns aus der Menge.

»Ich hab nicht gewusst, dass du so singen kannst«, sagte ich, während ich mich nahe beim Wasser in den Sand niederließ. Dann legte ich mich zurück und schaute hoch in den Nachthimmel. Tyler neben mir tat das auch.

Der Himmel war riesig und es schienen mehr Sterne zu funkeln als sonst. »Wieso hast du in der Band nie Lead gesungen?«

»Micah ist der bessere Frontmann. Für mich ist es okay, in der zweiten Reihe zu stehen.«

Was wohl hieß, dass es für Micah nicht okay gewesen war.

»Die sind schön«, sagte ich und betrachtete die Sterne. Der Sand war zwar kalt, aber hier zu liegen und das Meer rauschen zu hören, war so friedlich, dass ich gar nicht mehr wegwollte.

»Weißt du, das sind nur Kugeln aus Gas, die in Milliarden Kilometern verglühen.«

»Das ist doch nicht dein Ernst, oder?«, sagte ich, musste aber trotzdem grinsen.

»Vielleicht doch.«

»Den *König der Löwen* zitieren, also echt.«

»Für ein Warzenschwein ist Pumbaa doch sehr weise.«

Ich lachte und setzte mich auf. »Meinst du, er ist hier noch irgendwo? Sei ehrlich.«

»Ich frag mich, was mich an seiner Stelle wohl hier halten würde.«

Während Tyler redete, kam ein schwarzer Umriss aus dem Wasser, steuerte auf uns zu und wurde im Näherkommen größer. Jetzt erkannte ich, dass es ein Surfer mit seinem Brett war. Sekunden später rammte der Typ sein Board direkt neben mir in den Sand.

»Hallo«, sagte er und schüttelte seine nassen Haare, dass es bis auf meine Beine spritzte. »Oh, tut mir leid.« Er zog ein Handtuch aus einer Tasche, die dicht neben uns im Sand lag.

»Kein Problem«, sagte ich.

»Hier.« Er fuhr mit seinem Handtuch über mein Bein.

»Danke, ist schon okay.« Für meinen Geschmack war er ein bisschen zu direkt.

»Was für eine irre Nacht.« Der Surfer rieb sich trocken und setzte sich so hin, dass er raus auf das dunkle Wasser schauen konnte.

Tyler hatte sich aufgesetzt und rückte näher zu mir.

»Du warst im Dunkeln surfen?«, fragte ich ihn und deutete auf den schwarzen Ozean. Manchmal sprach ich laut aus, was sowieso jeder sehen konnte. Das war für mich eine Art Gesprächsmotor, zumindest wollte ich es gern so sehen.

»Ja. Wellenmäßig läuft da nicht viel, aber einfach auf dem Wasser zu sein gefällt mir. Nachdenken. Ganz in die Natur eintauchen. Irgendwas in diese Richtung. Ist ein bisschen irre, weil man so verdammt wenig sieht, aber andererseits ist das auch wieder cool. Solltest du auch mal probieren.«

»Echt nicht«, sagte ich. »Ich will sehen können, was da draußen ist, bevor's mich frisst.«

Der Typ lachte.

»Dich frisst schon nichts«, sagte Tyler.

»Da gibt's Haie und Quallen und was weiß ich noch alles, was da nachts dicht an der Oberfläche schwimmt. Ich kenne doch die Filme.« Jedes Jahr, wenn beim Discovery Channel Haiwoche war, sah ich mir alles an. Das gehörte zu den Fernseh-Highlights von Micah und mir, aber jetzt war es vorbei damit. In diesem Jahr hatten wir die Haifilme nicht zusammen angeschaut. »Mein Bruder hatte ein Faible für Haie. Er wollte nicht sterben, ohne beim Käfigtauchen mit den großen weißen Haien gewesen zu sein.«

»Also Südafrika. Da kann man das am besten.«

»Warst du schon mal da?«, wollte Tyler wissen.

Der Typ schüttelte den Kopf. »Übrigens, ich bin Eric.«

»Tyler, und das ist Rachel.« Wir schüttelten uns die Hände wie bei einem Geschäftsmeeting. »Wohnst du hier in der Gegend?«

Eric nickte. »Paar Meilen vom Strand weg. Und ihr?«

»Wir sind zu Besuch.«

Gerade als ich ihn nach Micah fragen wollte, machte Eric den Reißverschluss auf und schälte sich den Neoprenanzug von seinem muskulösen Körper. Zum Umziehen wickelte er sich ein Tuch um die Hüften und ich schaute weg.

»Alles klar.« Eric zog sein Oberteil über den Kopf und stopfte das nasse Handtuch in seine Tasche. »Viel Spaß noch.« Er nahm sein Brett und stapfte den Strand hoch.

»Netter Kerl«, sagte ich. Tyler blieb still.

»Nicht gerade der Hellste.«

Mir fiel der Unterton auf. »Hab ich nichts von gemerkt.«

»Nachts surfen, ohne einen Kumpel? Ist doch bekloppt.«

Ich wollte widersprechen, ließ es aber bleiben. Es war lange her, dass jemand wegen mir eifersüchtig geworden war.

Dillon kam auf uns zugestolpert, und zwar wortwörtlich. Er taumelte gegen Tyler und überschlug sich fast im Sand.

»Hab euch überall gesucht, Mann. Dachte schon, ihr hättet die Fliege gemacht.«

Er krabbelte zu mir herüber. »Ich hab zwei neue Tipps gekriegt.« Er legte den Arm um mich und ich machte mich mühsam wieder von ihm los. Ich hasste es, mit Betrunkenen zusammen zu sein.

Wir halfen Dillon wieder auf die Füße. Er war hackedicht, wie er selbst das wahrscheinlich ausdrücken würde.

»Hab's im Griff.« Dillon schubste uns weg und versuchte, das Gleichgewicht zu halten. Er schloss die Augen und streckte die Arme wie ein Seiltänzer seitlich weg. »Dann mal los«, sagte er und öffnete die Augen wieder.

Wir liefen über den Strand auf Dillons Auto zu.

Auf dem Parkplatz streckte Tyler die Hand aus. »Schlüssel her.«

Dillon guckte erst, als wollte er sich wehren, doch dann löste er den Schlüssel von der Gürtelschlaufe seiner Shorts und warf ihn Tyler zu. Wir quetschten uns zu dritt auf die vordere Sitzbank, Tyler am Steuer, Dillon am Fenster und ich in der Mitte. Meine nackten Beine berührten nicht nur die von Tyler, sondern auch die von Dillon, also rutschte ich noch ein bisschen näher an Tyler ran.

Dillon dirigierte uns raus aus Mission Beach und landeinwärts. Wir fuhren eine schmale Vorortstraße entlang, die von gelben Straßenlaternen in ein unheimliches Licht getaucht war. Die Schatten wuchsen in dem schwachen Schein und ließen die Gegend gefährlich wirken. Ich stellte mir Blicke vor, die Dillons Auto folgten, während es sich langsam die Straße entlangbewegte. Völlige Dunkelheit oder gleißendes Licht wäre besser gewesen.

Vor einem schlichten, einstöckigen Haus hielten wir an. Es sah aus wie die meisten Häuser hier in der Gegend. Eine halbhohe Hecke trennte den perfekt getrimmten Rasen des Vorgartens von dem der Nachbarn. An einigen Fenstern drang Licht hinter den zugezogenen Vorhängen heraus. Es war also jemand da.

»Also … glaubst du, Micah ist hier?«, fragte ich.

»Vielleicht.«

Dillon sank zurück in den Sitz und schloss die Augen. »Wenn ihr an die Tür kommt, fragt, ob sie Shit haben.«

»Shit?«

Ich war verwirrt.

»So nennt die Szene hier Crystal Meth«, erklärte Tyler.

Dieser Ausdruck war bei meiner Recherche nicht aufgetaucht, außerdem hatte ich immer gedacht, dass das Wort für Haschisch steht. »Wieso?«

»Weil das Zeug wie Scheiße schmeckt«, nuschelte Dillon. »Macht ihr's jetzt oder was?«

»Vielleicht solltest du im Auto bleiben«, sagte Tyler zu mir.

»Nein.« Ich warf einen Blick auf Dillon, dem die Augen zugefallen waren. »Ich komm mit.«

»Bleib einfach dicht bei mir«, bat Tyler im Flüsterton, bevor wir ausstiegen.

Ich folgte Tyler auf dem kleinen, mit Backsteinen gepflasterten Weg, der zur Haustür führte. Nachdem er dreimal geklopft hatte, ging die Tür auf. Eine junge Frau mit kurzen blonden Haaren, die einen pinken Trainingsanzug trug, stand im Türrahmen und musterte uns von oben bis unten.

»Ja?«

»Wir haben gehört, bei euch gäb's vielleicht Shit«, sagte Tyler.

Sie öffnete die Tür und bedeutete uns, nach drinnen zu kommen. Einen Moment lang zögerte ich. Wenn ich über diese Schwelle trat, gab es kein Zurück mehr. Micahs Gesicht blitzte vor meinem inneren Auge auf, das machte mir Mut. Ich hielt die Luft an und trat ein.

Drinnen sah alles so aus, wie man es von draußen her erwarten konnte: ein Wohnzimmer mit einem großen und einem kleinen Sofa, ein an die Wand montierter Fernsehbildschirm, ein Flur mit Türen, die wohl zu den Schlafräumen führten. Im Fernsehen lief eine meiner Lieblingssendungen, ein paar Leute saßen auf dem größeren Sofa beieinander und schauten zu. Ein Typ, der wie ein Surfer wirkte, drehte den Kopf und nickte uns zu, als wir hereinkamen. Von Micah keine Spur.

Ich wollte der Frau gerade sein Bild zeigen, als sie fragte: »Wie viel?«

»Nur eine Line.« Tyler hielt ihr ein paar Scheine hin.

Was machte er da bloß? Ich verhielt mich so, als wäre Drogenkaufen nichts Ungewöhnliches für mich und als täte ich es jeden Tag. Was bedeutet, dass ich wegsah, die Hände in die Taschen schob und mich gelangweilt gab.

Die Frau nahm das Geld und ging in die Küche. Auf dem Hintern ihrer Jogginghose stand *Cute*. Während sie weg war, ging im Flur eine Tür auf und ein Mann in Krawatte und grauer Anzughose ging an uns vorbei. Sein Geruch kam mir bekannt vor – ein bisschen wie Duschvorhang. Er roch wie Micah, wenn er auf Crystal war.

»Hier«, sagte die Frau, als sie wieder aufkreuzte. Sie hielt Tyler ein kleines Plastiktütchen mit ein paar Kristallen hin. »Ihr könnt das Zimmer mit der offenen Tür nehmen, wenn ihr wollt.«

»Danke«, sagte Tyler, nahm das Tütchen und meine Hand. Die Frau setzte sich wieder zu den anderen aufs Sofa.

Tyler schaltete das Licht an und schloss die Tür hinter uns. Ein schmales Bett stand an der Wand, daneben ein Schreibtisch mit einer Lampe. Es gab auch einen kleinen Stuhl und einen Korb mit Kinderbüchern. An der Innenseite der Tür war ein Basketballkorb befestigt, die Sorte für Schaumstoffbälle. So einen hatte Micah früher auch gehabt.

Auf das Bett sinkend fragte ich mich, ob Micah wohl schon hier gesessen hatte. Natürlich hätte er kein Zeichen für mich hinterlassen, mit Sicherheit nicht so was wie *Micah war hier* an die Wand gekritzelt, aber ich hielt trotzdem Ausschau. Ich befingerte die blaue Steppdecke. Vielleicht hatte er rauchend im Stuhl gesessen und in einem der Bücher über den neugierigen Affen Coco gelesen, die er als Kind so geliebt hatte.

Auf dem Schreibtisch lagen Drogenutensilien, eine Pfeife und ein Feuerzeug. Ein Drogenhaus für den Sofortkonsum. Wie praktisch. Tyler legte das Crystal-Tütchen neben die Pfeife.

Ich stand auf und stellte mich neben ihn. Das Tütchen wirkte so klein. So bedeutungslos.

»Sieht nach kaum was aus.«

»Reicht aber.«

Ich nahm das Tütchen und hielt es auf der Handfläche. Eine verrückte Vorstellung, dass mit so etwas das ganze Drama um Micah angefangen hatte. Dann öffnete ich es und schüttete mir den Inhalt auf die Handfläche. Das Zeug schien kaum Gewicht zu haben. Ich beugte mich vor und schnupperte daran. Nichts. Kein Geruch. Auf einmal zitterte ich am ganzen Körper, obwohl mir überhaupt nicht kalt war. Auf einmal war da ein Drang, es selbst auszuprobieren. Ich wollte sehen, was Micah sah, wollte spüren, was er spürte. Ich wollte das kennenlernen, was ihn mir wegnahm, bildete mir ein, ihn dann vielleicht besser verstehen zu können. Ich brauchte ja bloß einen kurzen, flüchtigen Blick in seine Welt. Ich konnte die Kristalle schmecken, sie nur mal kurz mit der Zunge antippen. Außer Tyler würde es nie jemand wissen. Wem würde er es schon erzählen? Wahrscheinlich würde es mich nicht mal high machen.

Als hätte er meine Gedanken gelesen, nahm Tyler meine Hand mit den Kristallen und schloss seine darum. Er ging mit mir rüber zu dem kleinen Toilettenraum, der zu dem Zimmer gehörte. Dort ließ er heißes Wasser ins Waschbecken laufen, aber dann zog er sich zurück. Er ließ mir die Wahl. Eine Weile stand ich nur da. Am Ende sah ich zu, wie die Kristalle den Abfluss runtergespült wurden. Das Wasser verbrannte mir die Hand, aber ich zog sie nicht weg, auch wenn sie flammend rot wurde.

Wir gingen wieder in den Flur. Die Frau in dem pinken Trainingsanzug stand vom Sofa auf.

»Danke«, sagte Tyler.

Sie brachte uns zur Tür.

»Ich wollte wissen, ob du den Jungen hier schon mal gesehen hast«, sagte ich und zeigte ihr das abgegriffene Bild von Micah.

»Nein.« Sie guckte nicht mal hin. »Frag doch die da drüben.« Sie zeigte zum Sofa.

Die Sofatypen sahen sich das Foto immerhin an, aber keiner von ihnen kannte Micah. Die Chancen dafür waren von vornherein minimal gewesen. Wir waren in einem x-beliebigen Drogenhaus. Wahrscheinlich gab es in dieser Stadt Tausende. War ich bereit, jedes einzelne abzuklappern?

»Bist du die Freundin?«, wollte die Frau wissen, als ich schon draußen war. Sie lehnte im Türrahmen.

»Nein, die Schwester.«

»Willst du einen Rat?«

Nicht wirklich, dachte ich und zuckte mit den Schultern.

»Hör auf zu suchen.« Sie schnippte ihre Zigarette auf den Fußweg. »Wenn er so weit ist, kommt er von selbst.« Dann schloss sie die Tür.

Auf dem Weg zu Dillons Auto rieb ich mir die Handfläche. Sie war rot und wund und pochte in der kühlen Nachtluft.

Kapitel 22

Im Auto hockte Dillon auf der vorderen Sitzbank, besinnungslos und mit offenem Mund. Tyler versuchte ihn wach zu kriegen, indem er seinen Namen rief und ihn schüttelte, aber er regte sich nicht. Ich schlug ihm leicht auf die Wangen. Er grunzte bloß.

Tyler setzte sich wieder hinters Steuer und ich quetschte mich neben Dillon. Als wir gerade losgefahren waren, hielt ein weiterer Wagen vor dem Haus. Ich machte mir nicht mal mehr die Mühe zu schauen, ob es vielleicht Micah wäre, denn ich wusste, das würde nichts bringen.

Schon bei der ersten Ecke, um die Tyler fuhr, rutschte Dillon auf mich drauf. Sein Kopf sackte auf meine Schulter. Ich stieß ihn zu Tyler.

»Ich fahre.«

»Weiß ich doch, aber ich will ihn nicht so nah. Er stinkt aus dem Mund.«

Wir schubsten Dillon ein paarmal zwischen uns hin und her, bis Tyler schließlich am Straßenrand stehen blieb.

»Komm schon, hilf mir, ihn nach hinten zu schaffen«, verlangte Tyler.

Er schnappte sich Dillons Oberkörper und ich hievte den Rest in

Tylers Richtung. Während Tyler ihn aus der Tür zog, rannte ich ums Auto und packte wieder seine Beine. Sein Gewicht brachte mich ins Stolpern. Er mochte klein sein, war aber das reinste Muskelpaket. Tyler konnte ihn nicht halten und Dillon rutschte auf den Asphalt. Wir erstarrten beide und rechneten damit, dass er uns anbrüllen würde oder so, aber seine Augen blieben geschlossen. Ich kicherte.

»Also ehrlich«, protestierte Tyler, aber dann musste er selbst lachen. Er raffte seine Kräfte zusammen, packte Dillon wieder unter den Armen und manövrierte ihn auf den Rücksitz. Ich gab mir Mühe, ihm zu helfen. Irgendwann lag Dillon dann mit dem Gesicht auf den dunklen Ledersitzen, den Hintern in die Luft gestreckt.

Ich stöhnte. »So können wir ihn nicht lassen.«

Tyler schob Dillon so zurecht, dass er saß, und ich legte ihm den Sicherheitsgurt an.

»Hast du eine Ahnung, wo wir sind?«, fragte ich Tyler, als wir wieder vorne saßen.

»So halbwegs, aber das Handy wäre jetzt echt eine Hilfe.«

»Lass uns einfach fahren.« Ich lehnte den Kopf ans Fenster. »Ganz egal, wohin.«

Tyler machte den Motor wieder an.

»Wir könnten einfach in den Morgen reinfahren«, sagte ich. Es musste schon nach Mitternacht sein.

»Klar, in den Morgen rein.«

Der Tag war ein totales Desaster gewesen. Kein Handy. Kein Micah. Das Auto weg. Himmel, das vergaß ich andauernd. Kein Weg nach Hause.

Tyler machte das Radio an und trommelte mit den Fingern auf dem Lenkrad den Rhythmus. Er sang bei Katy Perrys *Teenage Dream* mit, was absolut albern klang, aber darum ging es ja gerade.

Er brachte mich zum Lachen und das Gefühl, der Tag wäre ein totales Desaster gewesen, verzog sich wieder.

Tyler meinte, er könnte nicht fahren, ohne zu wissen, in welche Richtung, also beschloss er, abwechselnd rechts und links abzubiegen, wenn wir an eine Kreuzung kamen. So fuhren wir im Zickzack an Wohnhäusern und Läden und Tankstellen vorbei. Nichts kam uns bekannt vor und zugleich wirkte alles doch irgendwie vertraut.

Ich warf einen Blick zurück auf Dillon. Er schnarchte jetzt ziemlich laut.

»Was für eine grässliche Vorstellung, in einem Bett mit ihm zu schlafen.« Ich zuckte zusammen, als mir klar wurde, wie sich das anhören musste. So hatte ich das nicht gemeint. »Ich meine, na ja –«

Tyler merkte nichts. »Stimmt, denk nur mal an seine Mom, die Ärmste. Das hört man doch durch die Wände.«

»Wirst du müde?«, fragte ich ihn.

»Ich könnte eine Cola gebrauchen.«

»Da war eben ein offener Laden, hast du den gesehen?«

»Ja.«

Tyler wendete und wir fanden das Geschäft. Er parkte davor und fragte mich, ob ich auch irgendwas wollte. Ich bat ihn, mir was zu trinken mitzubringen, und bestand darauf, dass diesmal ich zahlte. Tyler nahm das Geld, ohne zu protestieren.

Ich wartete im Auto mit Dillon. Ein Stück weiter entdeckte ich ein öffentliches Telefon. Ich erinnerte mich an die Nummer in meiner Tasche und zog sie raus. Jetzt oder nie, dachte ich. Ich fand ein paar Münzen in Dillons Auto.

Bevor ich einen Rückzieher machen konnte, ging ich hinüber und tippte die Nummer ein. Es klingelte fünfmal, bevor ich am Klicken hörte, dass jemand dranging.

»Hallo«, sagte eine Männerstimme.

»Hallo?«, sagte ich, aber es kam keine Antwort. Am anderen Ende hörte ich jemanden atmen. »Hallo? Ist da jemand?« Derjenige schien in einem fahrenden Auto zu sitzen. »Micah?«, flüsterte ich.

Ein Klicken in der Leitung. Der am anderen Ende hatte aufgelegt.

Mein Herz krampfte sich zusammen. Ich wählte die Nummer noch mal. Vielleicht hörte mich der am anderen Ende nicht, wer auch immer das war. Mir passierte das auch öfter, wenn ich in bestimmten Gegenden der Stadt unterwegs war. Es läutete ein paar Mal, dann schaltete sich die Mailbox ein. »Der gewünschte Gesprächspartner ist zurzeit nicht erreichbar.« Klick. Es gab nicht mal Gelegenheit, eine Nachricht zu hinterlassen.

Tyler kam aus dem Laden, als ich auflegte.

»Du telefonierst?« Verwundert betrachtete er mich.

Ich zuckte mit den Achseln. »Nur mal als Test. Ich hab so was noch nie benutzt.«

»Ein öffentliches Telefon? Nee, ich auch nicht.«

Ich schob den Zettel wieder in die Tasche.

Er gab mir mein Getränk. »Alles okay?«, fragte er.

»Klar«, sagte ich, wich seinem Blick aber aus.

»Ich hab mir erklären lassen, wie wir zu Dillon nach Hause kommen.«

»Wow. Ein Typ, der nach dem Weg fragt.«

Tyler ignorierte die Bemerkung. »In zwanzig Minuten oder so sollten wir dort sein. Da können wir uns hinlegen und pennen.«

»Meinetwegen.« Ich dachte an die Stimme und das Atmen am anderen Ende. Wahrscheinlich war es sowieso nicht Micah gewesen. Schließlich war seine Art zu atmen nicht unverkennbar.

Meine Brust tat mir weh. Ich legte die Hand aufs Herz wie beim Fahneneid, als könnte ich es zusammenhalten oder als ob ein leichter Druck den Schmerz wegnehmen würde. Das mochte bei Nasenbluten funktionieren, aber bei Herzproblemen sicher nicht.

Als ich noch jünger war, wurde bei mir ein Herzgeräusch festgestellt – eine Art Rauschen zwischen den einzelnen Schlägen. Der Arzt meinte, das sei harmlos und es gebe keinen Grund zur Sorge. Eigentlich spielte es immer nur dann eine Rolle, wenn ich zum Zahnarzt ging oder irgendwelche Formulare für den Sportunterricht ausfüllen musste.

Aber Micah hatte das ziemlich aus der Fassung gebracht. Er dachte, es würde heißen, dass mein Herz plötzlich aufhören könnte zu schlagen. Eine Zeit lang hatte er immer sichergehen wollen, dass es gut funktionierte, besonders wenn wir länger hinten im Garten rumrannten. Er nannte das »Herztest«. Dafür drückte er seinen Kopf an meine Brust, machte die Augen zu und zählte. Wenn er zehn Schläge lang gelauscht hatte, hob er den Kopf und erklärte mir, dass es gut klang und wir weiterspielen konnten. Er meinte, er könnte das Herzgeräusch hören, dabei war mir klar, dass das ohne Stethoskop gar nicht ging. Aber Micah ließ nicht locker und sagte immer wieder, er wüsste, wann ich das Herzgeräusch hatte und wann nicht.

»Wirklich alles okay?«, fragte Tyler beim Losfahren.

»Ja.« Ich hielt kurz den Atem an und ließ ihn langsam wieder ausströmen. Mein Puls raste. Vielleicht bekam ich einen Herzinfarkt. Aber dafür war ich zu jung. Ich bildete mir ein, das Rauschen wahrzunehmen, während mir der Pulsschlag in den Ohren dröhnte. Vielleicht war das eine Panikattacke. Ich zählte bis zehn.

»Sag Bescheid, wenn ich anhalten –«

»Pass auf!« Eine kleine Katze rannte direkt vor uns über die Straße.

Tyler wich aus, knallte gegen den Bordstein und nahm auch noch einen Mülleimer mit, bevor er auf die Bremse trat.

»Scheiße«, sagte er.

»Wo ist die Katze?« Ich krabbelte aus dem Wagen.

»Eine Katze war das?«

»Ja, ein kleines Kätzchen.« Ich suchte Straße und Gehsteig ab, in beiden Richtungen. Dabei hielt ich mir wieder die Hand aufs Herz aus Angst, gleich ein überfahrenes Tier zu entdecken.

»Rachel, das kannst du doch nicht machen.« Tyler besah sich den Schaden am Auto. Keine Beulen, nur zwei kleine Kratzer dort, wo es mit dem Mülleimer zusammengestoßen war. »Du hast mich höllisch erschreckt.«

»Wo ist sie?« Mir kamen die Tränen.

Tyler nahm seine Mütze ab und fuhr sich durch die Haare. »Wer?«

»Die Katze.« Ich ließ mich auf Hände und Knie sinken und schaute unters Auto. Da war nichts. Ich richtete mich wieder auf und schlang die Arme um die Brust.

»Wir haben sie nicht überfahren«, sagte Tyler sanft.

»Kann sein.« Ich schniefte. Die Katze war nirgends zu sehen. Ich beäugte die Kratzer an der Stoßstange. »Das merkt er nie.«

»Hey«, rief Dillon vom Rücksitz her und nippte an meiner Dose, die ich im Auto gelassen hatte.

»Wieder auferstanden von den Toten, was?«, sagte Tyler.

Dillon grinste. »Wo sind wir?« Er streckte sich und riss den Mund zu einem gewaltigen Gähnen auf.

»Nirgends, Kumpel. Unterwegs zu dir nach Hause.«

Tyler und ich setzten uns wieder ins Auto. Dillon lehnte sich vor und legte die Arme auf die Rückenlehne der Vordersitze.

»Immer noch kein Micah, wie's aussieht.«

»Nein.«

Dillon holte sein Handy aus der Tasche. Ich spähte durchs Fenster auf der Beifahrerseite hinaus auf die Straße. Tyler schaute zu mir rüber, aber ich tat, als würde ich es gar nicht merken.

»In Ordnung. Alles auf Kurs.«

»Was denn?«, fragte Tyler.

»Ein Uhr nachts. Der Parkplatz bei einem großen Laden.«

Ich sah Tyler an. Der nickte, wie um zu sagen: Einen Versuch machen wir noch.

»Ich verspreche aber nichts.«

Was waren schon Versprechen? Ich drehte mich von Tyler weg und blickte geradeaus. Dann zog ich den Zettel aus meiner Tasche. Die Stimme am anderen Ende hatte nicht Micah gehört. Wie dumm von mir zu glauben, dass es so einfach sein könnte. Und selbst wenn er es gewesen war … Er hatte einfach aufgelegt. Warum machte ich mir überhaupt die Mühe?

Ich ließ das Fenster runter, streckte die Hand hinaus und ließ die Nummer los. Der Zettel flog davon. Meine freie Hand wedelte ein bisschen auf und ab, schwebte im Wind, dann erst zog ich sie wieder ins Wageninnere.

Kapitel 23

»Du hast versprochen, dass du es lässt«, sagte ich.

Micah saß auf seinem Bett und spielte Akkorde auf der Gitarre. Sie war nicht eingesteckt, darum klangen die Töne dünn und blechern.

»Du hast es mir versprochen, das muss doch was heißen.«

»Ist doch keine große Sache.« Er begann mitzusummen und schloss die Augen.

»Du hast ein Problem.« Die Untertreibung des Jahres.

»Rachel! Hör auf, mich zu schikanieren. Geh lernen oder was weiß ich.«

Ich rührte mich nicht vom Türrahmen weg. Er spielte einfach weiter.

»Hör mal«, sagte er – er wusste genau, wie dickköpfig ich war und dass ich den ganzen Abend hier stehen bleiben konnte. »Ich hab zu viel Party gemacht, okay. Aber ich hab's im Griff. Gibt keinen Grund für so ein Theater.«

»Aber –«

Er verdrehte die Augen und setzte seine Kopfhörer auf. Ich zögerte. Wenn er mich diesmal angelogen hatte, wie oft hatte er es vorher wohl schon getan? Ich wusste die Antwort – jedes einzelne

Mal. Aus irgendeinem Grund hatte ich das bis jetzt nicht wahrhaben wollen; vielleicht war es mir einfach zuwider. Ich musste Mom und Dad Bescheid sagen. Aber wie sollte das gehen, ohne dass er sich von mir verraten fühlte? Er würde mich hassen.

Ich drehte mich zum Gehen um.

»Hey, hör doch mal, ist ein neuer Song, an dem ich arbeite. Wie findest du's?«

Micah nahm die Kopfhörer ab und fing an zu singen. Ich trat zurück in sein Zimmer und setzte mich neben ihn aufs Bett, wie immer, wenn er mir was Neues vorspielte. In dem Lied ging es um den Frust über ein Mädchen, das wegen eines anderen Typen Schluss gemacht hatte, aber seine Stimme klang wie eine Bitte, letzte Nacht zu vergessen und ihm zu vertrauen. Er klang so normal, so gut.

»Und?«, fragte er am Ende. »Ist noch nicht fertig, aber was hältst du bis jetzt davon?«

»Irgendwie lustig.«

»Ja, ich wollte das Verlassenwerden mal von der komischen Seite zeigen.«

Mein Handy piepste. Eine SMS von Keith.

»Doch, find ich gut. Ich geh dann mal.«

»Bestell Keith schöne Grüße von mir«, sagte Micah mit kieksiger Stimme.

»Halt die Klappe«, sagte ich und stand auf.

»Alles okay mit uns, oder?«, fragte er, als ich fast draußen war.

»Ja«, sagte ich, denn die Wahrheit war schwer auszuhalten. »Alles okay.«

»Versprochen?« Bevor ich antworten konnte, setzte Micah lächelnd die Kopfhörer wieder auf.

»Versprochen«, sagte ich leise.

Kapitel 24

Wir fuhren auf einen leeren Parkplatz und hielten hinter einem Gebüsch, so weit weg vom Ladeneingang wie möglich. Ein Dealer, den Dillon kannte, wickelte in den Stunden nach Mitternacht hier angeblich seine Geschäfte ab. Mir war auf einmal furchtbar hoffnungslos zumute, wohl weil das jetzt wirklich der allerletzte Versuch war, Micah zu finden.

Tyler stellte den Motor aus und wir ließen die Fensterscheiben runter, damit sie nicht beschlugen.

Der riesige Bau schien auf mich herabzustarren. Ich hasste diese Ladenkette. Schon wenn man dort reinkam, wirkte alles laut und billig. Von dem grellen Licht bekam ich Kopfschmerzen und auf jedem Anhänger schien *Made in China* zu stehen. Dauernd weinten irgendwo kleine Kinder oder rannten wild durch die Gänge. Ich fand, irgendwer sollte diese Läden verbieten oder die Kette einfach schließen.

»Und was passiert jetzt?«, sagte ich pampig.

»Wir warten«, antwortete Dillon.

»Ist schon nach eins. Schick ihm zur Sicherheit doch lieber eine SMS.«

»Läuft alles. Wir warten und rühren uns nicht vom Fleck.«

»Rachel«, sagte Tyler. Es klang wie eine Warnung, es nicht zu weit zu treiben.

»Na gut. Wir warten.«

Ich hatte noch nie auf einen Drogendealer gewartet, also konnte ich nicht wissen, ob solche Typen pünktlich waren oder nicht. Meiner Meinung nach war es nicht unbedingt geschäftsfördernd, wenn man seine Kunden warten ließ.

Das Herumsitzen im Dunkeln machte mich nervös. Gegen halb zwei wurde ich furchtbar zappelig.

»Sag was«, forderte ich Tyler auf.

»Was denn?«

»Egal.«

»Ich frag mich, wie viele Autos wohl auf diesen Parkplatz passen.«

Ich sah ihn verwundert an. War das sein Ernst?

»Vierhundert«, erklärte Dillon von hinten.

»Ich glaub, eher mehr.«

»Kann sein.«

»Du bist dran«, sagte Tyler zu mir.

»Womit?«

»Sag was.«

Ich wusste nicht, was ich hätte sagen können.

»Nicht so einfach, was?«, fragte Tyler.

Ich schaute durchs Fenster auf den leeren Parkplatz. Der Typ würde nicht aufkreuzen, da war ich sicher.

»Und, bist du so weit zufrieden mit deinem Sommer?«, wollte Tyler wissen.

Ich lachte über diesen kuriosen Small-Talk-Versuch. »Ja, war ganz okay bis jetzt, und bei dir?« Ich legte beide Füße aufs Armaturenbrett.

»War in Ordnung. Arbeiten gehen, ausschlafen und so.«

»Jobbst du noch in diesem Musikladen?«, fragte ich ihn.

»Ja.«

»Kriegst du da Sachen billiger?«

»Zwanzig Prozent.«

»Nicht schlecht.«

Im Auto wurde es wieder still. Mir war klar, dass ich noch was fragen musste, wenn ich das Gespräch in Gang halten wollte, aber irgendwie war mir das zu viel.

»Meinen ersten Job hatte ich an einer Tankstelle«, versuchte es Dillon. »Benzin umsonst gab's da nicht.«

»Ich geh babysitten. Bringt nicht besonders viel, ist aber easy«, sagte ich.

Wieder Stille. Tyler und ich hatten den ganzen Tag über miteinander geredet, ganz ohne Mühe. Dillons Gegenwart hatte etwas verändert, zu dritt ging die Rechnung nicht mehr auf.

»Das könnte er sein«, sagte Dillon, als ein kleines Auto auf den Parkplatz fuhr und auf der anderen Seite stehen blieb. Nicht unmittelbar in unserer Nähe, aber auch nicht allzu weit weg. Zum Glück waren wir hinter dem Gebüsch.

»Was machen wir jetzt?«, flüsterte ich.

»Ich geh rüber und red mit ihm. Gib mir das Bild, das du rumgezeigt hast.« Dillon streckte die Hand nach dem Foto aus.

Gerade als er die Tür aufmachen wollte, kam langsam ein zweiter dunkler Wagen auf den Parkplatz gefahren, blieb neben dem ersten stehen und drei Typen stiegen aus.

»Runter«, sagte Dillon.

Ich ließ mich tief in den Sitz sinken. Ich hätte gern gefragt, was los war, aber diesmal merkte ich selbst, dass es klüger war, den Mund zu halten. Wir konnten nichts sehen, aber durch die geöffneten Fenster hörten wir Männerstimmen. Zuerst klang alles normal, wie ein paar Typen, die sich ganz friedlich unterhalten. Was sie sagten, konnte ich nicht genau verstehen. Dann hörte ich den ersten Schlag.

»Scheiße«, flüsterte Dillon und spähte vorsichtig durchs hintere Fenster.

Ich hörte noch einen Schlag. Es klang ganz anders als im Film. Nicht wie ein Klatschen, sondern eher so, wie wenn meine Mutter Fleisch weich klopfte, bevor sie es briet. Ich fragte mich, ob es wohl genauso gewesen war, als Micah Keith verprügelt hatte. Wie oft hatte er Keith erwischt? Und war es Keith gelungen, auch ein paar Schläge zu landen?

Ich war noch nie bei einem Kampf dabei gewesen, jedenfalls bei keinem mit Fäusten. In der siebten Klasse hatte ein Mädchen, sie hieß Marisol, im Bus irgendwas richtig Gemeines über Micah gesagt. Ich verlangte von ihr, es zurückzunehmen, aber sie weigerte sich. Da zischte ich leise »Schlampe« vor mich hin, was sie blöderweise mitbekam. Außerdem hatte ich im Eifer des Gefechts vergessen, dass sie an der gleichen Haltestelle ausstieg wie Micah und ich.

Der Bus war kaum außer Sichtweite, da schubste mich Marisol schon von hinten. Ich hatte nicht damit gerechnet und knallte der Länge nach hin. An der Stelle, wo ich mir das Knie auf dem Gehweg aufstieß, habe ich heute noch eine blasse Narbe. Bis ich wieder hochkam, hatte Marisol ihre Tasche auf den Boden fallen lassen und wollte sich auf mich stürzen. Aber bevor sie das tun konnte, schnappte Micah sie von hinten, hielt ihre Arme fest und ich lief so schnell ich konnte nach Hause.

Ich wollte gerade die Tür hinter mir zumachen, da sah ich, dass Micah dicht hinter mir war. Nachdem er mir Vorsprung verschafft hatte, musste er Marisol losgelassen haben und mir hinterhergerannt sein. Marisol war groß für ihr Alter, Micah hatte wahrscheinlich auch Angst vor ihr gehabt. Wir lachten hinterher darüber bei einer Tüte Chips, aber ich glaube, wenn sie mich wirklich geschlagen hätte, wäre ich sofort aus den Latschen gekippt.

Jetzt fragte ich mich, wie viel jemand wohl einstecken kann, bevor er das Bewusstsein verliert. Inzwischen hörte man ein ganzes Stakkato von Schlägen, Stöhnen und Keuchen. Auch das Geräusch von Tritten war zu hören. Ich wollte, dass Tyler die Fensterscheibe zumachte. Mit den Händen über den Ohren sah ich ihn an. Er fürchtete sich, was meine eigene Angst noch schlimmer machte.

»Wir sollten hier weg«, flüsterte Tyler.

»Und wenn sie uns hinterherfahren?«, fragte Dillon.

»Die können uns jeden Moment entdecken. Willst du das riskieren?«

»Das Versteck ist doch super.«

»Dillon –«

»Und wenn die mein Nummernschild sehen? Dann bin ich geliefert.«

Da hatte er recht. Tyler und ich wären raus aus allem, aber ihm konnten sie nachspionieren und bei ihm zu Hause aufkreuzen.

Irgendwann hörten die Schläge auf. Dann ging eine Autotür auf. Noch mehr Stimmen. Dann ein Kofferraum, der zugeknallt wurde. Das Geräusch von Schritten.

Ich versuchte, meinen Atem zu beruhigen, aber mein Puls raste. Kamen die Schritte näher? Vielleicht. Ich klammerte mich am Griff der Tür fest, damit ich sie im Notfall jederzeit aufreißen und losrennen konnte. Ein Motor wurde gestartet. Ein Auto raste mit quietschenden Reifen vom Parkplatz. Keiner von uns sagte einen Ton. Wir blieben still und lauschten. Meine Atmung war flach. Ich konnte auch Tylers Atem hören. Dillon rutschte zum Fenster, um nach draußen zu schauen. Dann öffnete er die Tür.

Stopp, sagte ich innerlich, starr vor Angst, was passieren könnte.

Er machte einen Schritt aus dem Auto und kauerte dicht am Boden. Tyler und ich streckten uns ein bisschen, damit wir ihn beobachten konnten. Dillon kroch vom Auto weg zu den Büschen, dann kam er hoch und sah sich um. Mein Herz klopfte unregelmäßig und schnell.

»Alles in Ordnung«, verkündete er.

Tyler und ich stiegen aus und gingen zu Dillon. Der erste Wagen stand immer noch auf dem Parkplatz. Daneben zeichnete sich ein großer, dunkler Umriss ab. Dillon lief auf das Auto zu. Ich wollte da nicht hin, aber Tyler streckte mir seine Hand entgegen. Als ich danach griff, zog er mich schützend an sich.

Ich machte ein paar Schritte und sah mich dabei nach allen Seiten um, voller Angst, aus den Schatten könnte sich jemand auf uns stürzen. Aber da war niemand außer Tyler, Dillon und mir – und dem gekrümmten Körper eines jungen Mannes, den ich jetzt auf dem Boden liegen sah.

»Hey«, sagte Dillon beim Näherkommen.

Keine Reaktion. Und da war er wieder, dieser süße, rostig-metallische Geruch. Blut.

Dillon streckte den Fuß aus und stieß den Mann vorsichtig an. Er rührte sich nicht. Dillon beugte sich über ihn und winkte Tyler heran. Der ließ meine Hand los und half Dillon, den Mann auf den Rücken zu drehen.

Ich keuchte. Blut bedeckte sein Gesicht – oder das, was davon übrig war – und lief am Boden zusammen. Die Augen waren komplett zugeschwollen, die Nase gebrochen, die Haut drum herum aufgeplatzt. Der Mund war zu einer einzigen gezackten Wunde verzogen. Auch seine Hände waren verletzt, wahrscheinlich weil er versucht hatte, sich irgendwie zu schützen. Tyler griff nach dem Handgelenk des Mannes.

»Er lebt.«

Wie um das zu bestätigen, stöhnte der Mann.

»Aber nur knapp«, sagte Dillon. »Hilf mir, ihn auf die Seite zu drehen.«

Als sie es taten, entdeckte ich eine blutende Wunde an seinem Hinterkopf. Der Mann versuchte, etwas zu sagen, aber ich verstand ihn nicht. Er hustete, dabei trat ihm Blut aus dem Mund.

Ich beugte mich vor und legte ihm die Hand auf die Brust. »Wie heißt er?«

»Keine Ahnung«, sagte Dillon.

»Es wird wieder gut«, sagte ich zu dem Verletzten. »Wir helfen dir.« Ich nahm seine blutige Hand. »Wir müssen Hilfe für ihn holen.«

Tyler und Dillon sagten nichts; sie standen nur da und schauten von oben auf den Mann.

»Was denn?«, fragte ich.

»Guck mal in den Taschen nach seinem Handy«, sagte Dillon.

Vorsichtig, um ihm nicht wehzutun, suchte ich und fand eins in seiner Gesäßtasche.

»Hier.«

Dillon wählte die Notrufnummer.

»Kopfwunden bluten stark«, erklärte ich ihnen und schob innerlich das Gesicht von Keith beiseite.

»Okay, die sind unterwegs.« Dillon holte die SIM-Karte raus und steckte das Handy ein. »Nicht dass die am Ende meine SMS auf dem Ding finden.«

»Wir können ihn nicht einfach hier liegen lassen«, protestierte ich.

»Müssen wir aber«, sagte Tyler.

Ich richtete mich auf und starrte beide zornig an, auch wenn mir klar war, dass sie recht hatten. Die Polizei würde uns alle möglichen Fragen stellen: warum wir hier gewesen waren, was wir gesehen hatten und so weiter. Wer weiß, welche Schwierigkeiten wir uns damit einhandeln würden.

Dillon warf einen kurzen Blick ins Auto. »Die haben nicht mal das ganze Gras mitgenommen. Was für eine Verschwendung.«

»Denk nicht mal dran«, sagte Tyler.

Wir liefen zurück zu unserem Auto.

»So kann sie hier nicht rein.« Dillon machte den Kofferraum auf und nahm ein Hemd heraus. »Hier, wisch dir das Blut ab.« Er holte eine Zigarette aus der Schachtel in seiner Hosentasche und zündete sie an.

Meine Hände waren verschmiert vom Blut des Verletzten. Ich versuchte, sie mir sauber zu machen, aber ich zitterte zu sehr. Tyler nahm das Hemd und rieb mir sanft die Hände sauber. Dann warf er das schmutzige Hemd in den Kofferraum und schob mich auf den Vordersitz. Diesmal fuhr Dillon und Tyler saß in der Mitte.

»Scheiße«, sagte Dillon, als wir schon ziemlich weit weg waren, und lachte nervös. »Also, Leute, das war's dann wohl für heute.« Er nahm einen tiefen Zug und blies den Rauch aus der schmalen Öffnung oben am Fenster. »Scheiße.«

Auf einmal fühlte ich mich eingesperrt. Dillon blieb an einer Ampel stehen und ich entdeckte ein Stück weiter einen kleinen Park. Ich drehte mich zur Tür.

»Was machst du denn?«, fragte Tyler.

»Ich muss raus hier.« Ich riss die Tür auf und stieg aus; Tyler kam mir hinterher. Weil es so spät war, stand außer uns niemand an der Kreuzung. Ich wandte mich an Dillon. »Danke.«

»Seid ihr sicher? Ihr könntet bei mir zu Hause pennen.« Obwohl Dillon das sagte, war offensichtlich, dass er uns los sein wollte.

»Wissen wir doch.«

»Ich sag Bescheid, wenn ich irgendwas über Micah höre.« Die Ampel wurde grün, Dillon winkte und fuhr los. Die Hände tief in den Taschen meines Kapuzenshirts vergraben, sah ich zu, wie die Rücklichter in der Ferne verschwanden.

Tyler folgte mir über die Straße in den Park. Vor uns befanden sich ein paar Schaukeln.

»Du warst der Wahnsinn vorhin«, sagte Tyler. »Dieser Typ da – die meisten Leute würden so jemanden nie im Leben anfassen.«

»Keiner verdient das, nicht mal ein Drogendealer.«

Ich setzte mich auf eine der Schaukeln. Tyler stellte sich hinter mich und versetzte mir einen kleinen Stoß, gerade fest genug, um mich anzuschubsen. Ich legte mich nicht ins Zeug, um höher zu kommen, nahm aber die Füße vom Boden. Ich zitterte wie vor Kälte, packte die Ketten der Schaukel mit beiden Händen und ignorierte das Ächzen der rostigen Scharniere, so gut es ging.

Tyler stieß mich noch mal kräftig an und diesmal lehnte ich mich doch zurück, um möglichst hoch zu kommen. Er stieß mich immer wieder an, sodass der feste Druck seiner Hände auf meinem Rücken zu einer Konstante wurde. Jedes Mal, wenn ich in die Höhe stieg, schloss ich die Augen und stellte mir vor, ich würde fliegen und könnte allem entkommen, genau wie früher als Kind. Ich wünschte mir, in diese Zeit zurückzukehren und wieder in einer Welt zu leben, in der Verbrecher nur in Filmen vorkamen. In der es keine Exfreunde gab und keine Drogen. In der Micah und ich noch unschuldig waren.

Kapitel 25

Nachdem wir eine Weile bei den Schaukeln gewesen waren, liefen wir los, ohne etwas zu sagen. Tyler schien zu wissen, wo er hinwollte, und ich folgte ihm, ohne Fragen zu stellen. Ich sah mich nicht mehr auf den Straßen um. Ich schaute den nächtlichen Herumtreibern, an denen wir vorbeikamen, nicht in die Augen. Ich warf keinen zweiten Blick auf alle Jungs mit braunen Haaren und Tattoos. Ich hatte aufgegeben. Heute würden wir Micah nicht mehr finden. Vielleicht würden wir ihn niemals finden.

Tyler blieb an einer Bushaltestelle stehen und studierte den Fahrplan, um herauszufinden, wohin der Bus fuhr.

»Okay, wir können warten, bis einer kommt«, sagte er.

»Wann denn?« Müde setzte ich mich auf die Bank. Die Gefühlsaufwallungen dieses Tages hatten mich mehr geschafft als das viele Laufen.

»Um halb sieben. So furchtbar lang kann das nicht mehr dauern.«

Ich schloss die Augen und lehnte den Kopf gegen das bekritzelte Plexiglas.

»Wir fahren von hier zum Bahnhof und von dort kommen wir mindestens bis Escondido. Da kann uns dann leicht jemand abholen.«

Ich legte mich auf die Bank. Die Vorstellung von einem Penner unter einer Decke kam mir in den Sinn. »Wir brauchen bloß ein paar Zeitungen.«

»Wir schlafen nicht hier draußen. Dein Bruder würde mich umbringen.«

»Tja, ein Glück, dass er nicht da ist.«

»Mir fällt schon was ein. Mach dir keine Sorgen.«

»Da bin ich sicher«, sagte ich, streckte mich lang aus und schaute hoch in den Himmel. Über diesem Teil der Stadt war die Lichtverschmutzung so heftig, dass man die Sterne kaum noch sehen konnte.

Tyler drückte die Hände fest in die Hosentaschen und schaute die Straße rauf und runter. Er wirkte furchtbar nervös. Wahrscheinlich hätte ich versuchen sollen, ihm gut zuzureden und zu versichern, dass schon alles in Ordnung käme und dass ich ihm keinen Vorwurf machte, weil wir Micah nicht gefunden hatten. Stattdessen fuhr ich mit dem Finger die Umrisse der entfernten Skyline nach. Die meisten Gebäude waren große Kästen für Industrie und Gewerbe. Wo sich die Wohnviertel ballten, konnte man die einzelnen Umrisse deutlicher erkennen, aber auch dort wirkte alles gleichförmig. Ich hob den Finger zu einem markanten Punkt und ließ ihn dann wieder sinken.

»Komm«, sagte ich, setzte mich auf, schnappte meinen Rucksack und schlang ihn mir über die Schulter.

»Wohin?«

Ich zeigte es ihm. »An einen Ort, an dem es Hilfe geben könnte.«

Einen Augenblick lang musterte er mein Gesicht, dann sagte er schicksalsergeben: »Führ uns hin.«

Das tat ich, so gut es eben ging bei Nacht in einer Stadt, die ich nicht kannte. Wir überquerten eine belebte Kreuzung mit Tankstelle und Lebensmittelladen. Dann wählte ich eine Seitenstraße aus, wo wir an Wohnhäusern mit hell erleuchteten Vorbauten entlangliefen.

In einem der Gärten rieselte Wasser als ein Mini-Wasserfall in einen kleinen Teich. Auf dem Rasen waren in Tierformen geschnittene Büsche verteilt. Alles wirkte so schön friedlich, trotzdem hatte ich keine Ahnung, was in dem Haus vor sich gehen mochte. Ich blieb stehen und hob die Hand.

»Bist du sicher, dass du weißt, wo wir hingehen?«, fragte Tyler.

Wieder zeichnete ich mit dem Finger den Umriss des Gebäudes nach. Er führte mich wie ein Stern in der Nacht.

»Ja.«

Aus den Wohnhäusern wurden mehrstöckige Apartmentanlagen zwischen baufälligen Baracken, die sich als Doppelhaushälften tarnten. Tyler ging jetzt dicht neben mir. Eines hatte der Tag jedenfalls gezeigt: Ihm war es unheimlich wichtig, auf mich aufzupassen.

Wir kamen an einer kaputten Straßenlaterne vorbei. Einen Block weiter änderte sich die Gegend wieder und wurde ein bisschen schöner. Seltsam, was für einen Unterschied ein einziger Straßenblock machen konnte.

Wieder blieb ich stehen, diesmal vor einem kleinen, weißen Gebäude mit einem hohen Turm. Weder drinnen noch draußen schien Licht. Ich ging zu dem großen, schweren Holzportal und berührte es. Die Türflügel waren ganz schlicht, ohne Schnitzereien oder Verzierungen. Zwei wuchtige schwarze Ringe dienten als Griffe. Ich zog an einem, doch die Tür war verschlossen.

»Was machst du da?«, wisperte Tyler.

Ich ließ mich zu Boden sinken und lehnte mich mit dem Rücken an die kühle Holztür. Auf der anderen Straßenseite gab es einen Laden, der rund um die Uhr Alkohol verkaufte. Mich amüsierte die

Vorstellung, wie diese unterschiedlichen Einrichtungen um die Seelen von Menschen konkurrierten, die am einen Abend zur Beichte gingen und am anderen sündigten. Bestimmt machten beide gute Geschäfte. Ich wusste nicht, was für eine Kirche das war und ob es hier einen Priester oder Pastor gab. Eigentlich war es auch egal, welche Konfession hier am Sonntag Gottesdienst feierte. So oder so wusste ich: In diesem Gebäude würde ich besser mit Gott reden können als an jedem anderen Ort.

Tyler kniete sich neben mich. »Hier wolltest du also hin?«, fragte er leise.

»Hier wollte ich hin«, bestätigte ich.

Er hielt sich mit der Hand an einem der dicken Eisenringe fest. Über seine Schulter hinweg beobachtete ich einen alten Mann, der den Spirituosenladen mit einer großen Papiertüte im Arm verließ.

»Ist aber nicht so wichtig«, sagte ich.

Tyler stand auf und streckte mir die Hand hin. »Komm.«

Ich rührte mich nicht.

»Komm schon! Wir gucken, wie wir da reinkommen.«

Ich fasste nach seiner Hand. Obwohl sie kalt war, wärmte sie mich.

Neben der Kirche wuchsen hohe Büsche, daher mussten wir uns dicht an der Wand entlangdrücken. An der Seite des Gebäudes gab es ein paar hohe Bogenfenster. Tyler versuchte, eins zu öffnen. Es war zu. Er probierte es bei einem anderen. Auch das war zu. Wir gingen auf die andere Seite der Kirche, wo Tyler noch mal an einem Fensterriegel zog. Diesmal bewegte er sich. Tyler musste erst ein bisschen zerren, aber dann ging das Fenster auf.

Tyler kletterte als Erster nach oben und zog mich hinter sich her. Ich hielt mich mit beiden Händen an ihm fest, geriet aber ins Stolpern, als er mich drinnen absetzte.

»Sorry«, sagte ich und war dankbar, dass er wegen der Dunkelheit nicht sehen konnte, wie ich rot anlief.

Beinahe augenblicklich wurde ich ruhig. Auf einem Tisch neben mir standen dicht an dicht ein paar Kerzen. Ich nahm ein Streichholz und zündete sie an. Das Kerzenlicht schimmerte bis in alle Winkel des Raumes. Zu beiden Seiten des Mittelgangs gab es schlichte Kirchenbänke aus Holz, der Gang war mit rotem Teppich ausgekleidet. Über der Kanzel, von der aus der Priester seine Predigt hielt, hing ein großes Kreuz mit dem sterbenden Jesus. Das hier war eindeutig eine katholische Kirche. Der Jesus am Kreuz war ein klares Zeichen. In reformierten Kirchen wie der von Michelle gab es zwar auch Jesusdarstellungen, aber keine Kruzifixe. Tyler machte das Fenster hinter uns zu.

»Glaubst du, wir kriegen Ärger, wenn uns jemand hier findet?«, flüsterte ich.

»Du meinst, ob sie uns wegen Einbruch drankriegen können? Kommt drauf an. Wir wollen ja nichts stehlen, oder?«

»Nein.«

»Dann vielleicht wegen Hausfriedensbruch. Aber das hier ist eine Kirche. Da sollten Leute in Not doch Beistand bekommen, oder? Wenn einer hier aufkreuzt, sagen wir einfach, dass wir nirgends sonst hinkonnten.«

Tylers Überlegungen halfen mir, mich zu entspannen. Er hatte schon recht. Außerdem würde es noch Stunden dauern, bis unser Bus ging.

An der Wand bei den Kerzen hing ein Bild von Jesus, der das Kreuz trug. »Das ist die zweite Station des Kreuzwegs«, sagte ich.

»Was für ein Kreuzweg?«, fragte Tyler, als hätte er das Wort noch nie gehört.

»Der Leidensweg von Jesus Christus.«

»Ich wusste nicht, dass du in die Kirche gehst.«

»Nur an Ostern, weil meine Mutter es will. Sagen wir mal so: Über die Jahre habe ich die immer gleiche Geschichte öfter mitgekriegt und dabei ist eben was hängen geblieben. Wie bei einem Bilderbuch. Siehst du das?« Ich zeigte auf eins der Gemälde. »Man kann das Bild für Bild mitverfolgen.« Schon an der Station, bei der Tyler stand, sah Jesus müde aus. Er tat mir leid, denn er ahnte nicht, was ihm noch alles bevorstand.

»Wieso flüstern wir eigentlich?«

Ich schüttelte abwehrend den Kopf. Tyler reckte die Arme in die Luft, wie um zu fragen: »Was denn?« Natürlich flüsterte man in einer Kirche. Ich wusste selbst nicht, warum, aber alle machten es so, da war der Grund nicht weiter wichtig.

Ich überquerte den Gang, um die Kreuzwegstationen auf der anderen Seite der Kirche zu betrachten. Auch hier standen Tische mit hohen Kerzen. Ich zündete noch ein paar an. Ich wusste nicht mehr, worum es bei dem Kerzenanzünden eigentlich ging, aber für uns war es in diesem Augenblick ganz simpel: Wir brauchten mehr Licht. Ich hoffte, dass ich nichts Anstößiges tat. Irgendwo hatte ich gehört, man sollte nicht um Erlaubnis zu fragen, sondern um Vergebung bitten. Ich beschloss, das nachher zu tun, falls es nötig wäre.

Im Kerzenlicht wirkte die Kirche fast mittelalterlich, als könnte jeden Moment ein Mönch durchlaufen.

Tyler stand mit ausgebreiteten Armen bei der Kanzel und blickte zu der Jesusfigur hoch, die auf ihn hinunterstarrte.

Für eine Weile folgte ich dem Kreuzweg. Jesus nahm das Kreuz auf die Schultern. Jesus fiel hin. Jesus begegnete seiner Mutter. Er fiel zum zweiten Mal. Vor dem Bild, auf dem Jesus ans Kreuz genagelt wurde, blieb ich stehen. Dieser Jesus war mir vertrauter –

dünn, geradezu abgemagert, und nackt bis auf das um die Hüften geschlungene weiße Tuch. Der Brustkorb ragte seltsam hervor. Der Magen war tief eingesunken. Die Beine wirkten wie Haut und Knochen.

Doch die schlimmste Wahrheit zeigte sich in seinem Gesicht. Die Augen lagen tief in den Höhlen und waren zum Himmel gerichtet. Die Wangenknochen zeichneten scharfe Linien in seine Züge, der Todeskampf wurde deutlich sichtbar. Die Wahrheit war: Dieses Gesicht kannte ich. Diese Art von Schmerz hatte ich heute schon ein paarmal gesehen. Ich hatte sie auch an meinem Bruder erlebt. Was für eine überraschende Erkenntnis: Jesus hatte Ähnlichkeit mit einem Crystal-Süchtigen.

Ich setzte mich in der Mitte einer Reihe auf die harte Bank. Kissen gab es keine. Vielleicht wollte der Priester, dass die Leute es unbequem hatten und an die Leiden von Christus erinnert wurden.

Bei einem Familienurlaub in Montreal hatten wir einmal alte Kirchen besichtigt. Ich fand es ein bisschen komisch, einfach dort herumzulaufen, während andere beteten, aber die Reiseleiterin meinte, wir müssten bloß leise sein, dann wäre es schon in Ordnung. Die Leute saßen mit gesenkten Köpfen da, die Hände im Schoß gefaltet. Manche knieten auch.

Zu meinen Füßen entdeckte ich eine Kniebank. Ich zog sie vor und ließ mich darauf nieder. Dann faltete ich die Hände, wie ich es bei den Betenden beobachtet hatte.

Ich wartete mit geschlossenen Augen. Tyler nahm leise in einer Bank hinter mir Platz – erst hörte ich die Schlüssel an seiner Gürtelschlaufe klimpern, dann, als er sich setzte, kratzten sie übers Holz. Mein Atem beruhigte sich. Hinter den Augenlidern wurde es schwarz und gelb, dann schwarz mit orangeroten Punkten. Ich versuchte, ganz still zu werden und die Ruhe, die mich umgab, in mich einsinken zu lassen. Es war so friedlich hier. Ich hatte das Gefühl, ich könnte hören, wie sich die Kerzenflammen auf ihrem Docht bewegten. Es war wie ein Atmen.

Ich bemühte mich, den Kopf freizubekommen und alle Gedanken abzustreifen. Aber das Nichts konnte ich mir nicht vorstellen, also dachte ich stattdessen an eine weite, leere Ebene, eine Prärielandschaft mit vertrocknetem gelbem Gras. Dann stellte ich mir die Felder vor, die unser Haus umgeben hatten, als ich noch klein war. Im Spätsommer, wenn der Wind stärker wurde, ballte sich Dorngestrüpp zu riesigen Kugeln zusammen, die sich vom Boden lösten und Micah und mich die Straße entlangjagten. Kreischend und lachend flüchteten wir vor diesen Steppenhexen nach Hause. Micah war immer als Erster da, hielt die Haustür offen und brüllte, ich sollte schneller machen. Ich kam meistens gerade noch rechtzeitig an und er konnte die Tür zuwerfen, bevor sie uns erwischten. Sekunden später hörten wir die dornigen Monsterkugeln gegen die Haustür krachen. Am Morgen danach lag die Straße voller zerbrochener gelber Stöckchen und Zweige.

Ich wischte die Straße mit den Dornenresten aus meinen Gedanken und konzentrierte mich wieder auf die leeren Felder. Das zitronengelbe Gras wogte leicht im Wind und erinnerte an Weizenhalme.

Meditieren hatte ich im ersten Highschooljahr von meiner Englischlehrerin gelernt, einer kleinen Frau mit kurzen, flaumigen weißen Haaren und einem Nasenpiercing. Sie wirkte so, als hätte sie es nötiger als wir. Wenn wir zu ihr in den Unterricht kamen, ließ sie am Anfang der Stunde immer irgendwelche Instrumentalmusik aus Indien laufen oder so.

Zuerst sperrten wir uns. Sie kam uns verrückt vor, wie sie dasaß mit geschlossenen Augen und auf uns einredete, wir sollten uns einen Ort vorstellen, an dem wir uns sicher fühlten. Ein paar von den Jungs lachten sogar laut und machten sich über sie lustig. Aber irgendwann gewöhnten wir uns daran; auch die, die am meisten Widerstand geleistet hatten. Irgendwann freute ich mich sogar darauf, und nachdem das mit Keith passiert war, half mir das Meditieren durch viele schlimme Tage.

Wenn wir Vertretungslehrer hatten, stellte einer von uns am Anfang des Unterrichts immer die Stereoanlage an und wir begannen mit den Atemübungen. Das machte die Vertretungslehrer jedes Mal wahnsinnig. Es war total ungewohnt für sie, fünfunddreißig Vierzehnjährige mit geschlossenen Augen still auf Stühlen sitzen zu sehen, und fast noch verrückter war, dass wir sie alle gleichzeitig wieder aufmachten, wenn die Musik zu Ende war.

In der Dunkelheit der Kirche wartete ich, dass etwas zu mir käme. Ich wischte die Felder aus meinen Gedanken und fing von vorne an. Keiths Gesicht kam mir in den Sinn und dazu das, was er über mich geschrieben hatte. Diesmal versuchte ich nicht, ihn wegzuschieben.

»Keith war der Erste für mich.« Ich rappelte mich von den Knien hoch und setzte mich wieder auf die Bank. »Eine gelungene Wahl, was?«

Tyler kam nach vorne zu mir.

Ich stellte die Füße auf die Bank vor uns. Tyler tat dasselbe. Es war wie im Kino, als würden wir auf eine flimmernde Leinwand starren und nicht auf den sterbenden Jesus. »Als ich mich von ihm getrennt habe und er diese ganzen Sachen über mich verbreitet hat, dachte ich, ich müsste sterben. Dabei hat in Wahrheit er mich betrogen. Ich hab nie was gesagt.«

»Hättest du vielleicht tun sollen.«

»Kann sein. Aber das hätte auch nichts geändert. Ich wette, du fragst dich, warum ich überhaupt bei ihm geblieben bin.« Es war mir zwar peinlich, aber ich redete weiter. Die Wahrheit musste endlich raus, keine Ahnung, warum. »Ich mochte, wofür Keith stand, falls das Sinn macht. Das klingt nach einem Klischee, aber jeder weiß ja, dass an Klischees oft was Wahres dran ist. Ehrlich gesagt wollte ich nicht allein sein. Also könnte man sagen, ich hab's nicht anders verdient.«

»Dir ist klar, dass das Unsinn ist«, sagte Tyler.

Doch das Problem war gerade, dass ein Teil von mir eben doch glaubte, ich hätte es verdient. Ich sah es als Strafe dafür, dass ich Micah nicht geholfen hatte, als es noch möglich gewesen war.

Einen Augenblick lang schwieg Tyler.

»Wenn's hier um Geständnisse geht, bin jetzt wohl ich an der Reihe, was?« Tyler richtete sich auf, drehte sich zu mir und hockte sich im Schneidersitz auf die Bank.

Mir war nicht klar, ob er nur herumwitzelte. »Wie meinst du das?«, fragte ich vorsichtig.

»Glaubst du, außer dir hätte niemand Geheimnisse?«, flüsterte er.

Ich musste fast lachen. »Wahrscheinlich nicht.«

Tyler holte tief Luft und sagte dann schnell: »Ich hab früher ins Bett gemacht. Meine Mom musste mir Windeln kaufen, bis ich zehn war.«

»Nein!« Ich war geschockt.

»Das ist die reine Wahrheit. Ich hab nie woanders übernachtet. Der Psycho-Onkel meinte, das hätte mit meinem Vater zu tun, weil er doch Alkoholiker war und so.«

Mir stand der Mund offen, aber ich machte ihn wieder zu und fragte: »Du warst also bei einem Psychologen?«

»Drei Jahre lang. Okay, jetzt Nummer zwei – nein, der Psychologe ist zwei, also Geheimnis Nummer drei: Ich war schon vierzehn, als ich zum ersten Mal ein Mädchen geküsst habe.« Seine Stimme klang jetzt, als würde er sich an einen Traum erinnern. »Yvette Lopez. Ich hab sie in den Sommerferien in Mexiko kennengelernt. Sie konnte nicht viel Englisch, das war wohl ein Vorteil für mich.« Er guckte amüsiert bei diesem Gedanken.

Ich zog die Beine hoch auf die Bank und schlang die Arme darum.

»Einmal hab ich bei einer Mathearbeit geschummelt«, verkündete ich. »Ich wollte ausprobieren, ob ich es hinkriege, ohne erwischt zu werden.« Es schüttelte mich. Ich hatte furchtbare Angst gehabt und war sicher gewesen, der Lehrer würde es merken und mich durchrasseln lassen. Aber es war gar nichts passiert, außer dass ich mich ein paar Wochen lang ziemlich beschissen fühlte.

»Ich wollte bei Walmart mal eine CD klauen, aber ein Verkäufer hat mich erwischt.«

»Und?«, fragte ich.

»Die haben meine Eltern angerufen und wollten erst auch die Polizei holen, aber dann hat mir der Manager nur eine Strafpredigt gehalten und mich danach laufen lassen. Ich hatte eine Woche Hausarrest.«

»Was für eine CD war's denn?«

Er grinste und drehte sich weg.

»Komm schon. Zeit für Geständnisse.« Ich stieß ihn in die Rippen.

»Shania Twain.«

»Nicht dein Ernst.«

Zur Verteidigung sagte Tyler: »Ich mag halt jede Art von Musik.«

Da brach schon das nächste Geständnis aus mir heraus. »Ich hab Micah früher gehauen, bis er geweint hat, aber vor meinen Eltern habe ich alles abgestritten und behauptet, er hätte mich geschlagen. Ich war eine schreckliche Schwester.«

»Noch ein Einzelkindvorteil.« Er lächelte und wurde still. Seine Finger spielten mit den losen Fäden am Saum seiner Jeans. »Nicht wirklich. Als Einzelkind musst du dich dauernd mit den Geheimnissen rumschlagen, die deine Eltern voreinander haben. Bei mehr Kindern gibt's auch mehr Puffer. Letztes Jahr hab ich meine Mutter mit einem anderen Kerl erwischt. Ich bin wegen irgendwas früher aus der Schule heim und da waren die zwei. Sie haben's miteinander getrieben, mitten im Wohnzimmer.«

»Weiß dein Dad das?«

Tyler schüttelte den Kopf. »Nein. Mit meiner Mom hab ich auch nie darüber geredet. Am Abend hat sie für meinen Dad gekocht, sein Lieblingsessen, und das war's.«

»Das ist ja furchtbar. Tut mir so leid.«

»Keine Familie ist perfekt.«

Die Wahrheit anzuerkennen war, wie ein Pflaster wegzureißen: Erst tat es weh, dann war da eine rote Stelle auf der Haut und dazu dieses klebrige graue Zeug, das man wegrubbeln musste.

»Ich hab meinen Eltern nie verraten, wo Micah seinen Stoff versteckt hat, und ich hab auch nichts gesagt, wenn ich gemerkt hab, er ist high. Ich habe die ganze Zeit über gewusst, dass er Drogen nimmt. Ich hätte ihnen das sagen müssen«, erklärte ich. »Vielleicht hätte es was genützt.«

Tyler wollte mich unterbrechen, aber ich hob die Hand.

»Je länger es ging und je weiter Micah abgerutscht ist, desto mehr habe ich mir gewünscht, dass endlich Schluss ist damit. Irgendwann konnte ich vor lauter Stress nicht mal mehr schlafen.« Meine Stimme zitterte wie eine Kerzenflamme. »Ich hab mir sogar gewünscht, dass er weg ist, damit ich mich nicht mehr mit alldem abgeben muss. Als es wirklich passiert ist, war ich zuerst sogar erleichtert, aber dann …« Das Gewicht der Schuld, die ich seit Micahs Verschwinden mit mir herumgetragen hatte, machte mir das Weiterreden schwer.

»Das ist nicht deine Schuld. Diese ganze Geschichte mit Micah … er hat das selbst gewählt.«

»Ich weiß, aber –«

Er unterbrach mich. »Hör mal, Micah war für mich wie ein Bruder, zumindest so, wie ich mir das vorstelle unter Brüdern. Wir haben uns gestritten, aber ich konnte mich immer auf ihn verlassen. Er ist derjenige, der abgehauen ist. Du hast ihn nicht vertrieben. Ich hänge ja auch an ihm, aber er muss selbst entscheiden, wann er genug hat. Deine Schuldgefühle bringen ihn nicht früher zurück.«

»Ich …« Ich wollte etwas sagen, spürte aber, wie mir die Tränen kamen. »Es ist bloß … sein Zimmer zu Hause ist wie eine Gruft und meine Eltern … die kommen nicht damit klar. Die reden kaum noch, untereinander nicht und mit mir auch nicht. Ich bin immer noch ihre Tochter, aber ich könnte genauso gut auch nicht mehr da sein. Mir kommt's vor, als wäre ich Micah egal gewesen. Daheim ist es immer still und manchmal dreht mir das fast die Luft ab.« Jetzt weinte ich wirklich. »Ich dachte, wenn ich Micah finde, könnte ich alles in Ordnung bringen. Dann würde es endlich wieder so, wie es vorher war. Und ich könnte zurück in ein normales Leben.«

Tyler stand auf und ging nach hinten.

Super, dachte ich. *Jetzt langt es ihm. Vielleicht kommt er mit weinenden Mädchen einfach nicht klar und macht sich auch aus dem Staub.*

Da tauchte er wieder neben mir auf. »Hier.« Er hielt mir Papiertücher hin. »Da hinten ist ein Waschraum.«

»Danke.« Ich wischte mir die Augen trocken und putzte die

Nase. Dann sah ich mich in dem vom Kerzenlicht erhellten Raum um. »Betest du manchmal?«

Die Frage schien ihn zu überrumpeln. »Schon, ab und zu.«

»Ich kenne eigentlich gar keine Gebete«, sagte ich.

Tyler griff nach einem der Bücher auf der Bank. »Hier gibt's jede Menge.« Er blätterte in dem Buch herum, dann klappte er es wieder zu. »Aber vielleicht nicht unbedingt das, was du suchst.« Er legte das Buch wieder weg. »Als mein Dad in dem Entzugsprogramm war und die Zwölf Schritte zu schaffen versuchte, da hat er gebetet. Er meinte, er hätte angefangen, sich mit dem großem Meister da oben zu unterhalten. Vielleicht solltest du einfach laut aussprechen, was dir zu schaffen macht.«

Als wollte er mir helfen, den Anfang zu finden, lehnte sich Tyler in der Bank zurück und schloss die Augen.

Ich machte meine auch zu und dachte an den Namen, den ich als Kind immer gebraucht hatte. »Also, Frank ... ich bin sauer. Nein, sogar saumäßig wütend. Ich bin den ganzen Weg bis hier runter nach San Diego gekommen. Ich hab meine Eltern angelogen. Mein Auto ist geklaut worden. Irgendwelche durchgeknallten Drogendealer hätten uns umbringen können. Aber ich dachte immer, wir finden Micah – du würdest mir schon helfen oder so. Stattdessen war alles nur eine gigantische Zeitverschwendung.« Ich zählte zur Beruhigung bis sechs, bevor ich weitersprach. »Ist es das alles wert? Wozu soll das gut sein?«

Ich machte die Augen auf und betrachtete die große Jesusfigur, das verzerrte Gesicht, den gequälten Körper. Warum musste er die ganze Zeit am Kreuz hängen? Konnte ihn nicht jemand von dem verdammten Ding runterholen? Was waren das für Leute, die jede Woche hierherkamen und ihn in diesem Zustand anstarrten? Sadisten? Ging es ihnen besser, wenn sie ihn leiden sahen? Ungefähr so, wie ich mich gleich ein bisschen wohler fühlte, wenn ich mitbekam, dass jemand anderes einen schlechteren Tag hatte als ich?

Von dort, wo ich saß, konnte ich die Augenfarbe der Figur nicht erkennen, aber ich malte mir aus, sie hätte Micahs Augen, meine Augen – ein tiefes, rötliches Braun.

Jesus hing dort am Kreuz und starrte in seinem Todeskampf auf mich herunter, und auf einmal verstand ich es: Alle litten. Micah nahm Drogen. Ich hatte den falschen Jungen gewählt. Tyler hatte Geheimnisse. Ein Dealer wurde krankenhausreif geschlagen. Aber es ging um mehr. Manchmal mussten wir unseren Schmerz alleine durchstehen. Ich betrachtete eines der Bilder an der Wand – das, auf dem zu sehen war, wie jemand Jesus hilft, das Kreuz zu tragen. Manchmal gab es Menschen, die uns auf unserem Weg unterstützten.

Mir fiel das Gebet aus Micahs Therapiegruppe wieder ein. »Gott, gib mir die Gelassenheit, Dinge hinzunehmen, die ich nicht ändern kann, den Mut, Dinge zu ändern, die ich ändern kann, und die Weisheit, das eine vom anderen zu unterscheiden.«

»Amen«, sagte Tyler.

»Amen.«

Ich legte mich auf die Bank. Ich wollte nichts mehr denken oder reden. Ich brauchte einfach Schlaf. Aber dann fiel mir noch etwas ein.

»Was soll ich meinen Eltern wegen dem Auto sagen?«

»Die Wahrheit ist meistens das Einfachste.« Tyler stand auf und begann die Kerzenflammen auszublasen.

Als er fertig war, kam er wieder zu mir. Ich war kurz vorm Einschlafen.

»Ich habe mein letztes Geständnis noch nicht gemacht«, sagte er leise.

»Hmm? Kannst du am Morgen noch«, nuschelte ich.

»Streng genommen ist Morgen.« Er machte eine Pause. »Keith war ein Scheißkerl – er hat nie begriffen, was für einen Schatz er hatte.«

Ich sagte nichts dazu, ich konnte es einfach so stehen lassen. Damit schlief ich ein.

Kapitel 26

Beim Aufwachen tat mir alles weh. Ich hätte wissen müssen, dass eine Kirchenbank, auf der man schon nicht bequem sitzen kann, nicht der beste Ersatz für ein Bett ist. Am diesigen Morgenlicht erkannte ich, dass es noch früh sein musste. Rote Chorgewänder bedeckten mich. Ich lächelte. Die musste Tyler für mich aufgetrieben haben. Das Letzte, woran ich mich erinnerte, war ein Gespräch mit ihm. Wo war er?

Ich schaute mich um und fand ihn in der Reihe hinter mir, er lag lang ausgestreckt auf dem Rücken. Anscheinend fand er die Bänke viel bequemer als ich. Er hatte seine Mütze so tief ins Gesicht gezogen, dass nur noch sein Kinn zu sehen war.

Ich stieß ihn an. Er knurrte. Ich stieß ihn noch mal an.

»Okay, okay. Ich bin wach.« Mit einer einzigen Bewegung kam er hoch und rieb sich die Augen, dann fuhr er mit den Fingern durch seine schwarzen Haare. Er merkte, dass ich ihm zusah. »Morgens sieht man ja immer besonders entzückend aus, was?«

»Lass mal«, sagte ich. »Ich mach mich jetzt fertig. Wir sollten lieber los, bevor einer kommt.«

Im Waschraum zog ich meinem zerzausten Spiegelbild Grimassen. Dann versuchte ich meine Haare mit den Fingern zu kämmen, was nicht besonders gut funktionierte. Ich band sie zu einem Pferdeschwanz zusammen und ging auf die Toilette. Zum Schluss spritzte ich mir Wasser ins Gesicht und kniff mir in die Wangen: der klassische Instant-Rouge-Effekt. Immerhin wirkte ich jetzt sauber und gesund. Nicht schlecht nach einer Nacht unterwegs.

Tyler stand an der Tür, als ich herauskam.

»Jetzt bin ich dran«, sagte er.

Ich machte einen Schritt zur Seite, um ihn vorbeizulassen, und fühlte mich ein bisschen befangen. Dass wir die Nacht zusammen verbracht hatten, wenn auch nicht so, wie man das üblicherweise verstand, schaffte eine Vertrautheit zwischen uns. Etwas hatte sich verändert. Ich konnte es nicht benennen, aber da war ein Gefühl von Anfang.

»Entschuldigung«, sagte ich verwirrt.

Er lächelte entwaffnend und diesmal wehrte ich mich nicht gegen die Wirkung dieses Lächelns.

Ich wandte mich wieder dem Kirchenraum zu. Von der düsteren, mittelalterlichen Atmosphäre war nichts mehr übrig. Sonnenlicht strömte durch die bunten Glasfenster. Ich ging in die Mitte des Kirchenschiffs und hielt die Hand in einen Lichtfleck. Dabei hatte ich fast das Gefühl, das Licht müsste meine Hand durchdringen. Ich mochte den Morgen, weil jeder Tag eine neue Chance bot.

»Fertig?«, fragte Tyler von hinten.

Ich blieb noch einen Moment stehen, das Sonnenlicht auf den Fingern. »Ja.«

Ein Päckchen mit Donuts unter den Arm geklemmt, öffnete ich mit der freien Hand die Tür des Ladenkühlschranks, um mir was zum Trinken zu holen. Ich griff nach einem Vitamindrink, aber laut Zutatenliste war da genauso viel Zucker drin wie in Fanta oder Cola.

Ich stellte ihn zurück. Eigentlich war das mit dem Zucker ziemlich egal, wenn ich schon Donuts aß, aber irgendwo musste ich eine Grenze ziehen. Meinen Beschluss, Softdrinks grundsätzlich bleiben zu lassen, hatte ich schon gestern Mittag beim Essen mit Tyler gebrochen. Am Ende nahm ich eine Flasche Wasser.

Tyler füllte auf der anderen Seite des Shops bei der Kaffeemaschine einen Becher. Ich wusste inzwischen, dass er seinen Kaffee schwarz trank. Das ließ ihn ziemlich männlich wirken. Als er sich umdrehte, kreuzten sich über die Entfernung hinweg unsere Blicke und mit den Lippen formte er die stumme Frage, ob ich auch einen wollte. Ich schüttelte den Kopf.

Der Mann an der Kasse guckte Nachrichten auf einem winzigen Fernsehgerät, das in einer Ecke hing. Offenbar war jetzt schon viel Verkehr auf den Straßen, und im Wetterbericht hieß es, auch dieser Tag würde warm werden. Danach erklärte ein Starkoch, wie man ganz besonders leckere Grillhähnchen zubereitet. Draußen an den Tanksäulen standen ein paar Autos, aber im Shop waren wir die Einzigen.

Tyler kam mit seinem großen Becher Kaffee auf mich zu.

»Ich hätte gedacht, du stehst auf Puderzucker.« Er zeigte auf die Donut-Packung.

»Nichts da. Entweder ohne alles oder glasiert.«

»Merk ich mir.«

Lächelnd senkte ich den Kopf, weil ich mich freute, dass Tyler sich merken wollte, was ich mochte.

»Und dann gibt's natürlich noch Cheese-&-Onion-Crunchips.« Er zeigte auf den Gang mit Knabberzeug.

Ich kannte niemanden, der Cheese-&-Onion-Crunchips kaufte, aber es musste Leute geben, die so was mochten. Wozu würde das Zeug sonst in den Regalen stehen?

»Wenn du diese Zwiebel-Käse-Dinger nimmst, fahr ich nicht mit dir heim. Die machen echt üblen Mundgeruch.«

»Ich bin am Verhungern. Donuts reichen mir nicht. Schmeiß mal zwei von diesen Aufbackteilen in die Mikrowelle.«

Ich tat zwei Schinken-Käse-Rollen hinein. Unser Plan war, zurück zur Haltestelle zu laufen und den nächsten Bus zum Bahnhof zu nehmen. Von dort aus konnte Tyler über ein öffentliches Telefon sicher einen von seinen Freunden erreichen. Und ich würde Michelle anrufen oder irgendwen sonst. Wenn wir beide alle unsere Leute durchtelefonierten, würden wir bestimmt jemanden finden, der uns abholen kam, ohne dass ich meine Eltern anrufen musste. Aber jetzt am Morgen redeten wir nicht mehr darüber. Ich ließ Tyler einfach machen. Bisher hatte er mich noch nie enttäuscht.

Wir legten unsere Beute auf die Theke an der Kasse. Die Tür ging auf. Im großen Spiegel über dem Kassierer sah ich zwei Menschen in den Laden kommen. Durch die Bewegung wurde das Bild in die Länge gezogen, es wirkte krumm und verzerrt wie in einem Spiegelkabinett auf dem Rummelplatz. Trotzdem wurde am Körperbau deutlich, dass es junge Männer sein mussten. Für einen kurzen Moment hielt ich die Luft an, während in mir doch wieder Hoffnung aufstieg.

Langsam drehte ich mich um und musterte sie. Beide trugen schwarze Hoodies. Der, der die Kapuze nicht über den Kopf gezogen hatte, war ungefähr so groß wie Micah und hatte braune Haare. Als er direkt in meine Richtung schaute, konnte ich meine Enttäuschung nicht zurückhalten. Dann betrachtete er irgendwas hinter mir und auch ich wandte den Blick ab. Seufzend atmete ich aus.

»Alles in Ordnung?«, fragte Tyler.

»Ja, nur müde.«

Ich fragte mich, ob das für immer so bleiben würde. Ob ich mich jedes Mal umdrehen würde, wenn ich hörte, wie eine Tür aufging, immer in dieser Mischung aus Angst und Hoffnung. Ob meine Brust immer wieder in sich zusammensacken würde, wenn klar wurde, dass es nicht Micah war, der da kam. Würde ich es jemals so weit bringen, dass eine sich öffnende Tür für mich nichts weiter war als eine sich öffnende Tür? War es das, was der Ausdruck *Das Leben muss weitergehen* bedeutete?

Tyler reichte dem Typen an der Kasse seine Kreditkarte. Wie gut, dass er eine hatte. Er grinste und wollte anscheinend etwas sagen, aber ich kam ihm zuvor.

»Ich weiß schon: Einzelkindvorteil.«

Ich schnappte mir die Tüte mit unserem Frühstück und wir liefen nach draußen in die Morgensonne. Ich blieb stehen, schloss die Augen und legte den Kopf in den Nacken. Mein ganzer Körper wurde auf einen Schlag von Wärme durchflutet.

»Spürst du das auch?«, fragte ich Tyler.

»Was denn?« Er stand im Schatten des Ladenschilds.

»Hier.« Ich zog ihn näher zu mir, damit er genau am gleichen Fleck stand. Er wurde still und sagte kein Wort. Weil er so dicht bei mir stand, spürte ich jetzt auch noch die Wärme seines Körpers.

Drüben bei den Tanksäulen stand eine Autofahrerin mit dem Handy am Ohr neben ihrem blauen Geländewagen. Ein anderes Auto stand verlassen an einer Säule. Ich sah nur das Heck, der Rest war von der Säule verdeckt. Es war ein kleines, unauffälliges Ding, vielleicht ein Honda oder Toyota. Ein Sonnenstrahl ließ die Stoßstange aufblitzen.

Ein seltsames Gefühl überkam mich. Ich musste mir den Wagen genauer ansehen. Ich schlich näher und stellte fest, dass ich recht hatte. Es war ein Honda Civic, mit einer Delle an der hinteren Stoßstange. Die war schon da gewesen, als ich das Auto gekauft hatte.

Auf der linken Seite würde ich noch eine Beule finden. Sie stammte von einem Supermarkt-Parkplatz. Der Täter hatte nicht mal einen Zettel hinterlassen. Ich schaute mich um, ob irgendwer mich beobachtete. Da fielen mir die beiden Typen in dem Shop wieder ein und ich bekam Angst. Eine niedrige Ziegelmauer trennte den Bereich fürs Luftdruckmessen und Wassernachfüllen von den Tanksäulen. Ich spurtete los und versteckte mich dahinter.

»Spinnst du?«, fragte Tyler, rannte mir aber hinterher und duckte sich auch hinter die Mauer, wobei er fast seinen Kaffee verschüttete.

»Das ist mein Auto!« Wie unter Schock riss ich die Augen auf.

»Was?« Tyler starrte den Honda an. »Bist du sicher?«

»Absolut.«

Tyler guckte noch mal hin. »Sieht jedenfalls genauso aus.«

»Ich *weiß*, dass es meins ist.« Meine Stimme klang schärfer als beabsichtigt.

»Okay. Das ist also dein Auto.« Er warf einen Blick Richtung Shop. »Die zwei Typen müssen damit hergekommen sein.«

»Was machen wir jetzt?«, fragte ich.

»Lass mich kurz nachdenken.«

»Wir müssen die Polizei holen oder so.«

Er schüttelte den Kopf. »Dazu reicht die Zeit nicht.«

»Da vorne gibt's ein Telefon«, sagte ich und zeigte auf einen schwarzen Kasten beim Ladeneingang.

»Bis wir jemanden dranhaben, ist dein Auto weg.«

Ich schaute zum Tankstellenshop. Nur einer der beiden Typen war zu sehen, er stand bei der Kühltheke. Da fiel mir etwas ein. »Wir können natürlich auch den hier nehmen.« Ich fummelte in meinem Rucksack und zog den Autoschlüssel raus.

Tyler guckte überrascht. »Den Schlüssel?«

Ich nickte.

Er grinste breit.

»Aber wenn sie eine Knarre haben oder ein Messer?«, fragte ich.

»Kann sein. Hör mal, vielleicht ist das unsere einzige Chance. Ich krieche rüber und starte den Wagen. Du läufst zur Kreuzung, dann hol ich dich an der Ampel ab und wir machen, dass wir hier wegkommen.«

»Und wenn sie dich erwischen?«

»Tun sie nicht.« Er klang viel zu überzeugt.

»Ich sollte das machen.«

»Auf keinen Fall! Das ist gefährlich.«

Ich wollte schon die Augen verdrehen, aber mir war klar, dass Tyler mich nur beschützen wollte. »Manchmal muss man ein bisschen mit der Zündung rummachen, damit der Motor anspringt. Ich weiß, wie das geht. Du bist den Wagen noch nie gefahren.«

Er blinzelte mich an, wohl um zu entscheiden, ob er auf mich hören sollte.

»Wenn du ihn nicht gleich ankriegst, dann hau ab.«

»Einverstanden. Siehst du sie noch?«

Tyler spähte in den Shop. »Ja, die sind an der Kasse. Gib mir das Zeug da.« Er nahm meinen Rucksack und die Tüte mit dem Essen. »Wenn du's machen willst, dann leg los. Wir treffen uns an der Ecke.« Er stand auf und bewegte sich rasch Richtung Straße.

Ich kroch zur Fahrertür und zog an dem vertrauten Türgriff, aber von hier unten aus bekam ich die Tür nicht auf. Ich würde mich aufrichten müssen. Ich erstarrte, wie gelähmt vor Angst. In dem Moment, in dem ich mich bewegte, konnten sie mich entdecken. Eine innere Stimme brüllte mich an, ich sollte endlich vorwärtsmachen, aber ich rührte mich nicht.

Ich versuchte mich zu sammeln. *Eins. Zwei. Drei.* Ich zählte. *Bitte, Gott.*

Durchs Fenster konnte ich sehen, dass das Auto innen komplett ausgeräumt worden war. Der Kram, den ich auf dem Rücksitz liegen hatte, war verschwunden. *Vier. Fünf.* Jetzt lag außer einer Schachtel Zigaretten auf dem Beifahrersitz nichts mehr herum. *Sechs. Bitte, Gott. Sieben.* Ich spürte, wie sich mein Körper etwas entspannte. Ich stand auf. Meine Hand zog am Griff und öffnete die Tür. Ich stieg ein.

Irgendwas stimmte nicht. Der Sitz. Er war weiter hinten als sonst. Dass jemand Wildfremdes an meinem Auto herumgefummelt hatte, machte mich rasend, aber ich konnte jetzt nichts daran ändern. Ich steckte den Schlüssel ins Zündschloss, rüttelte erst rechts, dann links, dann wieder rechts. Der Motor sprang an.

Die Ladentür ging auf, die beiden Typen kamen in meine Richtung. Ich flippte aus. Stieg aufs Gas, trat voll durch. Die Reifen quietschten. Dann ein Reißen und Scheppern. Ich hatte den Zapfhahn dringelassen.

Die Frau an der Tanksäule stieß einen Schrei aus. Die Männer rannten los. Ein kurzer Schlenker und ich war an ihnen vorbei, erreichte die Straße und spürte, wie der Wagen kurz aufsetzte.

»Sorry!«, entschuldigte ich mich.

Tyler winkte mir mit der freien Hand von der Ecke her zu. Ich fuhr an ihn heran und stieg in die Bremsen. Er war kaum richtig drin, da trat ich schon wieder aufs Gas. Schnell zog er die Tür zu. Ich wusste nicht, wie dicht hinter uns die beiden Typen waren, und wollte kein Risiko eingehen. Die Ampel war gerade rot geworden, aber ich nahm meinen Mut zusammen und fuhr einfach durch. Aus dem Augenwinkel sah ich ein Schild Richtung Autobahn und raste in einem Affenzahn die Auffahrt hoch.

»Verdammt, Rachel, du kannst jetzt langsamer machen!«, brüllte Tyler.

Ein Auto hupte, weil ich es beinahe gestreift hätte. Das Einfädeln war immer noch einer meiner Schwachpunkte beim Fahren.

»Okay, okay. Ich beruhig mich. Ich beruhig mich.« Aber ich klammerte mich immer noch so am Lenkrad fest, dass meine Fingerknöchel ganz bleich waren.

»Du bringst uns noch um, bevor die Typen dazu Gelegenheit haben«, sagte Tyler. Dann fing er wie wild an zu lachen. »Du bist verrückt. So wie du auf mich zugeschossen bist, dachte ich, du jagst über die Bordsteinkante und nietest mich um. Ich musste den Kaffee wegwerfen. Du hättest dein Gesicht sehen sollen.« Er zog eine Grimasse wie ein tobender Geisteskranker, um mir zu zeigen, wie ich geguckt hatte.

»Ach ja? Du hast auch nicht unbedingt ruhig gewirkt.«

Tyler machte die Grimasse noch mal und ich musste lachen. Zuerst nur ein bisschen, gerade genug, um die Anspannung zu vertreiben. Aber als ich mir vorstellte, wie verrückt es war, dass ich mein eigenes Auto hatte stehlen müssen, packte es mich so richtig. Und noch mehr lachen musste ich, als ich überlegte, was diese Kerle von der Tankstelle sich wohl gedacht hatten. Wahrscheinlich waren sie super angepisst.

Vor lauter Lachen begann mein ganzer Körper zu beben. Ich beugte mich übers Lenkrad, mir tat schon der Bauch weh. Ich konnte einfach nicht aufhören. Tränen traten mir in die Augenwinkel.

»Hör auf, Mann!«, sagte ich, als ob Tyler schuld wäre. Er lachte immer weiter mit mir mit. Das tat wahnsinnig gut.

Als Kinder hatten Micah und ich oft ein Spiel gespielt, bei dem der eine Blödsinn machte und versuchte, den anderen zum Lachen zu bringen. Ich hatte jedes Mal verloren, denn Micah hatte kein Problem, das Ganze auf die Spitze zu treiben. Er nahm zum Beispiel einen Strohhalm und ließ Milch aus seiner Nase fließen. Oder er machte irgendwelche richtig schrägen und ekelhaften Geräusche. Manchmal sprang er auf und legte einen abgedrehten Booty Shake hin, schwenkte den Hintern wie ein Weltmeister und machte dazu dusselige Gesichter, bis wir beide auf dem Boden lagen vor Lachen.

Ich wischte mir die Tränen weg und versuchte mich wieder auf die Straße zu konzentrieren. Tylers Lachen verklang. Stille breitete sich zwischen uns aus – ein kostbarer Moment.

»Du lachst genau wie dein Bruder«, sagte Tyler.

»Ich weiß«, sagte ich lächelnd.

Kapitel 27

Obwohl die Autobahn ziemlich voll war, schafften wir es in etwas über einer Stunde bis zu dem Parkplatz, wo wir unsere Fahrt begonnen hatten. Tylers Truck wartete. Ich hielt direkt daneben und machte den Motor aus.

»Danke, dass du mitgekommen bist«, sagte ich.

»Gern geschehen.« Er blieb sitzen und schaute zur Windschutzscheibe hinaus.

»Tut mir leid, dass so viel Mist passiert ist. Mit so was hab ich echt nicht gerechnet.«

Er lachte. »War jedenfalls spannend auf die Art.« Er machte keine Anstalten zu gehen. »Rachel, ich muss dir was sagen.«

Sein Tonfall klang wie der von jemandem, der dir beibringen will, dass er gerade deinen Hund überfahren hat.

»Was denn?« Ich versuchte, lässig zu wirken.

»Da geht's um was, das ich dir in der Kirche nicht gesagt habe.« Er starrte weiter stur geradeaus. »Die Wahrheit ist, ich bin fast ein bisschen froh, dass Micah verschwunden ist.«

Überrascht sah ich ihn an.

Er drehte sich zu mir. »Wenn Micah nicht weggegangen wäre, hättest du mich nicht angerufen und wir wären heute nicht hier.«

Er spuckte den Satz aus, als wäre er ein einziges Wort. »Ich hab schon lange auf eine Gelegenheit gehofft, mit dir allein zu sein.«

Das hätte ich nie erwartet. »Du kennst mich doch kaum.«

»Meinst du das ernst? Ich kenne dich seit Ewigkeiten, seit der fünften Klasse.«

»Schon, aber –«

»Ich kenne dich.« Er sagte das ganz sanft.

»Wieso hast du nie was gesagt?«

»Du bist Micahs kleine Schwester. Kannst du dir vorstellen, was ich mir da hätte anhören müssen?« Er lachte ein bisschen, als er das sagte.

»Ziemlich viel Mist, denke ich mir.«

Auf einmal war es mir viel zu warm in meinem Auto, das voll in der Sonne stand, also machte ich die Tür auf und stieg aus. Ich lehnte mich gegen die Motorhaube und schloss die Augen. Auch Tylers Tür öffnete sich und ging wieder zu. Dann stand er neben mir.

»Woran denkst du?«, fragte er.

Denken wird überschätzt, dachte ich. Ich mochte es nicht zugeben, aber ich hatte Angst, wohin das mit Tyler führen könnte. Ich wollte nicht noch mal verletzt werden.

»Dass ich meine Mom anrufen muss«, sagte ich. »Sie wird wissen wollen, was ich heute vorhabe.«

»Oh.« Er klang geknickt. »Dann solltest du dich wohl bei ihr melden, ja.«

Ich fühlte mich mies. Ich wollte nicht wirken, als wäre mir das, was er gerade gesagt hatte, egal. Wenn jemand so direkt und offen die Wahrheit zugab, verdiente er mindestens eine ähnlich offene Antwort.

»Das ist nur alles so … seltsam. Micah …«

»Micah«, wiederholte er.

Einen Moment lang schwiegen wir, ans Auto gelehnt.

»Na ja, immerhin hast du heute dann doch noch ein Wunder erlebt.«

»Wieso das denn?«, fragte ich.

»Du hast dein Auto zurück.«

Er hatte recht. So hatte ich das noch nicht gesehen.

»Hey, du hast mir nie verraten, worum's bei deinem Wunder geht.« Verspielt schaute ich ihm in die Augen und hoffte, ihm auf die Art zu zeigen, dass ich eben doch offen für ihn war.

Doch statt zu antworten, setzte er die Sonnenbrille auf und sagte: »Ein andermal. Wir sehen uns.« Er ging zu seinem Truck.

Als er die Fahrertür aufmachte, beschloss ich, doch ein bisschen mehr von meinem wahren Ich zu zeigen. »Tyler.« Er drehte sich um. »Ich hätte alle möglichen Leute fragen können, ob sie mitkommen. Aber ich hab dich gefragt.«

Er lächelte. »Telefonieren wir später?«

Ich nickte und er stieg in den Wagen ein.

Während er vom Parkplatz fuhr, holte ich mein Handy raus. Erstaunlicherweise hatten die Diebe das Handschuhfach nicht angerührt. Ich hatte an die zehn Nachrichten von Michelle. Sie würde noch ein bisschen länger warten müssen. Ich wählte eine Nummer.

»Mom?«, sagte ich, als sie dranging.

»Hallo, Rachel.« Ihre Stimme klang müde. »Hast du's schön gehabt?«

»Hab ich, ja. Ich wollte nur Bescheid sagen, dass ich auf dem Weg nach Hause bin.«

Ich legte auf und machte den Motor an.

Später am Abend, nachdem ich mindestens eine Stunde am Telefon gehangen hatte, um Michelle alle Details über die »Operation San Diego« zu erzählen, wie ich das Ganze inzwischen nannte, beschloss ich, Micah eine Mail zu schreiben. Keine Ahnung, ob sie überhaupt bei ihm ankommen würde, aber ich musste es einfach tun. Dinge abzuschließen war mir wahnsinnig wichtig.

Lieber Micah,
Tyler und ich haben dich gestern gesucht, an diesem Strand, den du so liebst. In den Leuten, denen wir begegnet sind, habe ich immer wieder irgendwas gefunden, was mit dir zu tun hat und zu dir gehört, und das wird wohl lange so weitergehen. Alle diese Micah-Einzelheiten werden zu mir kommen, bis du, der ganze Micah, bereit bist und den Weg zurück nach Hause findest.
Danke, dass du in der Sache mit Keith für mich eingetreten bist. Das weiß ich von Finn. Wenn du mich fragst: Ich glaube, sie liebt dich wirklich.
Ich will dir sagen, dass ich nicht mehr nach dir suchen werde. Und dir auch nicht mehr schreibe. Das ist meine letzte E-Mail. Ich lasse dich los.
Alles Liebe,
Rachel

Ich klickte auf Senden und entließ die Mail in den Cyberspace wie ein Gebet. Auf dem Tisch neben meinem Bett lag mein kleines Notizheft mit dem Foto von Micah. Ich schlug es beim gestrigen Datum auf und strich so ziemlich alles durch, was auf meiner Liste gestanden hatte. Bei dem Eintrag *Micah finden* blieb ich kurz hängen. Aber dann strich ich auch das durch und schrieb das Datum von morgen auf eine neue Seite.

Ich nahm Micahs Foto und schob es in einen kleinen Rahmen, in dem bisher ein Spaßbild von mir und ein paar Freunden gewesen war. Es passte perfekt.

Mein Handy piepste. Eine Nachricht von Tyler.

Gute Nacht.

Ich lächelte. Die größte Überraschung auf dieser Fahrt war Tyler gewesen.

Gute Nacht, schrieb ich zurück.

Ich kroch unter die Decke. Der Mondschein strömte blass durch mein vorhangloses Fenster, von Schmutzschlieren gebrochen wie Licht, das durch bunte Glasscheiben fällt. Und dort waren sie, Micahs Initialen: *MS*, kaum lesbar, aber doch noch da. Und meine waren auch da, ein bisschen unter seinen, genau da, wo sie hingehörten.

Danksagung

Kein Kunstwerk erblickt das Licht der Welt, ohne dass viele Hände es mitgestalten. Dafür bin ich zutiefst dankbar.

Meiner großartigen Agentin Kerry Sparks, die das Potenzial gesehen und das Buch angenommen hat. Ohne dich hätte es bis in alle Ewigkeit ein einsames Dasein auf einem vergessenen USB-Stick gefristet.

Dem Team bei Simon Pulse, das mich willkommen geheißen und an mich geglaubt hat. Emilia Rhodes, deren erste begeisterte Kommentare mich auf den Weg gebracht haben. Meiner wundervollen Lektorin Annette Pollert, deren Sorgfalt und Verständigkeit diese Geschichte viel besser gemacht haben, als es mir alleine jemals gelungen wäre.

Meinen Freunden und meiner Familie, die mich immer unterstützt haben. Michelle Dokolas, die für mich der Mensch ist, mit dem ich als Erstes alles teile, was neu ist. Deine Ermutigung und deine Kritik waren wie Wasser für mich. Ted und Judy Lawler, meinen Eltern, die mir beigebracht haben, großen, unmöglichen, von göttlicher Macht inspirierten Träumen zu folgen und sie wahr werden zu lassen.

Und schließlich David, meinem Mann. Du erschaffst Träume.

Dieses Buch ist genauso sehr deines wie meines. Ich danke dir, Liebster.

Aiden, Matisse und Judah – ihr seid der lebende Beweis, dass Träume wahr werden können.